한국문학과
불교문화

수정증보판

한국문학과 불교문화

유 임 하

도서출판 역락

머리말

　한국사회는 유달리 불교적 전통이 강한 나라이다. 삼국시대의 불교는 불국토의 이상으로 나타났고 고려조에 이르러서는 자신만의 색깔을 가진 문화를 한껏 꽃피웠으며 오늘날에는 인류의 문화유산으로 공인받을 만큼 그 명성을 구가하고 있다. 이제 한국의 불교를 배우기 위해 서구의 지식인들이 방문하는 실정이다.

　조선조 사회에는 오랜 배불정책으로 인해 활력을 크게 잃었던 적이 있고, 근대화에 뒤늦게 가담했던 탓에, 불교와 불교문화는 근대세계에서 종종 낡은 습속으로 폄하되는 오해를 빚기도 했다. 그러나 불교의 유구한 전통을 낡은 것으로 폄하하는 것은 문화적으로 대단히 천박하고 피상적인 견해가 아닐 수 없다. 불교문화에 대한 몰이해는 자기라는 개체보다도 그 개체를 낳게 만든 계통성을 부정하는 자가당착과 서구 중심적 사고가 빚어낸 자기비하이기 십상이다.

　이런 의구심이나 비판적인 생각들은, 그간 한국문학을 연구해오면서 우리 문화의 특수한 자질, 좀더 구체적으로는 비서양적인 상상력의 실체에 관해 설명하고자 했던 내 나름대로의 결론이다. 한국 근대문학의 전통에서 불교문화의 웅숭깊은 실체는 그 얼굴을 드러내기보다는 서구의 물질적 가치와 자본의 힘에 맞서는 마음의 활력으로 육화된 느낌이 짙다. 서양의 근대세계가 육화해온 제반 가치들과

물적 토대에 대한 근본적이고 전면적인 성찰의 근거는 유교의 실천 궁행만으로는 아무래도 부족해 보인다. 그보다 더 심원한 사유의 작동은 불교의 문화적 전통에서 연원하는 것으로 읽히는 까닭도 여기에 있다.

성찰의 무게 중심에 따라 우리는 만해 한용운과 춘원 이광수라는 서로 다른 스펙트럼으로 나누어볼 수 있다. 만해는 식민체제 하에서 불교 유신과 민족 독립이라는 기치를 세웠으나 그것이 단순히 제국주의나 서구적인 가치의 흉내(mimicry)가 아니었기 때문에 자신의 사상과 문학을 견지할 수 있었다. 반면, 춘원 이광수는 정신적으로 근대라는 아버지를 찾아나선 낭만적인 내면의 형상을 가지고 있었다. 그의 거침없는 서구적 가치에 대한 신뢰의 맹목성은 그 포장 안에 담긴 제국의 욕망마저 모방하게 하였고, 급기야는 제국의 이등신민이 되어버린 자신을 발견하면서 참담한 심정으로 근대의 탕자가 된 자신을 발견한 뒤 마침내 불교로 회귀하기에 이른다. 너무 단순화시킨 것일는지 모르지만, 이 두 인물의 삶이 보여주는 서로 다른 행로는 지금의 한국사회가 여러 분야에서 비등하는 병폐의 근본에까지 해당되는 것인만큼 대단히 문제적이다.

이 책의 소박한 동기는 만해와 춘원이라는 두 스펙트럼 사이에 놓인 한국의 문학인들이 사실 모더니즘에 기대거나 리얼리즘에 기대면서도 불교문화에서 연유하는 상상력과 세계관을 지니고 있다는 사실을 확인해 보고 싶었던 게 필자의 바램이었다. 이는 단순히 서구 문화의 대항문화적 기반을 확인하는 작업으로만 그치지 않고 우리 문학 본래의 지방성과 특수성, 더 나아가 보편성을 내장하고 있는 여러 모델이 이 논의 안에서 하나의 가능성으로 타진될 수 있다고 믿어왔기 때문이다. 그 일차적인 논의로 이 글은 근대 이후 문학인들의 세계를 맥락에 따라 살펴보기로 마음 먹었다.

근대문학의 주류와 높은 성취에 대한 비평적 문학사적 논의에서는 불교문화의 저변을 자주 간과하거나 그 특징을 찾아낸다고 해도 그다지 큰 의의를 부여하지 않았다. 하지만, 필자의 생각은 다르다. 불교라는 문화의 저변이 도드라지지 않는다고 해서 그 폭발력과 함의를 과소평가할 만큼 그것의 상상력과 사고의 위력은 결코 작지 않다. 이는 우리가 일상적으로 내뱉는 어휘 속에 불교의 문화적 체취를 담고 있다는 사실에만 해당되는 문제가 아니다. 관심을 갖기만 한다면 서툰 콩글리시나 외래어를 제외하고 친밀성을 가진 불교 관련 어휘와 지명들은 그 수를 헤아리기 힘들만큼 많다. 언어에 담긴 끈질긴 생명력처럼 문화란 저류를 형성하며 근대세계에서 호명되고 새롭게 발견되는 것이다. 내게는 마치 불교문화가, 최인훈이 『회색인』에서 언급했던 바와 같이, 서구문화에 대한 맹목성에 대한 왁찐 같은 대안적 사고처럼 느껴진다. 그러므로 근대문학의 담론 장에서 상대적으로 주변적이고 퇴영적인 것으로만 간주되어온 불교문화의 저류가 지금의 문학적 자장에서는 어떻게 작동하는지를 살펴보고자 했던 것이 이 책의 본래 의도이다. 그런 이유에서 책의 이름을 과분하게도 『한국문학과 불교문화』라고 정했다.

이 책의 체제는 시인과 작가로 나누어 때로는 사상의 족적에서 불교문화의 향취를 찾고자 했고, 때로는 한편의 작품, 작품 속에서 다루는 불교문화와 사상, 세계관과 결부된 미적 성취를 거론하기도 했다. 책 안에 실린 각각의 글은 그 길이에 있어서 편차가 크지만 나름대로 일정한 형식과 효과를 지향한다. 우선 한 편의 글들은 100년을 넘어서는 한국문학에서 나름대로 족적을 남긴 작고문인들과 성취를 이루어가는 현역 중진들을 대상으로 삼아 그들이 불교와의 소통을 보여주는 대목을 논의의 대상으로 삼았다. 이들 문학인들에게서 나는 상상과 사유의 낯익은 기층 하나가 불교임을 확인할 수 있었다. 애초 좀더 많은 작가와 시인들을 포함시켰으나 일상의 여러 장애들이 필자의 게으름을 부추겼고, 거기에 겹친 본인의 능력 부족 때문에 누락된 작품들만 해도 적지 않다. 이는 차후의 작업으로 미룰 수밖에 없었다. 또한 이 책에서 거론한 불교 관련 지식은 교양이라는 관점과 문학의 차원에서 거론했을 뿐 불교의 종지에는 전혀 미치지 못하고 그 맥락조차 때로는 이어지지 못함을 고백한다. 그런 점에서 필자는 불교에는 문외한인 문학 전공자에 지나지 않는다.

한국문학에 스며들어 있는 불교의 자취를 따라가다 보면, 어느새 한적한 산사(山寺)로 접어드는 오솔길 같이 평화로운 적요와 그리움으로 대면하게 된다. 그러나 이 고즈넉한 풍경은 서구의 자본주의 근대가 만들어낸 야수적인 문명과 맞서는 정신의 긴장, 가치 생산을 위한 치열한 모색이 평정심과 관조로 이룩한, 존재의 깨달음이 일군 경지이다. 그러니 그 평화로움은 단순한 모습이 아닌 셈이다.

제국의 식민주의가 자행한 거대한 폭력, 분단과 전쟁, 군사독재, 가난과 슬픔, 압축적인 근대화, 공해 문제에 이르는 문명의 제반 문제들과 고투하는 문화 전사로서 문학인들의 면모는 한 사람 한 사람 '단독 정부'를 세워 사심없이 언어를 경영하는 자에게서 발견되는 그들의 땀과 노작들이 지닌 진정성에서 연유한다. 시인과 작가들의 이러한 고투는 앞만 보며 달려가는 우리들이 자주 망각해버리는 인간 본연의 가치들을 환기한다. 여기에 작동하는 상상력과 사유의 근거는 적어도 불교문화라는 오랜 전통에 기반을 둔 것이라는 사실과, 이 문화적 저변이 근대세계와는 길항하는 관계를 형성한다는 사실을 확인할 수 있었다. 모더니즘을 넘어가는 이 시대에, 그 어느 때보다도 자욱한 문학의 행로가 마련하는 성찰이 은성한 자본주의의 온갖 폐단을 돌파하려면 근본적인 가치의 회복이 더욱 긴요하다는 판단에서 보면 불교문화는 또하나의 거점이 될 수 있다는 것이 필자의 결론이다.

　　이 자리를 빌려 선한 인연을 만들어준 김종기 차장께 고마움을 전한다. 그는 지난 2년 6개월 내내 나의 원고 집필을 독려하며 훌륭하게 몫을 다한 귀한 도반이다. 또한, 오랜 지기(知己)인 이대현 사장님의 각별한 우정과 흔쾌함이 없었다면, 그리고 편집을 담당해준 박윤정 님의 섬세한 안목과 노고가 없었다면, 이 책은 빛을 보지 못했을 것이다.

2005년 10월

저자

수정증보판을 내면서

정보 과잉이 아니라 정보의 홍수 사태를 실감한다. 그런 외중에 문화를 선도하는 문학의 실체가 무엇인지를 다시 생각해본다.

오늘과 같은 곤혹스러운 현실에서 문학의 정진은 더욱 소중해 보인다.

말류(末流)의 세태와 기초가 부실한 세태는 문학이 고심하는 바에 눈길을 보내거나 공감을 구하는 데 매우 인색하다. 그렇기는 하지만, 인간다운 품격을 고양시키는 문화의 정화력은 결국 문학이 이룩해온 노력과 성과에 결부시키지 않고서는 달리 생각하기 어렵다. 이 현대판 수공업은 낮과 밤을 탕진해가며 그 태생이자 운명이기도 한 언어를 무기로 심미적 가치를 추구해온 문인들의 헌신 때문에 사회의 양심과 심안으로 여전히 존재 가치를 인정받고 있는 것이다.

문학의 절대적인 문화적 위상은 하루 이틀 사이에 생겨난 현상이 아니다. 문학이 이룩하는 미적 현현은 그 순간성에도 불구하고 영속적인 가치를 획득한다. 그 가치 는 자본과 욕망으로 해갈할 수 없는 잉여의 부분으로, 인간과 삶에 관해 숙고한 문화의 결정체에 해당한다. 근현대사와 겹고튼 우리 문화의 실재하는 자산이라는 관점에서 보면, 시인 작가 개개인들이 구축해온 문학의 결정체는 나날의 삶을 살아가며 망각했던 존재의 위치를 더욱 견고하게 만드는 거울과도 같다.

저항과 전복과 도발의 상상력은 문학의 적자(嫡子)가 아니다. 문학은 장구한 세월 동안 가다듬어온 문화의 저류를 잘 헤아리며 시대를 보듬어안고 그 시대를 넘어서는 가치를 획득하는 경로를 밟아 왔다. 거기에는 언제나 '인간다운 삶을 어떻게 실현할 것인가'의 문제를 놓고 치열하게 사유하는 모습이 발견된다.

이는 불교가 전래된 이후 한국사회에 뿌리내린 가장 값진 부분의 하나이기도 하다. 계급과 신분에 관계 없이 누릴 수 있는 진리의 영역을 현세의 복락에 한정시키지 아니 하고 현세에서 전생과 내생으로 확장시키는 우주적 차원을 개안시켰다는 점에서 그러하며, 개인을 넘어 가족과 사회, 역사적 현실에서 고통받는 뭇 삶에 대한 보편적 사랑에 눈뜨게 만든 점이 그러하다. 적어도 한국 문화에서 시공의 우주적 확장과 인간애의 보편성 획득은 근대에 고안된 게 아니다. 이러한 관념은 이미 불교문화의 오랜 전통 안에서 육화되어 피속에 흘러온 것들이다.

근대문학의 전통이 얕은 현실에서 새롭게 조명하고자 했던 불교문화와의 연관은 그런 점에서 심증의 차원이 아니라 정체성의 영역에 속한 문제로 여겼던 애초의 판단은 여전히 유효하다.

요즈음, 익히 알고는 있으나 잘 포착되지 않는 일상의 자잘한 가치와 그 저변을 탐색하는 사유와 상상에 더 신뢰가 간다. 우보행(牛步行)이라는 말이 실감나는 것도 그 때문이다. 떠도는 소문들이 무성하고 폭력에 다름없이 야만적인 언어들이 난무하는 현실에서, 문학의 목소리는 낮아서 귀를 기울이지 않으면 좀체 듣기 어렵다. 그러나 이 낮은 목소리들이야말로 풍성한 함의들로 소통 부재의 현실에 맞서게 만드는 인간 본연의 울림이라고 믿고 있다. 문학은 때로 간절함으로, 때로는 매서움으로, 늘 우리 가슴을 서늘하게 만드는 날카로운 언어를 가지고 있다. 또한 그 안에 담긴 정서의 총량은 삶의 토대를 견고하게 만들고 우리를 정화시켜주며 울력해준다.

과분하게도 수정증보판을 내게 되었다. 이번 계제에 미흡하다고 여겼던 대목을 보충하고 거친 표현들을 다소 손질했다. 특히, 두 편의 글로 썼던 만해 한용운론, 미당 서정주론, 이형기론, 이광수론을 각각 한 편의 글로 통합했다. 또한 미흡하기는 하지만, 제한된 분량 때문에 거칠게 설명만 담아냈던 시 작품들을 허용하는 범위 내에서 원문을 담아내고자 했다.

지혜로운 독자들의 관심과 질정을 부탁드린다.

2007년 8월
저자

▐차 례▐

제2부 한국소설과 불교문화

의 자기갱신을 넘어 일제에 대해서 일체의 굴종과 타협을 거부하며 고난의 길을 스스로 선택하려는 의지를 잘 보여준다. 또한 『십현담주해』에서 보여준 불전에 대한 해박함과 문학이나 예술에 대한 박람강기, 「독립선언서」의 공약 삼장을 기초한 지사로서의 결곡함, 시집 『님의 침묵』으로 승화된 불교문학의 면모는 그대로 어두운 역사의 하늘에 빛나는 별이 되도록 만들었다. 특히, 『님의 침묵』은 식민지의 고통 속에 겉으로는 드러내기 어려운 내밀한 감수성과 구도자의 치열한 내면을 드러내면서 시대의 질곡을 헤쳐나가는 인간 만해의 모습을 가감없이 보여준다.

만해선사는 문학을 삶의 전부로 보지는 않았다. 그러나 그는 시에 대한 열정만큼은 가누지 못했다. 수필 여기저기, 그리고 한시(漢詩)에서, 그는 시를 향한 자신의 주체할 수 없는 열정을 '시벽(詩癖)'이라고 표현했다. 이렇게 보면, 꼿꼿한 결기가 불교의 유연한 상상력과 만나 문학의 꽃으로 만개한 것이 바로 『님의 침묵』이라고 해도 무방하다. 이 시집은 '님이 침묵하는 시대'를 노래하고 있다. 이와 함께, 만해는 시를 통해 절대적 가치를 지닌 존재인 '님'에게서 힘을 얻으려는 고행의 역사의식과 지사적인 의지를 담아 민족의 암담한 현실을 견디어 나갔다.

그러한 증거는, 시집을 마무리하는 작품 「독자에게」에서 잘 드러난다.

　　독자(讀者)여 나는 시인으로 여러분의 앞에 보이는 것을
　부끄러 합니다

여러분이 나의 시를 읽을 때에 나를 슬퍼하고 스스로 슬
퍼할 줄을 압니다
나는 나의 시를 독자의 자손에게까지 읽히고 싶은 마음
은 없습니다
그때에는 나의 시를 읽는 것이 늦은 봄의 꽃수풀에 앉아
서 마른 국화를 비벼서
코에 대이는 것과 같을는지 모르겠습니다

— 「독자에게」에서

만해 스스로가 규정한 시란 늦은 봄 꽃밭에서 지난 가을의 마
른 국화를 비벼대면서 그 향기를 맡는 대상에 지나지 않을는지
모른다. 서리 내리던 시절을 이겨낸 국화의 메마른 겉모습만을 보
아서는 안되는 이치처럼, 『님의 침묵』 전편에 흐르는 내밀한 감정
은 연애풍의 달콤한 밀어가 아니다. 시인의 시적 발언은 시대의
곤고함에 좌초됨 없이 민족 해방에 대한 역사적 신념, 그도 어쩔
수 없는 인간으로 지닐 수밖에 없는 번민, 수많은 현실의 유혹과
고통스러움을 이겨내는 자아의 모습을 담고 있는 것이다.

시집 『님의 침묵』은 표면적으로 여성 화자를 통해서 이별과
님에 대한 그리움을 토로하는 산문 형태를 취하고 있어서 많은
독자들에게는 연애시로도 애송될 정도이다. 그러나 여기에는 여
성이 가진 섬세하고 풍부한 감정을 조절하며 현실의 질곡을 헤쳐
나가는 심원하고 강인한 의지가 불교의 상상력을 기반으로 절묘
한 조화를 이루고 있다. 다시 말하면, 시집의 바탕을 이루는 것은
식민지 현실에서 부재하는 민족의 삶에 연계된 수많은 정당성을

절대자인 님으로 간주하고 있다는 점이다. 만해는 정당성이 부재하는 현실을 절대자의 침묵이라는 의미로 전환시켜 암담한 현실을 인고하는 마음의 노래로 만들었다. 시집에는 식민 권력과 내 안에서 만들어내는 마음의 적들―유혹과 조롱―과 힘겹게 대결하는 자아의 모습이 가감없이 드러난다. 이 점은 서시 「군말」에서도 잘 확인된다.

> '님'만 님이 아니라 기른 것은 다 님이다. 중생이 석가의 님이라면 철학은 칸트의 님이다. 장미화의 님이 봄비라면 마찌니의 님은 이태리다. 님은 내가 사랑할 뿐 아니라 나를 사랑하나니라.
> 연애가 자유라면 님도 자유일 것이다. 그러나 너희는 이름좋은 자유에 알뜰한 구속을 받지 않느냐, 너에게도 님이 있느냐 있다면 님이 아니라 너의 그림자니라.
> 나는 해 저문 벌판에서 돌아가는, 길을 잃고 헤매는 어린 양이 기리어서 이 시를 쓴다.
>
> ― 서시 「군말」

『님의 침묵』에서 '님'은 보편적인 가치의 개념이다. '님'은 개인이 지향하는 궁극의 가치와 대상인 것이다. '님'은 종교(불교)와 철학(칸트)과 역사(마찌니)와 사물(꽃)에 이르기까지 어디에고 통용 가능한, 절대적 기원의 대상이자 실질적인 염원의 대상이다. 그러한 점에서 '님'은 절대적인 가치를 지닌다.

우리는 만해의 '님'이 모호하다고 여길지 모르지만 역사(곧 시

대)와 철학과 종교에 걸쳐 있는 꼿꼿한 민족주의적 정신과 결부
시켜 보면 그리 어렵지 않게 '민족'으로 귀결시킬 수도 있다.

　　이순신 사공삼고
　　을지문덕 마부삼아
　　파사검(破邪劍) 높이들고
　　남선북마(南船北馬) 하여볼까
　　아마도 님찾는 길은
　　그뿐인가 하노라

— 「무제」 전문

　위의 시에서도 알 수 있듯이, '님'은 모호한 상징의 세계에 머
문 비의의 영역이 결코 아니다. 나라가 외침(外侵)으로 위기에 처
했을 때 그 위기를 훌륭하게 극복한 이순신과 을지문덕 같은 유
명한 장군들처럼, 파사현정(破邪顯正)을 실현하는 칼처럼, '님'은
역사적 실천을 위해 흔들림 없는 마음 그 자체를 가리킨다. 사도
(邪道)와 외침(外侵)과 수난을 넘어 정법(正法) 실현의 정당성을 인
격화한 언어가 바로 '님'인 셈이다.
　그러나 만해는 『님의 침묵』에서 '님'이라는 말을 하나의 의미로
만 사용하지는 않았다. 만약 고정되고 단일한 의미로만 '님'이라
는 상징을 사용했다면, 그의 시는 주목받지 못했을 것이다.

　　님은 갔습니다. 아아, 사랑하는 나의 님은 갔습니다.
　　푸른 산빛을 깨치고 단풍나무 숲을 향하여 난 작은 길을

걸어서 차마 떨치고 갔습니다.

　황금의 꽃같이 굳고 빛나던 옛 맹세는 차디찬 티끌이 되어서 한숨의 미풍에 날려 갔습니다.

　날카로운 첫 키스의 추억은 나의 운명의 지침을 돌려 놓고 뒷걸음쳐서 사라졌습니다.

　나는 향기로운 님의 말소리에 귀먹고, 꽃다운 님의 얼굴에 눈멀었습니다.

　사랑도 사람의 일이라 만날 때에 미리 떠날 것을 염려하고 경계하지 아니한 것은 아니지만, 이별은 뜻밖의 일이 되고 놀란 가슴은 새로운 슬픔에 터집니다.

　그러나 이별을 쓸 데 없는 눈물의 원천을 만들고 마는 것은 스스로 사랑을 깨치는 것인 줄 아는 까닭에 걷잡을 수 없는 슬픔의 힘을 옮겨서 새 희망의 정수박이에 들이부었습니다.

　우리는 만난 때에 떠날 것을 염려하는 것과 같이 떠날 때에 다시 만날 것을 믿습니다.

　아아, 님은 갔지마는 나는 님을 보내지 아니하였습니다.

　제 곡조를 못 이기는 사랑의 노래는 님의 침묵을 휩싸고 돕니다.

― 「님의 침묵」 전문

　"님은 갔습니다 아아 사랑하는 나의 님은 갔습니다"로 시작되는, 시 「님의 침묵」은 두 개의 의미 단위를 가지고 있다. 첫 번째 의미 단위는 시의 6행까지이고, 두 번째 의미 단위는 7행에서 마지막 9행까지이다. 첫 번째 의미단위는 '님과의 이별과 그로 인한 슬픔'을 보여준다. 화자는 떠나는 님의 뒷모습을 기억하며 빛나고 굳은 맹서조차 소용없이 한숨 속에 사라져버린 감미로운 사랑의 기억을 품고 님이 떠나갔다는 사실을 절감하고 있다.

그러나 두 번째 의미 단위는 님의 떠남을 반전시켜 그 사실을 부정해 버린다. 7행의 "그러나"는 의미 반전의 핵심이 되는 구절이다. 시의 화자는 이별이 눈물의 근원이 되지 않도록 슬픔의 힘을 "새 희망의 정수박이"로 옮겨 놓는 의지와 행동을 구체적으로 드러낸다. 만약 이 시에서 7행 이후의 구절이 없다면 사랑타령을 하는 세속의 시와 크게 구별되지 않았을 것이다.

의미의 이같은 반전이야말로 절망을 사랑의 확신으로 옮겨놓는 사랑의 빛나는 의미 변환에 해당한다. '님이 침묵하는 시대' 곧, 이 세상에는 존재하지는 않지만 님이 존재를 한점 의심도 없이 믿는 값진 태도이다. 왜냐하면 그 태도는 이별의 슬픔을 다시 만날 희망으로 바꾸었을 뿐만 아니라, 님의 부재를 존재의 침묵으로 전화시켜 남겨진 자신의 흔들림없는 사랑을 노래하도록 만들었기 때문이다.

2

비극적인 현실과 마주한 인간이 살아가는 방식은 '자아의 진실'과 '세계의 허위'라는 측면에서 보면 대략 세 가지 종류로 나누어진다. 그 하나는 현실의 허위를 도저히 인정할 수 없기 때문에 이를 외면하고 초월적인 태도로 일관하는 것이다. 다른 하나는 대부분의 사람들이 택하는, 현실과 타협하며 살아가는 경우이다. 그러나 또 하나의 길은 허위적인 현실을 뜯어고치고자 자신을 현실로 내던지는 경우이다.

그러나 현실의 허위를 교정하려는 마음과 현실 사이에 깊고 넓은 간극이 놓여 있어서 현실의 적극적인 교정이 여의치 않을 때, 진실한 자아를 가진 인간은 고뇌할 수밖에 없다. 진실에 이르는 길은 현실을 통하지 않고서는 불가능하다. 그렇기 때문에 진실한 인간은 세상의 허위와 맞서기 위해서 혼신의 힘을 기울일 수밖에 없다. 하지만 허위를 극복해야 하는 삶의 요구가 커질수록 현실이 유일한 세계이며 거기에다 타락한 곳이라는 역설에 사로잡히게 된다. 만해 선사야말로 이 험난한 고행길을 마다하지 않았던 인물이다. 이런 역설을 꿰뚫어보는 모습이 『님의 침묵』에서는 고뇌의 구체적인 내용을 이루고 있다. 시집은 현실을 님이 이곳에 있지 않고 침묵하는 상태로 상정한다.

시집을 관통하는 우주관은 세계 안의 온갖 모습들을 하나의 인격체, 곧 님으로 환원시켜 다음과 같은 아름다운 시 한편을 탄생시킨다.

바람도 없는 공중에 수직의 파문을 내이며 고요히 떨어지는 오동잎은 누구의 발자취입니까.
지리한 장마 끝에 서풍에 몰려가는 무서운 검은 구름의 터진 틈으로 언뜻언뜻 보이는 푸른 하늘은 누구의 얼굴입니까.

꽃도 없는 깊은 나무에 푸른 이끼를 거쳐서 옛 탑의 고요한 하늘을 스치는 알 수 없는 향기는 누구의 입김입니까.

근원은 알지도 못할 곳에서 나서 돌부리를 울리고 가늘게 흐르는 작은 시내는 굽이굽이 누구의 노래입니까.

연꽃 같은 발꿈치로 가이없는 바다를 밟고 옥 같은 손으로 끝없는 하늘을 만지면서 떨어지니 날을 곱게 단장하는 저녁놀은 누구의 시입니까.

타고 남은 재가 다시 기름이 됩니다. 그칠 줄을 모르고 타는 나의 가슴은 누구의 밤을 지키는 약한 등불입니까.

— 「알 수 없어요」 전문

화자는 '수직의 파문을 내며 떨어지는 오동잎'과 '장마구름 사이의 터진 틈새로 비친 푸른 하늘', '깊은 숲 속을 거쳐 옛탑이 고즈넉한 하늘을 스치는 알 수 없는 향기', '작은 시내' '저녁놀'을 바라본다. 자연과 대면한 화자는 오동잎에서 님의 발자취를, 푸른 하늘에서는 님의 얼굴을, 향기에서는 님의 입김을, 시냇물 소리에서는 님의 노래를, 저녁놀에서는 님을 찬미하는 시를 떠올린다. 자연에서 화자가 떠올리는 것은 그 섭리 안에 충만한 인격성이다. 그 인격성은 화자에게 "타고 남은 재가 다시 기름이" 되는 이치를 생각하게 하여 "그칠 줄 모르고 타는 나의 가슴"이 "누구의 밤을 지키는 약한 등불"인지를 반문하게 만든다. 이 반문이야말로 어두운 역사의 밤을 치열하게 헤쳐나가는 화자 자신의 열정과 위태로운 등불 같은 심경을 절묘하게 담아낸 풍경을 이루고 있다.

『님의 침묵』이 보여주는 현실에 대한 고뇌는 수많은 고통을 스스로 여과하며 올곧은 신념을 지탱해 나가는 여성적인 화자로 나타난다. 이 화자는 유연하고 섬세하게 내면을 성찰하면서도 어떠한 회유나 억압에도 굴하지 않는 강인함도 소유하고 있다.

> 나는 집도 없고 다른 까닭을 겸하여 민적(民籍)이 없습니다
> "민족이 없는 자는 인권이 없다 인권이 없는 너에게 무슨 정조냐" 하고 능욕하려는 장군이 있었습니다
> 그를 항거한 뒤에 남에게 대한 격분이 스스로의 슬픔으로 화하는 찰나에 당신을 보았습니다
> 아아 온갖 윤리, 도덕, 법률은 칼과 황금을 제사지내는 연기인 줄을 알았습니다
> 영원의 사랑을 받을까 인간 역사의 첫 페이지에 잉크칠을 할까 술을 마실까 망서릴 때에 당신을 보았습니다
>
> ― 「당신을 보았습니다」 중에서

『님의 침묵』에서 시의 화자인 '나'는 현실 세계에서 겪는 여러 냉대와 핍박을 견디기 위해 님과 침묵의 대화를 나누는 존재이다. 화자가 고백하는 님과의 사랑은 고난의 형극으로 가득 찬 고독한 길이며 심지어 죽음까지도 감내해야 한다는 시련을 전제로 하는 길이다. 시의 화자가 피력하는 기거할 집도 호적도 없는 폭압적인 현실은 만해 선사의 실제 삶과 그다지 다르지 않다. 이 기막힌 고난에서 직면하는 것은 모진 핍박이다. 더구나 그 유혹도 결코 만만치 않다.

이렇게 보면, 화자인 '나'가 님을 잊지 못하는 까닭은 님을 위해서라기보다는 자신을 위한 것이다. 허위의 현실과 응전하며 '나'의 고뇌가 깊어갈수록 절조를 끊임없이 다짐하는 '참된 나'는 바로 '님'이 '민족'이자 '역사'이며 '진리의 오의(奧義)'임을 일러준다. 민족이 없으면 인권도 없다는 일제 식민당국의 능욕은 나라 잃은 민족이 겪는 서러움이자 직접적인 사회적 고통이다. 격분과 슬픔은 현실에서 얼마든지 터져 나올 만한 마땅한 분노의 감정이다.

그러나 이 감정이 절망으로 변해버리면 "영원의 사랑을 받"는 은거의 길을 택하거나 세상과 야합하며 전락할 수밖에 없다. 역사에 혁혁한 공을 세우는 세속적인 명예를 탐하거나, 술을 마시는 타락의 유혹에 빠져들 수 없는 까닭은 유혹에 굴복해야 할지를 망설이는 찰나 떠오르는 님 때문이다. 화자는 님과의 사랑을 통해서 윤리와 도덕과 법률과 무력과 황금 같은 모든 현실의 가치들이 "제사 지내는 연기", 곧 '색'이자 '공'에 지나지 않음을 이미 깨달은 존재이다. 세상의 모진 권력과 명예, 윤리와 도덕을 덧없는 무망함으로 떨쳐버릴 수 있는 힘은 님이라는 대상과 님을 우러러 보는 깨어 있는 의식, 부재를 침묵으로 상정한 일체유심의 경지에서 온 것이다.

시 「나의 길」은 님이 부재하는 현실을 님이 침묵하는 현실로 반전시킨 삶의 지향을 보여준다.

이 세상에는 길도 많기도 합니다.

산에는 돌길이 있습니다. 바다에는 뱃길이 있습니다. 공중에는 달과 별의 길이 있습니다.

강가에서 낚시질하는 사람은 모래 위에 발자취를 냅니다. 들에서 나물 캐는 사람은 모래 위에 발자취를 냅니다. 들에서 나물 캐는 여자는 방초(芳草)를 밟습니다.

악한 사람은 죄의 길을 쫓아 갑니다.

의(義) 있는 사람은 옳은 일을 위하여는 칼날을 밟습니다.

서산에 지는 해는 붉은 노을을 밟습니다.

— 「나의 길」 전문

　세상에는 많은 종류의 길이 있다. 길의 수많은 모양새처럼, 산과 바다, 달과 별들의 길까지도 화자는 상상한다. 그러한 길의 섭리를 생각하며 화자는 많은 사람들의 발자취를 생각하고 나서 악함과 의로움의 길을 생각해낸다. 악한 자들은 죄의 길을 갈 것이나 의로운 사람은 결코 칼날같이 험난한 고난조차 두려워하지 않는다. 화자의 길은 "칼날을 밟"는 것과 같은 고난과 형극의 길이다. 화자는 님을 알았기 때문이다. 그는 오직 하나의 길, 님의 품에 안기는 길밖에는 달리 없다. 그 길이 아니면 죽음의 품에 안기는 일, 죽음의 길보다도 더 고단하고 괴로움에 처하는 길외에는 없다. 님을 부정하는 것은 화자에게 그 어떠한 의미도 없기 때문이다.

　만약 만해의 '님'이 현실과의 대결에만 집중되고 있었다면, 아마도 갈등과 고뇌는 극복될 수 없었을지 모른다. 여기에서 '님'은 현실의 영역을 넘어선 보편의 가치임이 드러난다. "백번이나 단련한 금결"(「찬송」)과 같이 정련된 그 존재는 시집 전체를 관장하는 만해 문학의 결곡한 인격에 가깝다. 그 인격은 의롭고, 가난한 자에게 복의 씨를 뿌리며 오동나무에 담긴 숨은 소리처럼 심오하다. 님은 절대 광명과 인류 모두가 누리는 평화를 즐겨하는, "약자의 가슴에 눈물을 뿌리는 자비의 보살"(「찬송」)이다. 요컨대, 님은 '식민지 현실'이라는 특수성에 한정되지 않는 자비심과, 온갖 고난에도 굴하지 않고 깨달음을 실천궁행으로 이어가는 불교적 심성의 견고한 상징인 셈이다. 그리하여 님은 현실에서 겪는 수많은 억압에 주눅들지 않고, 그 고뇌를 바라보며 좀더 높은 경지에서 이를 승화시켜 나가는 치열한 의식의 중심을 이룬다. 따라서 님은 지식의 차원이 아니라 깨달음의 차원에 놓인 것임을 특별히 기억해둘 필요가 있다.

만해의 상상력은 섬세하고 유연하지만 절망이나 감상이라는 미망에 사로잡혀 있지 않다. 만해가 인도의 시인 타고르에게서 감명 받은 흔적을 보여주는 작품 「타골의 시(garnenisto)를 읽고」는 견고한 깨달음의 상태를 함축하고 있다.

> 벗이여, 나의 벗이여! 애인의 무덤 위에 피어 있는 꽃처럼 나를 울리는 벗이여!
> 작은 새의 자취도 없는 사막의 밤에 문득 만난 님처럼 나를 기쁘게 하는 벗이여!
> 그대는 옛 무덤을 깨치고 하늘까지 사무치는 백골(白骨)의 향기입니다.

제1부 한국시와 불교문화

부재와 침묵, 님을 향한 길과 시적 만다라

─만해 한용운의 사상과 문학

한용운(韓龍雲, 1879~1944) 충남 홍성 출생. 독립운동가·
승려·시인. 호는 만해(萬海·卍海).『유심』발간.
3·1운동 때 민족 대표의 한 사람. 장편소설『박명』,
시집『님의 침묵』, 저술로는『조선불교유신론』,『십
현담주해』,『불교대전』등이 있고『한용운전집』이
간행됨.

1

만해(卍海) 한용운(韓龍雲) 선사는, 한국불교에서만이 아니라 한국 근대사에서도 우뚝한 보석 같은 존재이다. 그의 생애는 만년을 보냈던 동북향 거처인 '심우장(尋牛莊, 성북동 소재)' 모습처럼, 시대의 탄압에 굴하지 않았던 꼿꼿한 지사의 결기로써 전망없는 현실 속에서 불교의 종지를 부여잡고 일생을 한 점의 흐트러짐도 없이 용맹정진한 거인의 풍모를 고스란히 보여준다. 그는 일제와 어떠한 타협도 일체 거부하면서 평생 호적조차 갖지 않았다.

그의 이러한 행적은 많은 일화를 낳기도 했다. 위당(爲堂) 정인보는 만해의 높은 지조를 두고 "인도에는 간디가 있고, 조선에는 만해가 있다. 청년들은 만해 선생을 본받아야 한다"고 말했다. 또한 『임꺽정』의 작가이자 민족주의 지도자의 한 사람이었던 벽초(碧初) 홍명희는 "칠천 승려를 합하여도 만해 한 사람을 당하지 못한다. 만해 한 사람을 아는 것이 다른 사람 만 명 아는 것보다 낫다"라고 인물평을 했다는 일화가 전해진다.

만해 선사는 식민지배의 위기로 인해 침체에 빠진 한국불교계에 활력을 불어넣은 인물이다. 그의 『조선불교유신론』은 당대에만 국한되지 않는 불교의 자기변혁을 위한 대안을 제시하고 있는 저술이다. '서문'에서는 불교의 유신 문제가 "당장 세상에서 실천에 옮길 수 없는 실정"이며 "시험삼아 한 무형의 불교의 새 세계"를 논설로 나타낸 것이라 밝히고 있다. '망매지갈(望梅止渴)'의 고사(나관중의 『삼국지연의』에 등장하는 구절로, 조조가 적벽에서 크게 패한 뒤 패주하다가 군인들이 갈증으로 고생하는 것을 보고 좀더 가면 매화나무 숲이 있다고 말하자, 군인들 입에서 저절로 군침이 돌더라는 일화)를 인용하여 자신의 생각을 매화나무의 그림자에 지나지 않는다고 쓰고 있으나, 이 겸양의 발언에도 불구하고 그의 불교 유신에 대한 방책들은 대단히 혁신적이다. 그는 이 글에서 종단 제도의 실정에 맞는 자기변혁을 일관된 목표로 삼았다. 만해의 불교 개혁 사상은 식민지시대라는 특수한 역사적 환경에만 한정되지 않고 불교가 항구적으로 추구해야 할 보편종교의 면모를 상정하고 있었다는 점에서 지금의 시점에서조차 유효적절한 측면을 가지고 있다.

『불교유신론』에서 접할 수 있는 만해의 비판적인 지성은 불교

그대는 화환(花環)을 만들려고 떨어진 꽃을 줍다가 다른 가지에 걸려서 주운 꽃을 헤치고 부르는 절망인 희망의 노래입니다.

벗이여, 깨어진 사랑에 우는 벗이여!
눈물이 능히 떨어진 꽃을 옛가지에 도로 피게 할 수는 없습니다.
눈물을 떨어진 꽃에 뿌리지 말고 꽃나무 밑의 티끌에 뿌리세요.
벗이여, 나의 벗이여!
죽음의 향기가 아무리 좋다 하여도 백골의 입술에 입맞출 수는 없습니다.
그의 무덤을 황금의 노래로 그물치지 마세요. 무덤 위에 피묻은 깃대를 세우세요.
그러나 죽은 대지가 시인의 노래를 거쳐서 움직이는 것을 봄바람은 말합니다.

벗이여! 부끄럽습니다. 나는 그대의 노래를 들을 때에 어떻게 부끄럽고 떨리는지 모르겠습니다.
그것은 내가 나의 님을 떠나서 홀로 그 노래를 듣는 까닭입니다.

─ 「타골의 시(garednisto)를 읽고」 전문

시의 화자는 타고르를 "사막의 밤에 문득 만난 님처럼" 반갑고 기쁜 "나의 벗"이라고 표현한다. 그러나 벗의 시가 주는 감동은 "애인의 무덤 위에 피어있는 꽃"에 지나지 않으며 "백골의 향기", "떨어진 꽃을 주"워 부르는 "절망의 노래"라고 단언하고 있다.

또한, 시의 화자는 "눈물을 떨어진 꽃에 뿌리지 말고 꽃나무 밑의 땅 끝에" 뿌리고 "그의 무덤을 황금의 노래로 그물치지" 말고 "무덤 위에 피묻은 깃대를" 세우라고 타고르에게 권고한다. 화자에게 타고르의 시 「정원사」는 떨어진 꽃 때문에 눈물짓는 절망의 노래로 여겨졌던 탓이다.

불교에서나 문학에서 '아름다움'이란 고상해 보이는 겉보기의 삶이 아니라 진실한 내면과 정의로움을 향해 정진하는 과정에서 진정성이 만들어내는 심미적 가치이다. 『님의 침묵』에서 시의 화자는 현실에 안주하며 감미로운 평화의 노래를 부르는 타고르의 시를 평가절하한다. 이것은 타고르의 시가 감미로울지언정 의식을 일깨우고 현실과 적극적으로 대면하게 만드는 살아있는 노래가 아니었기 때문이다.

이렇게 보면, 『님의 침묵』에서 님을 향한 사랑은 민족에 대한 사랑을 넘어서 '참된 나'를 고통스럽게 찾아가는 고백의 언어, 시로 된 '만다라'라고 할 수 있다. 세상의 유혹에 잠길까, 아니면 극악한 현실에서 침묵하는 진리를 붙들 것인가를 시로 승화시키고 있기 때문이다. 이 과정은 마음 약한 존재들에게는 사랑의 밀어로 여겨지지만 역설과 상징으로 된 법어에 가깝다. 님은 만해 문학에서 스스로 수립한 자기 윤리이자 절대적인 사랑을 낳는 마음의 원천이었다. 그의 시가 가진 아름다움은 현실로부터 오는 온갖 고난과 위협과 유혹을 견디어내는 고행과 통찰의 험로를 약하고 여린 자의 심성으로 절실하게 표현한 데서 찾아진다. 나는 어떻게 삶을 아름답게 꾸밀 것인가, 그리고 그 결의는 어떻게 다질 것이고 어떻게 실천할 것인가, 이것이야말로 만해 선사의 『님의 침묵』이 훗날의 독자인 우리들에게 주는 감동과 교훈이다.

영원을 편력한 떠돌이 소년시인

—미당 서정주의 시와 불교적 상상력

서정주(徐廷柱, 1915~2000) 전북 고창 출생. 시인. 시집으로는 『화사집』(1941), 『신라초』(1960), 『질마재 신화』(1975), 저서로는 『한국의 현대시』, 『시문학원론』, 『세계민화집』 등이 있음. 『미당서정주전집』이 간행됨.

1

독자들은 '미당 서정주' 하면, 쉽게 「자화상」, 「동천」, 「꽃밭의 독백」, 「추천사」, 「국화 옆에서」 같은 작품을 떠올릴지 모른다. 하지만, 그의 시세계 전반에서 애송되는 작품들말고도 빛나는 작품들은 독자들의 상상 범위를 훨씬 넘어선다. 가령, 그의 작품 중에는, 「자화상」이나 「화사」처럼 문학사에서는 이미 오래전에 고전의 반열에 오른, 매운 청년감각과 귀기가 넘쳐흐르는 세계가 있다는 것을 독자들도 잘 알고 있다.

하지만, 미당의 시 중에는 한국 산문시의 절창 하나로 주저않고 꼽는 「상리과원」도 있고, 유년기의 기억으로 거슬러올라가 삼라만상과 한몸을 이루며 살아온 토속의 세계, 우리 부족의 삶이 가진 번역불가능한 원형질을 유장한 산문 가락으로 찬란하게 풀어냈다고 말하는 『질마재 신화』의 세계도 엄연히 있다. 『질마재 신화』의 숨막히는 시적 진술 안에는, 『화사집』의 매운 맛에 비하면, 한결 덜할는지는 모르지만 찬탄할 수밖에 없는 것이 하나 있다. 그것은 바로 그의 시가 가진 번역 불가능한 정감의 세계이다. 미당의 시에 한정시켜 말한다면, 한 시가 다른 언어로 번역된다는 것은 애초부터 불가능하다. 하나의 언어가 가진 소리의 맛에는 내력이 깃들어 있는 법이다. 그런데 미당의 시는 언제나 내력 담긴 의미의 영역으로 그치지 않는다. 미당시의 음성에 담긴 육자배기 특유의 어조와 리듬을 음미하지 못한다면, 우리는 언어의 육질과 그 안에 담긴 정취와 시의 진수를 알아내기 어려울 것이다.

미당의 시에는 한국의 어느 곳에서나 보고 들어왔음직한 장구한 농경문화의 기억이 담겨 있다. 미당 시가 즐겨 다루고 있는 세계는 가난과 자연, 인심과 향유하는 생활문화의 면면에 가깝다. 그 세계는, 그의 표현을 빌리면, '유교의 저 질그릇과 같은 형식'이나 사회주의의 견고한 이데올로기와는 한참 거리가 멀다. 그의 시는 무엇보다도 삼라만상과 인간사에 깃들어 있는 공동체의 넉넉한 품성과, 순간적으로 빛을 발하는 삶의 아름다움, 일상에서 어쩔 수 없이 겪어야만 하는 처연한 슬픔과 자잘한 기쁨들을 그윽한 방언의 결로 빚어내고 있다.

그런데, 그의 시가 가진 특징은 불교의 유연한 상상력에 닮아있다. 불교에서 말하는 "불립문자(不立文字)"의 종지는 삶의 구체적인 국면과 마주할 때 "불리문자(不離文字)"의 역설로 나타나는 법이다. 저 염화시중의 일화처럼, 세속의 모든 가치들은 손가락에 집중된 어떤 권력과 위세에 몰입하지만, 깨달음과 그 깨달음의 구현은 한낱 연약하기만 한 연꽃 한 송이로 모아진다. 미당의 시는 어눌한 말투와 그 안에 깃든 분위기들을 압축하며 한 개의 시어, 한 개의 이미지, 한 마디의 담론 안에다 '마음'을 담은 '문자'의 꽃을 틔우고 있다.

   미당이 불교의 저력을 받아들인 것은 그가 중앙고보에서 광주학생의거에 동조했던 파업과 그로 인한 퇴교조치 이후이다. 이 시절 그는 고창고보를 거쳐 방황에 방황을 거듭하던 시절 만해의 상좌이자 당대 학승으로 명망 높았던 석전 박한영 스님의 넉넉한 품 안으로 들어간다(이에 관한 일화는 『안 잊히는 일들』에 실린 시 「석전 박한영 종사의 곁에서」(Ⅰ·Ⅱ)에서 확인된다). 불교의 인연은 훗날 중앙불전(中央佛專·'동국대학교'의 전신)을 다니는 과정으로 이어진다. 「자화상」에서 감연히 토로했던 "나를 키운 건 팔할이 바람"이라는 표현처럼, 식민지의 숨막히는 제도권 안에 깃들지 못했던 이 영원한 소년시인은 아득한 신라 천년의 세상을 엿보며 심원한 마음의 종교인 불교를 자신의 상상력의 원천으로 삼았던 것이다. 그러한 상상력의 중심에 「자화상」이 있다.

   "애비는 종이었다"라는 도발적인 선언으로부터 출발한 미당의 시적 행로는 그로부터 장장 60여 년 간이나 "소처럼" 성실하게 이어진다(그는 1936년 동아일보 신춘문예에 시 「벽」이 당선되면서 시인의 길을 걷기 시작했다). 그의 시에서 내비친 부끄러운 아버지에 대한 고백은 비단 그의 시만이 아니라, 식민지 시대 이 땅의 궁상맞은 아버지와 남루한 가족에게서 벗어난 한 존재가 시인 또는 사회인으로 자긍심을 구축해나가는 일종의 관문과도 같은 역할을 한다.

"밤이 기퍼도 오지 않았"던 "애비"(이 말은 아버지의 낮춤말이다. 아버지에 대한 낮춤말은 「자화상」에서 남루한 식민지 시대의 아버지에 대한, 아들의 패기만만한 전제이다), "파뿌리같이 늙은 할머니", "풋살구가 꼭하나만 먹고 싶다하"는 "어매"의 아들은, "세상은 가도가도 부끄럽기만 하드라"는 좌절감을 낳기에 충분하다. 그러나 이 아들은 "아무것도 뉘우치진 않을란다" 하며 "병든 숫캐만양 헐덕어리며" 시를 써나간다. 그리하여 그는 자긍심 가득한 자기를 선언하며 홀로 서기에 이른다. 아들의 이같은 선언은 『화사집』(1941)에서, 그 선연한 핏빛과 알싸한 박하향내 같은 강렬한 관능성을 뽐내며 한국 근대시사를 새롭게 쓰게 만드는 원점을 형성한다.

『화사집』 이후 미당의 시는 전통적인 것들로 차츰 경사되는데, 그러한 모습을 『귀촉도』(1946)에서 찾아볼 수 있다. 그러나 이 세계는, 『화사집』에 실린 「수대동 시(水帶洞詩)」에서 예견되듯이, "별 생겨나듯 도라오는 사투리"로 접어들고 있음을 보여준다. 『귀촉도』에는 "우리들의 사랑이 위하여서는/ 이별이, 이별이 있어야 하네"로 시작되는 절창 「견우의 노래」, "눈물 아롱 아롱/

피리 불고 가신님의 밟으신 길은/ 진달래 꽃비 오는 서역 삼만 리./ 흰옷깃 염여 염여 가옵신 님의/ 다시오진 못하는 파촉 삼만 리."의 「귀촉도」 같은, 사랑과 전통적인 이별의 정한을 담아낸 명편들로 가득하다.

그는 해방을 맞이하면서 격동의 시기를, 『동아일보』 사회부 장 및 학예부장, 문교부 산하 예술과 초대과장을 역임하며 활발하게 활동했다. 김동리, 조연현 등 청모협 대표주자의 한 사람이었던 그는 6·25전쟁의 발발과 함께 절망하며 크게 상심하게 된다. 전쟁으로 인한 사회적 혼돈에 전율하고 좌절과 공포에 시달리다가 급기야 자살까지도 기도했던 것이다.

그러나 미당은 전란 후 광주에 머물면서 내면으로 침잠하며 사회적 비참에서 오는 절망과 정신적 위기를 극복해낸다. 내면의 위기를 추스리는 경과는 고스란히 『서정주시선』(1955)에 담긴다. 이때 쓰여진 가편들이 「무등을 보며」, 「학」, 「국화 옆에서」, 「추천사」, 「춘향유문」, 「풀리는 한강 가에서」, 「상리과원」 등이다.

「풀리는 한강 가에서」에는 전란의 혹독한 시련 속에서 내면을 추스르는 광경이 담겨 있다. 미당이 관조하는 현실과 내면의 상처 다스리기가 어떤 모습을 보이는지가 이 작품의 핵심에 해당하는 것이다.

> 강물이 풀리다니
> 강물은 무엇하러 또 풀리는가
> 우리들의 무슨 서름 무슨 기쁨 때문에

강물은 또 풀리는가
기럭이같이
서리 묻은 섣달의 기럭이같이
하늘의 어름짱 가슴으로 깨치며
내 한평생을 울고 가려했더니

무어라 강물은 다시 풀리어
이 햇빛 이물결을 내게 주는가

저 밈들레나 쑥니풀 같은것들
또 한번 고개숙여 보라함인가

황토언덕
꽃 상여
떼 과부의 무리들
여기 서서 또 한번 더 바래보라 함인가

강물이 풀리다니
강물은 무엇하러 또 풀리는가
우리들의 무슨 서름 무슨 기쁨 때문에
강물은 또 풀리는가

— 「풀리는 한강 가에서」 전문

해토머리에 강가에 나온 화자는 강물이 풀리는 자연의 운행 앞에서 하늘과 땅을 둘러본다. 그는 가슴 안에 쌓인 설움을 되새김질하다가 슬피 울며 상여를 따라가는 과부의 무리를 바라보게 된다. 강물이 풀리는 자연의 이치를 향해서 자신의 설움을 토해내며 "강물은 무엇하러 또 풀리는가" 하며 반문한다.

　이 반문에는 자연의 아득한 섭리를 향해 한평생 품고 가려 했던 깊은 상처가 절절이 배어 있다. 전란으로 쑥대밭이 되어버린 지상의 현실에서 피폐하고 뒤틀린 심사가 반문의 발언양식 안에 담겨 있어서, 고단함과 강퍅해진 마음을 절묘하게 포착하고 있다. 그러나 화자는 강물이 풀리는 이치를 되새기며 설움으로 뒤틀린 마음을 한껏 풀어내고 있는 것이다.

　고통스러운 반문과 깨달음을 수반하는 과정에는 화자 자신의 상처와 슬픔이 범람하는 현실의 대비, 기러기와 믿들레와 쑥니풀 같은 미물의 단단한 재생력을 확인하는 통찰이 담겨 있다. 그러니까, 화자의 이러한 마음을 다스리기는 자연의 소리없는 가르침에 대한 화답이자 고양된 깨달음을 풀어내는 과정과 다를 바 없다.

　미당의 시에서 사회적 수난과 그로 인한 고통을 풀어내는 모습은 「내리는 눈발 속에서」에서 두드러지게 나타난다.

　　　괜, 찮, 다, ……
　　　괜, 찮, 다, ……
　　　괜, 찮, 다, ……
　　　수부룩이 내려오는 눈발속에서는
　　　까투리 매추래기 새끼들도 깃들이어 오는 소리. ……
　　　괜찮다, ……괜찮다, ……괜찮다, ……괜찮다, ……
　　　폭으은히 내려오는 눈발속에서는
　　　낯이 붉은 처녀아이들도 깃들이어 오는 소리. ……

울고
웃고
수구리고
새파라니 얼어서
운명들이 모두다 안끼어 드는 소리. ……

ㅡ 「내리는 눈발속에서는」 1, 2연

　시의 화자는 충만하게 내리는 눈발 속에서 "괜찮다"를 연발하
는 내밀한 소리를 엿듣는다. 그 소리는 지치고 절망한 내면에게
자연이 베푸는 자비심과 다르지 않다. 또한 이 음성은 혹심한 시
대의 파고에 무너진 마음의 상처보다 더 안쪽의 마음이 내리는
눈과 교감하는 유심론의 차원이기도 하다. 이때 자연은, 서양 말
'네이처(Nature)'의 번역어가 아니라, '스스로 그렇게 있음'이라는
뜻으로, 마음에 비친 삼라만상 본래의 모습에 가깝다. 거기에는
온갖 미물들, 생기발랄한 처녀, 도란거리는 아이들의 목소리와
함께 "운명들이 모두다 안끼어 드는 소리", "산도, 산도, 청산도
안끼어 드는 소리"가 울려퍼진다. 하늘에서 내려앉는 무량한 눈
발은 "괜찮다"는 낮은 목소리로 지친 몸과 마음을 위로하며 지상
의 모든 운명들을 감싸안는 것이다. 이것은 자연에 담긴 불성, 곧
대자대비한 불성의 내밀한 진언이자 몸짓으로 보아도 무방하다.
　「풀리는 한강 가에서」가 도처에 깃든 상처와 삶의 강팍함을
해토머리에 보여주는 자연의 이치로 해원(解寃)해야 한다는 가르
침을 의뭉스럽게 전도시켜 반문한 것이라면, 「내리는 눈발속에서
는」은 자연이 베푸는 위안의 내밀한 음성에 귀기울이는 자의 모

습을 보여주고 있는 것이다. 이들 시편에 묻어나는 체취는 전란과 황폐해진 마음밭에 뿌리는 자비심과 그로부터 발원하는 삶의 고귀한 가치의 재확인이다. 이런 시적 행보를 통해서 미당은 자신의 정신적 위기를 타개해 나갔던 것이다.

2

미당의 시에서도 특히 전란의 시기에 쓰여진 『서정주시선』에서 미당이 써낸 또 한 편의 절창으로는 당연히 「상리과원」을 꼽아야 한다. '웃마을의 과수원'으로 풀어낼 수 있는 이 작품은, 「내리는 눈발속에서는」에서 보여주었던, 자연과의 내밀하고도 그 충만한 교감을 촌로(村老)의 그윽한 목소리로 바꾸어놓고 있다. 이와 함께, 자연의 화려한 윤무를 관조하는 자가 그 넉넉한 품성으로 된 진언(眞言)으로 풀어낸 것이 『상리과원』이다.

꽃밭은 그향기만으로 볼진대 한강수나 낙동강상류와도 같은 융융(隆隆)한 흐름이다. 그러나 그 낱낱의 얼골로볼진대 우리 조카딸년들이나 그 조카딸년들의 웃음판과도같은 굉장히 질거운 웃음판이다.

세상에 이렇게도 타고난 기쁨을 찬란히 터트리는 몸둥아리들이 또 어디 있는가. 더구나 사영에서 건네온 배나무의 어떤것들은 머리나 가슴팩이뿐만이아니라 배와 허리와 다리 발ㅅ굼치에까지도 이뿐 꽃숭어리들을 달았다. 맵새, 참

새, 때까치, 꾀꼬리, 꾀꼬리새끼들이 조석으로 이 많은 기쁨
을대신 읊조리고, 수십만마리의 꿀벌들이 왼종일 북치고 소
구치고 마지굿 올리는 소리를허고, 그래도 모자라는놈은 더
러 그속에묻혀 자기도하는 것은 참으로 당연한일이다.

우리가 이것들을 사랑할려면 어떻게했으면 좋겠는가. 무
쳐서 누어있는 못물과같이 저 아래 저것들을 비춰고 누어
서, 때로 가냘푸게도 떨어져네리는 저 어린것들의 꽃닢사
귀들을 우리 몸우에 받어라도 볼것인가. 아니면 머언 산들
과 나란히 마조 서서, 이것들의 아침의 유두분면(油頭粉面)
과, 한낮의 춤과, 황혼의 어둠속에 이것들이 자자들어 돌아
오는— 아스라한 침잠이나 지킬것인가.

하여간 이 한나도 서러울것이 없는것들옆에서, 또 이것
들을 서러워하는 미물하나도 없는곳에서, 우리는 서뿔리
우리 어린것들에게 서름같은 걸 가르치지말일이다. 저것들
을 축복하는 때까치의 어느것, 비비새의 어느것, 벌 나비의
어느것, 또는 저것들의 꽃봉오리와 꽃숭어리의 어느것에
대체우리가 행용 나즉히 서로 주고받는 슬픔이란 것이 깃
들이어 있단말인가.

이것들의 초밤에의 완전귀소가 끝난뒤, 어둠이 우리와
우리 어린것들과 산과 냇물을 까마득히 덮을때가 되거던,
우리는 차라리 우리 어린것들에게 제일 가까운곳의 별을
가르쳐 뵈일일이요, 제일 오래인 종소리를 들릴일이다.

— 「상리과원」 전문

숭엄한 자연의 교향악을 다시 번역하고 있는 화자는 과수원지
기인 시골의 평범한 노인의 말투를 빌리고 있다. 시적 화자는 특
유의 어눌하고 나직한 말투로 독자에게 발언하고 있다. 작품에서
이 말투, 촌로의 서툰 말투를 연상하며 읽어내는 일은 매우 중요

하다. 그 어투는 맞춤법이나 띄어쓰기를 위반하는 대신 자연을 닮은 푸근한 정감을 유감없이 발휘하기 때문이다(독자들은 왜 깔끔하게 표준어 맞춤법에 맞게 띄어쓰기를 하지 않았느냐고 반문할지 모른다. 그러나 표준어의 관습을 의도적으로 위반함으로써 시골 노인네의 정감어린 말투를 선연하게 환기하고 이를 통해서 자연이 베푼 축제의 의미를 새롭게 창조하고 있다는 점을 알아차려야 한다).

화자는 어디에도 슬픔이 깃들어 있지 않은 과수원의 흐드러진 꽃과 새와 벌과 나비들을 가리켜 보인다. 그는 먼산과 뉘엿뉘엿 넘어가는 초봄 황혼녘에 이르도록 자연이 베푼 축복을 관조하다가 이윽고 어둠이 내릴 무렵과 어두운 밤하늘까지 지켜본다. 그런 다음, 화자는 "우리 어린것들에게 제일 가까운곳의 별"과 "제일 오래인 종소리"를 듣게 하자고 권한다. 화자의 이러한 권고는 흡사 전란으로 상처받은 중생들에게 들려주는 위로와 깨달음으로 들린다. 시의 전면에 흘러넘치는 만물에 대한 사랑은, 번뇌 가득한 중생들에게 법문으로 불도를 전수하며 그들을 깨달은 자의 무리로 이끄는 것처럼, 지상의 교향악으로부터 천상의 뭇별과 아득한 세월동안 울려퍼지던 산사의 고즈넉한 종소리를 듣게 하자는 것이다.

여기에는 미당시를 비판하는 자들이 말하는 바와 같이, 현실의 온갖 맥락과는 절연된 채 홀로 깨달음에 이른 자가 전언하는 일방적인 태도가 분명 개재하기는 한다. 그렇다고 해서 영원의 밤하늘과 오랜 종소리를 가르쳐야 한다는 말이 현실에 범람하는 번뇌와 슬픔에 대한 거리를 둔 '책임없는 아름다움'(황현산)이라고 비판하기에는 너무나도 순박한 모습이다. 이 차원은 미당의 시가 파사현정의 패기보다는 그 소박한 마음으로 고양시킨 자비심, 그의 표현대로라면 '세상에 대해서 준비한 큰 울음통'을 취한 것이기 때문이다.

『서정주시선』 이후, 미당의 시는 『신라초』(1960) 『동천』(1968)으로 이어지면서 신라정신과 불교의 세계를 광활하게 탐사하는 모습을 보여준다. 꽃과 사소부인의 입을 빌려 불교의 육화된 언어를 뿜어내는 「꽃밭의 독백」, 신라시대와 현대사에 이르는 기간 동안을 별과의 거리로 조감하며 우리 정신사의 결락된 부분을 읊조린 「한국성사략(韓國星史略)」은 『신라초』에서 손꼽히는 가편들이다. 또한 『동천』에는 「동천」, 「연꽃 만나고 가는 바람같이」, 「선운사 동구」, 「영산홍」 등 고도의 압축미를 보여주는 명편들로 채워져 있다. 그중에서 「동천」을 살펴보기로 한다.

> 내 마음 속 우리 님의 고은 눈섭을
> 즈문밤의 꿈으로 맑게 씻어서
> 하늘에다 옴기어 심어 놨더니
> 동지 섣달 나르는 매서운 새가
> 그걸 알고 시늉하며 비끼어 가네
>
> ― 「동천」 전문

「동천」의 세계는 마음 속 이미지인 "님의 고은 눈썹"을 언급하고 있다. 이 "눈섭"은 님의 아름다움을 표상하지만, 거기에는 장구한 내력이 응축되어 있다. "즈문밤의 꿈"과 "하늘에다 옴기어

심어” 둔 마음은 무엇인가. “즈문”, 곧 천일밤이나 꾼 꿈이란 염
원의 극치에 도달한 청정심과 간절한 바램의 성질을 일러준다.
아득한 날 동안 꿈꾸어가며 모든 삿된 것을 걸러낸 “눈썹”은 그
야말로 아름다움의 가장 핵심에 이른 사물의 하나일 터이고, 그
것을 동짓달 차디찬 하늘에 심어두는 마음이란 소망과 바램을 고
양시킨 정한수와 같은 깨끗함에 비견될 터이다.

　마음의 “눈썹”은 날쌔게 밤하늘을 가로지르며 날아가는 새조
차 비껴갈 만큼 고귀한 정념의 산물이다. 화자는 아마도 겨울의
매서운 하늘에 걸린 초승달을 보고 님의 눈썹을 연상했을지도 모
른다. 그러나 화자는 길고 긴 세월 동안 꿈꾸어온, 님의 얼굴처럼
고운 모습을 떠올리며 꿈꾸어온 지고지순의 마음을 “눈썹”이라는
말에 집중시키고 있다. ‘밤하늘의 눈썹’은 무엇인가. 그것은 님의
눈매를 닮은 가냘픈 곡선의 초승달이다. 초승달과 님의 눈매는
그 어떤 연관도 없다.

　이렇게 하등 연관성 없는 사물을 결합시킨 고밀도의 응축과
함께 드러나는 의미의 차원은 「동천」에서만 접할 수 있는, 미당
의 희귀한 창안물이다. 겨울 하늘과 눈썹과 매섭게 날아가는 새
를 두고, 님을 향한 지고지순의 사랑으로 구축해낸 미당의 상상
력은 씨톨 하나에서 우주의 삼라만상을 보는 경지를 궁글리고 있
는 것이다.

　『질마재 신화』(1975)에서 고향 마을 질마재에 담긴 유년의 기
억을 절묘하게 풀어내어 구어체의 산문시로 양각해내면서, 미당

은 명실상부한 "시인족장"으로 군림하기에 이른다. 여기에는 유년기를 보낸 기억 속 마을을 탐사하며 그곳에 깃든 신화와 잡다한 소문들이 전혀 새롭게 복원되는 풍경이 펼쳐진다. 그러나 보다 중요한 것은 『질마재 신화』가 가진 "말이 시가 되는" 차원에 있다. 그 차원은 미당이 농경민족의 심성에 가장 가깝도록 창안해낸 것이다. 이러한 시적 특성을 "소리 지향"과 "산문 지향"이라고 요약하는 것이 논자들의 일반화된 견해이다. 하지만, 삶 자체가 아름다움으로 바뀌어버리는, 삶의 어떤 표정을 절묘하게 담아내는 언어의 마술적 경지를 보여준다는 데 이 시집의 묘미가 있다. 그 표정은 「소망(똥깐)」에서처럼, "똥하고 오줌을 누어 두는 소망 항아리만은 서너 개씩은 가져야지"하며 풀어내는 소년의 익살스러움과, "그 별과 달이 늘 두루 잘 내리비치는" 꾸밈없고 자재로운 어조와 상상력으로 나타난다.

『질마재 신화』는 어린 날의 기억으로 거슬러올라가서 물긷는 소녀의 몸짓, 마을의 상가수(上歌手)의 일상, 생원네 마누라의 욕설, 외할머니의 마음, 눈들 영감의 간식 풍경, 학질 걸린 어린 시절의 기억, 마을의 간통사건, 단골 무당네 머슴아이의 행동, 연날리기의 정경, 마당방의 풍경, 매혹적인 향취의 개피떡, 신선이 되어버린 앉은뱅이 재곤이 등등, 마을의 일상사와 세세한 일화들을 복원하며 마을 공동체의 오랜 습속과 넉넉한 인심을 담아 이를 신화의 경지로 승격시키고 있다.

『질마재 신화』에서 그의 시가 시간과 공간을 아우르며 지향했던 가치가 무엇인지를 보여주는지, 「침향」을 사례로 삼아 살펴보기로 한다.

> 침향을 만들려는 이들은, 산골 물이 바다를 만나러 흘러내려 가다가 바로 따악 그 바닷물과 만나는 언저리에 굵직굵직한 참나무 토막들을 잠거 넣어 둡니다. 침향은, 물론 꽤 오랜 세월이 지난 뒤에, 이 잠근 참나무 토막들을 다시 건져 말려서 빠개어 쓰는 겁니다만, 아무리 짧아도 2~3백년은 수저(水底)에 가라앉아 있는 것이라야 향내가 제대로 나기 비롯한다 합니다. 천년쯤씩 잠긴 것은 냄새가 더 좋굽시오.
>
> 그러니, 질마재 사람들이 침향을 만들려고 참나무 토막들을 하나씩 하나씩 들어내다가 육수(陸水)와 조류(潮流)가 합수(合水)치는 속에 집어넣고 있는 것은 자기들이나 자기들 아들딸이나 손자손녀들이 건져서 쓰려는 게 아니고, 훨씬 더 먼 미래의 누군지 눈에 보이지도 않는 후대들을 위해섭니다.
>
> 그래서 이것을 넣는 이와 꺼내 쓰는 사람 사이의 수백 수천년은 이 침향 내음새 꼬옥 그대로 바짝 가까이 그리운 것일뿐, 따뿐할 것도, 아득할 것도, 너절할 것도, 허전할 것도 없습니다.
>
> — 「침향」 전문

시에서는 우리가 항용 쓰는 '육십평생'이라는 말이나 '일백년'이라는 시간 단위를 훌쩍 넘어선다. 화자는 적어도 이삼 백년, 많게는 수천 년을 거침없이 운위하고 있는 것이다. 참나무를 육수와 해수가 만나는 물길 아래 묻는 행위가 그러하듯 "아무리 짧아도 2~3백년"은 되어야 제대로 된 침향이 만들어진다는 것은, 단순히 "자기들이나 자기들 아들딸이나 손자 손녀"를 위한 가족의 좁은 테두리에 한정되는 것이 아님을 보여준다. 그러한 의례는 "훨씬 더 먼 미래의 누군지 눈에 보이지도 않는 후대들을 위"한 훨씬 더 넓은 울력이다. 이러한 시간의 차원은 겹고 트는 세월의 여울목으로 한정되지 않고 보다 구원(久遠)한 것들, 이름모를 존재들을 향해서 대가(代價) 없이 베푸는 행위로 확장된다(이것을 두고 불교에서는 '보시바라밀다'라고 할 수 있다). 그러니 침향을 만들기 위해 나무를 묻는 시간과 그것을 꺼내 쓰는 수백 수천 년의 시간이 "침향 내음새 꼬옥 그대로" 따분하거나 아득하거나 너절하거나 허전할 것이 전혀 없는 "그리운 것일뿐"이라는 화자의 말은 지극히 온당한 표현이다. 현재와 수백 수천 년 사이의 아득한 시간을 그리움으로 채운다는 것도 미당의 시가 가진, 대자대비의 불교적 상상력이기도 하다.

회갑을 넘기며 간행했던 『질마재 신화』 이후 그의 시적 행보는 더욱 활발해진다. 『떠돌이의 시』(1976), 『서으로 가는 달처럼…』(1980), 『학이 울고 간 날들의 시』(1982), 『안 잊히는 일들』(1983), 『노래』(1984), 『팔할이 바람』(1988), 『산시』(1991), 『늙은 떠돌이의 시』(1993), 『80소년 떠돌이의 시』(1997)에 이르기까지, 미당은 무려 아홉 권의 시집을 더 간행하는 노익장을 과시한다. 이러한 시의 행보는 단지 고유 문화에 대한 탐사를 넘어서 세계 여행체험 하나하나가 그대로 시가 되는 천의무봉의 경지를 보여준다. 이것은 미당이 그의 산문 한켠 어디에선가 말했지만, 스스로의 천재를 믿고 우보행(牛步行)을 도외시했던 근대의 여느 시인들과는 달리, 한날 한시도 그치지 않고 끊임없이 자신을 채찍질해가며 "시의 이슬"을 맺어간 용맹정진의 한 결과였다는 점을 말해준다. 이로 써도 노경에 이른 시인의 세상 편력은 나이를 불문하고 문학과 문화의 귀감이 되기에 충분하다.

"부족 방언의 마술사"(유종호)라는 말에 어울리게, 미당 서정주의 시는 근현대의 시사에서 명멸해간 여느 시인과는 다른 몇 가지의 특징을 가지고 있다. 우선, 그의 시는 모든 시인들이 가진 대표작의 분량에서 크게 차이난다. 보통, 시인들의 대표작 하면 한두 작품으로 그치는 것이 상례이지만, 그의 대표작은 시집 한 권, 또는 시집 몇 권을 넘어서 한두 편으로 추려내기가 불가능할 정도이다. 이러한 시적 성취는 그에 대한 친일 논란이나 정치적인 실언 때문에 시세계 전체를 폄하하는 일로 이어지는 문제와는 전혀 별개이다. 미당과 친일부역 문제는 그 자신이 역사적 사죄를 하지 않았다는 점에서는 개인의 불행임에 분명하다. 하지만, 이는 개인의 과오를 넘어서 역사의 전제(專制)와 억압으로 인한 상처로서, 역사의 상처를 그에게만 한정시킬 수 없는 정신사의 차원과 관련되는 문제이다. 친일의 논리가 역사의 윤리적 심판과 관련 있다면, 친미의 문제 역시 현재에도 진행중이다. 외세의존의 맹목성을 두고서 역사를 이해하는 것이 아니라 정죄하는 방식이 가진 윤리의 실체란 사실 역사에 대한 편향된 시각이나 편협한 이해방식에 가깝다.

미당시로부터 친일의 내적 논리를 가려내는 작업은 그의 시가 어떻게 전제 권력에 굴복하는 미적 태도를 내장하고 있는지, 또는 그 미적 담론이 어떤 결함을 가지고 있는지를 차분하게 검토하는 과정을 필요로 한다. 그러나 지금의 현실에서 신중한 접근과 가치 판단의 척도는 부재하며 친일부역의 논란만을 되풀이되는 경향이 짙다. 덧붙여 말하자면, 친일의 내적 논리에 대한 균형잡힌 해명 없이 미당이 보여준 사회적 개인으로서의 흠결만으로 그가 이룬 시의 위업 전체를 싸잡아 단죄하는 편협한 논리는 온당치 못하다. 그의 오점은 그 개인의 사죄를 필요로 하는 것임에 분명하지만, 역사의 수많은 생채기로부터 자유롭지 못한 민족의 차원에서 해명되어야 할 문제언 것이다. 도대체, 그의 시를 언급하지 않고서는 한국 근현대시를 논의하는 일 자체가 곤란하다. 이런 점에서도 미당 시의 위상은 독자들이 상상하는 것보다 훨씬 우뚝하게 근현대 시사에서 한 자리를 차지하고 있다는 사실을 절감하게 만든다. 그 역연(歷然)한 시의 위업이 정치적 예속이나 윤리의 잣대에 따라 시 전체의 가치 폄하로 귀착시키는 논리는 또 하나의 야만에 가깝다.

미당 서정주는, '미당(未堂)'이라는 호에 담긴 '미숙한 존재'라는 바로 그 뜻처럼, 사회인으로서는 정치적 판단에서나 처신에서는 지극히 서툴기만 했다. 그런 점에서 그는 '영원한 소년시인'이었다.

시적 정관과 우주적 상상력

—『청시(淸枾)』와 월하 김달진의 시세계

김달진(金達鎭, 1907~1989) 호는 월하(月下). 경남 창원 출생. 불교전문학교 졸업. 동국대 역경원 역경위원 역임. 『시원』, 『시인부락』 동인. 시집 『청시』, 『올빼미의 노래』, 『큰 연꽃 한 송이 피기까지』, 『한산시집』, 『법구경』, 『한국의 선시』 등 번역

월하 김달진은 지금의 문학사에서 그다지 자주 거론되지는 않지만 그렇다고 해서 결코 허술한 시인이 아니다. 그는 『시인부락』파의 일원으로서 정갈한 언어를 구사한 시인으로 정평이 나 있다. 그러나 그의 시에 대한 활발한 평가가 워낙 미흡한 것은 해방 이후 그가 문단에서 물러나 있었던 탓이 크다.

경남 창원에서 태어난 김달진은 1934년 금강산에 입산하여 유점사에서 득도한 뒤 함양 백운산의 화과원(華果院)에서 백용성 스님을 모시고 선농일치(禪農一致)의 수도생활을 하기도 했다. 1936년 그는 중앙불교전문학교에 입학하여 서정주·김동리·오장환 등과 함께 『시인부락』의 동인으로 활동했다. 1939년 중앙불전을 졸업한 김달진은 금강산 유점사에서 법무를 지내다가 일경의 감시를 피해

간도지방을 여행하며 암울한 일제 말기를 보냈다. 해방 후 그는 춘
원 이광수의 권유로 잠시 동아일보 문화부에서 근무하는 한편 청년
문학가협회 부회장을 맡기도 했다.

1946년 서울생활을 청산하고 교육계에 투신했다가 1964년 이
후, 그는 운허(耘虛) 스님을 법사로 모시고 동국대학교 역경원에
서『고려대장경』한글화사업에 참여하는 한편, 많은 불전을 우리
말로 옮기는 작업에 몰두했다. 그가 번역한 불전만 해도『법구경』,
『금강삼매경론』,『백운화상어록(白雲和尙語錄)』(景閑),『태고집(太
古集)』(普雨),『나옹집(懶翁集)』(懶翁),『대각국사문집(大覺國師文集)』
(義天),『보조국사법어(普照國師法語)』(知訥),『진각국사어록(眞覺國
師語錄)』(慧諶),『해동고승전(海東高僧傳)』(覺訓),『허응당집(虛應堂
集)』(普雨) 등에 이른다. 뿐만 아니라 그는『장자』,『한산시』,『당
시전서』,『한국선시』,『한국한시』 등을 번역하기도 했다. 이러한
공과 때문에 불교정신문화원에서는 1983년 그를 '한국의 고승석
덕(高僧碩德)'으로 추대하였다.

김달진의 문학적 면모는 척박한 근대시의 전통에서 동양 한시
에 바탕을 둔 상상력과 불교적 사유를 결합시킨 모범적인 사례
하나를 제공한다. 그는 불교 발전에 자신의 생애를 투여했지만
시 전문지였던『시원(詩苑)』(1935)과『시인부락』(1936),『죽순(竹筍)』
(1947) 동인으로 활동하며 평생을 두고 시인의 길을 추구했던 것
도 엄연한 사실이다. 시집으로는『청시』(1940), 이로부터 40여 년
의 격차를 두고 펴낸 시선집『올빼미의 노래』(1983), 부처님의 일

대기를 그린 장편서사시집 『큰 연꽃 한 송이 피기까지』(1984) 등
이 있다.

월하의 시세계는 한 마디로 말해 마음의 풍경을 우주적 상상
력으로 담아내는 모습을 보여주고 있다. 시집 『청시(青柿)』의 서
시 격에 해당하는, 제목 그대로 '문을 여는 시'인 「비시(扉詩)」는
그의 시 세계 전반의 특성을 잘 함축한 작품이다.

> 유월의 꿈이 빛나는 작은 뜰을
> 이제 미풍이 지나간 뒤
> 감나무 가지가 흔들리우고
> 살찐 암녹색 잎새 속으로
> 보이는 열매는 아직 푸르다.

— 「비시(扉詩)」 전문

작품에서는 화자의 '마음'에 주목해볼 필요가 있다. 화자가 응
시하는 푸른 감은 농익은 것도 아니다. 봄의 향연을 장식하던 신
록이 한결 짙어져 풍요로운 암녹색을 띨 때 화자는 감나무 잎새
사이로 영글어가는 탐스러운 열매를 응시한다. 그 시선은 유월의
뜰 안, 나뭇가지의 미세한 흔들림에서 바람의 여운을 짚어내고
가지 사이로 언뜻 내비치는 결실의 중핵을 바라보고 있다.

시의 풍취는 오히려 화려한 수식을 배제한 소담스러운 언어에
서 발휘되고 있다. 그리고 그 묘미는 '아직 푸르다'는 화자의 발
언 안에 모아져 있다. '아직 푸르다'는 것은 익지 않은 열매의 현
재와 곧 있을 완성을 염두에 둔 발언이다. 여기에는 일상에서 대

면한 자연의 어느 대상물이 가진 특징을 생멸의 과정 전체의 맥락에서 판단하는 특징이 나타나 있다. 작품 도처에는 시간의 흐름과 한정된 공간 안에 있는 대상물의 섬세한 관찰을 통해서 현상(色)과 본질(空)을 통찰하는 올곧은 모습이 개재한다. 이를 가능하게 하는 것은 열정이다.

김달진의 시에서 열정은 하얗게 쌓인 눈밭에 "빨간 피 한 방울 떨어뜨려보고 싶"은, "속속드리 스미어드는"(「눈」) 것을 바라는 마음의 긴장과 활력으로 나타난다. 새하얀 눈밭의 정경은 순수의 다른 표현이고, 그 순수에 마음의 열정을 담아 전력을 다해 몰입하는 대상이다. 월하의 시편에서 자연의 모든 대상들은 착잡한 번뇌, 의혹, 절망 같은 마음의 풍경을 담아내는 그릇의 역할을 한다.

> 아무 풍경도 없는 풍경을 그려보려는 마음
> 아무 뜻도 아닌 감정을 말해보려 바득이는 마음
> ―이 마음은 슬프고 안타까웁다
>
> 창 밖 무한한 백화색(白樺色) 공기의 진동(振動) 속을 바래다가
> 강물 꽃빛 직운(織雲)이 애써 가까웁거니
>
> 마른 풀잎을 뜯어 한 곡조 피리를 불어보네
> 햇볕 고여 흐르는 가을 하늘의 낮별을 우러러
> 아무 풍경도 없는 풍경을 그려보려는 마음
> 아무 뜻도 아닌 감정을 말해보려 바득이는 마음

－이 마음은 슬프고 안타까웁다

－「초조」

　월하의 시에서 '마음'은 슬픔과 안타까움으로 가득 차 있다. 그
러나 슬픔과 안타까움을 애상감으로만 보아서는 안된다. 이러한
마음의 상태는 불교적 사유에서 울려나오는 풍부한 시적 감성의
원천이기 때문이다. "아무 풍경도 없는 풍경"을 그려보이고 "아
무 뜻도 아닌 감정"을 말하려는 마음이란 '표현의 욕망'을 가리
킨다. 하지만 이 욕망은 운명적으로 본질에 다다르기에는 턱없이
부족하다. 표현 의지와 표현 대상 사이에는 도달할 수 없는 간극
이 개재하기 때문이다. 화자는 이 간극에서 오는 절망과 그로 인
한 심리적인 반응을 여과없이 드러내 보인다. 이것은 문학이 가
진 운명이자 문자를 통한 표현의 한계이기도 하다. 화자가 바라
보는 공기의 미세한 떨림이나 강물 너머 어른거리는 조각 구름은
한계를 절감하는 존재의 슬픔과 안타까움을 투영시킨 대상이다.
화자는 가을의 마른 풀잎을 뜯어 피리를 불며 햇빛 가득한 가을
하늘을 그저 바라볼 뿐이다.

　바로 여기에 김달진의 시적 특징 하나가 담겨 있다. 그 특징은
온갖 번뇌에도 불구하고 열망하는 마음의 평정과 깨달음이다. 이
것은 자신과 자연, 그리고 우주로 널리 퍼져나가는 마음의 심원
한 작용, 불교에서 말하는 색(色)과 공(空)의 원리를 꿰뚫고 있는
모습에 비견된다. 그런 까닭에 시에서 생략된 부분은 표현의 욕
망이 부질없음이며, 슬픔과 안타까움마저도 속절없음으로 처리되

고, 더 나아가 일체의 욕망이 부질없음을 함축한다. 월하의 시에서 자연물과의 내밀한 소통방식은 방안이나 뜰에서 시작된 정관(靜觀)이 꼬리를 물고 "여러 억천만 년 사는 별을 보"는 (「애인」)로 광대무변한 경지로 확장되고 있음을 보여준다. 이 소통방식은 '한톨의 씨앗에도 수미산이 깃들어 있다'는 화엄의 비유처럼 유현(幽玄)한 우주적 경지를 담고 있는 것이다.

「샘물」은 역동적이고 우주적인 상상력을 보여주는 사례이다.

> 숲 속의 샘물을 들여다본다
> 물 속에 하늘이 있고 흰 구름이 떠가고 바람이 지나가고
> 조그마한 샘물은 바다같이 넓어진다
> 나는 조그마한 샘물을 들여다보며
> 동그란 지구(地球)의 섬 우에 앉았다.
>
> ― 「샘물」 전문

화자는 샘물을 들여다본다. 그는 샘물에 비친 흰 구름과 스쳐가는 바람을 보며 그 풍경이 바다 같이 넓어진다고 말한다. 샘물의 좁은 공간에서 이루어지는 것은 사유의 무한한 확장이다. 그 사유는 바라보는 행위에서 들여다보는 자연물로 이행하며 더욱 가파르게 일어난다. 하늘과 흰 구름과 바람을 열거하면서도 드넓은 바다를 끌어오는 사유의 자재로움은 화자 자신이 지구라는 섬 위에 좌정(坐定)했다는 표현에서 극점을 이룬다. 인상 깊은 대목은 화자의 위치이다. 화자의 위치는 샘물의 가장자리에서 솟아올라 삼라만상을 관조하는 지점이다. 이곳은 김달진 시의 상상력과 그 경계, 또

는 깨달음의 넓이와 높이를 상징적으로 보여준다.

　그러나 샘물의 우주적 확장과는 반대방향으로 전개된 경우도
있다.

　　　고인 물 밑
　　　해금 속에
　　　꼬물거리는 빨간
　　　실낱 같은 벌레를 들여다보며
　　　머리 위
　　　등뒤의
　　　나를 바라보는 어떤 큰 눈을 생각하다가
　　　나는 그만
　　　그 실낱 같은 빨간 벌레가 되다.

—「벌레」 전문

　화자는 '냄새나고 썩는 찌끼' 속에 꼬물거리는 벌레를 들여다
본다. 그는 실낱 같은 미물을 바라보면서 문득 등뒤에서 '나'를
바라보는 어떤 큰 눈을 생각하다가 자신이 그 미물이 된다. 벌레
를 자신과 대비하다가 벌레가 된 자신을 상상하는 장면은 '꿈 속
의 나비와 꿈꾸는 자가 하나'라는 『장자』의 '호접몽(胡蝶夢)'을 연
상시킨다. 여기에서 '큰 눈'은 마음 깊은 데서 작동하는 심안(心
眼)이다. 심안의 차원에서 바라보면, 벌레를 바라보고 있는 자신
또한 미물과 다를 바 없다. 벌레가 내가 되고 내가 벌레가 되는
것은 유비적 상상력이다. 유비의 세계에서 화자는 자신의 심중을
헤아리는 초월적 인격을 다시 상정한다. 그것은 우주와 자기라는

존재를 조응시키는 활달한 시적 상상력이자 인식의 주체까지도 대상화시키는 희유한 사유방식이다.

김달진의 시는 그의 시가 마음에서 일어나는 욕망의 안팎을 둘러보며 이를 자연의 무연한 모습과 연결시켜 나가는 사유의 간단찮은 넓이와 깊이를 보여주고 있다. 그 넓이와 깊이는 마음에서 생성되는 온갖 번뇌들의 뿌리와 눈앞에 펼쳐지는 현상들의 뿌리에 담긴 이치를 관통한다. 그 이치의 하나는 '제행무상(諸行無常)'이라는 원리이다.

이러한 원리는 김달진의 시가 선 수행과 그리 차이나지 않는 깨달음의 고요한 경지, 곧 정관(靜觀)하는 화자의 모습으로 나타나고 있는 것이다. 여기서는 시가 종교와 둘이 아니다. 시인이 자신의 시 안에다 평생 표현하고자 했던 마음의 행로가 바로 시와 종교가 하나되는 경지였던 것은 아니었을까.

> 나를 세우는 곳에는
> 우주도 굴 속처럼 좁고
> 나를 비우는 곳에는
> 한 간 협실도 하늘처럼 넓다.
>
> 나에의 집착을 여의는 곳에
> 그 말은 바르고,
> 그 행은 자유롭고,
> 그 마음은 무위의 열락에 잠긴다.
>
> ― 「나」 전문

지상의 쓸쓸한 삶과 생명에의 자비

—백석의 시와 불교의 훈습

백 석(白石, 1912~1995) 평북 정주 출생. 본명은 기행(夔行). 시집 『사슴』이 있음. 『백석시전집』 간행됨.

백석은 1930년대 시단에서 대단히 이채로운 존재가 아닐 수 없다. 그는 평북 정주 갈산면 익성동 출생으로, 같은 지역의 문인이기도 한 이광수나 김소월 같은 근대초기 문인들의 빛나는 문학 전통을 물려받았다. 그는 식민지 현실 속에 마멸되어가는 운명에 놓인 민족 공동체의 정감을 방언의 감각적인 언어로 되살려놓고 있다.

그의 첫시집 『사슴』(1936)은 발간되자마자 평단의 주목을 한몸에 받는다. 김기림은 그의 시세계를 매우 "유니크하다"라고 평하면서 "시인의 기억 속에 쭈그리고 있는 동화와 전설의 나라"는 "속임없는 향토의 얼굴"이며 "회상적인 감상주의에도 불어오는 복고주의"와 구별된다고 보았다. 그와 함께 김기림은 시집에서 이미지들이 표본실의 인조 사슴이 아니라 심산유곡의 영기를 담은 미각과 경이로움을 보여준다고 극찬하였다.

김기림의 극찬에서 누락된 부분은 백석 시에 일관하는 불교의 문화적 저류이다. 오산고보 재학시절부터 문학과 불교에 심취했던 그는, 일본 아오야마 학원(靑山學院)에서 영어교육을 전공한 근대 지식인임에도 불구하고 향토성을 자신의 시적 자질로 삼았다.

그러나 그의 시는 불교의 영향을 명시적으로 드러내지는 않았다. 하지만 그의 시를 곱씹어보면 정서의 울림을 낳는 정감어린 대목들이 예외없이 생명에 대한 연민과 자비심으로 가득 차 있음을 알게 된다. 산문체의 유려한 리듬감, 평안방언이 빚어내는 문화의 환기력, 유년의 기억에 바탕을 둔 공동체의 은성한 생활 정경 등은 모두 융합과 조화의 동력을 쓸쓸한 지상의 삶과 수많은 생명들에 대한 연민과 자비심으로 바꾸어놓는 공통점을 가지고 있다.

백석의 시에서 주된 공간은 "잠자리 조을든 문허진 성터"(「정주성」)처럼 퇴락한 고향이거나 "한 십리 더 가면 절간이 있을 듯한 마을"(「황일(黃日)」), 장터나 바닷가에 인접한 마을(「흰 바람벽이 있어」), 아니면 "이방 거리"(「안동(安東)」)이기가 십상이다. 시적 공간이 가진 전반적인 특징이 피폐함과 쓸쓸함 같은 짙은 페이소스를 갖게 된 연유는 아무래도 식민지의 엄혹한 현실과 관련이 깊어 보인다.

그러나 이 애잔함을 주조로 한 시적 화자의 모습은 거리를 떠도는 유랑자로 자주 반복되어 나타난다. 이같은 공간과 화자의 전형적인 모습이 결합된 것이 절창 「남신의주 유동 박시봉방(南新義州 柳洞 朴時逢方)」이다.

> 어느 사이에 나는 아내도 없고, 또,
> 아내와 같이 살던 집도 없어지고,
> 그리고 살뜰한 부모며 동생들과도 멀리 떨어져서,
> 그 어느 바람 세인 쓸쓸한 거리 끝에 헤매이었다.
> 바로 날도 저물어서,
> 바람은 더욱 세게 불고, 추위는 점점 더해오는데,
> 나는 어느 목수네 집 헌 삿을 깐,
> 한 방에 들어서 쥔을 붙이었다.

백석 시에 자주 등장하는 유랑민의 심사는 일제의 강제합병 이후 전개된 수많은 식민지 민중들의 혹독한 시련과 궁핍상에 부합한다. 시의 제목이 화자가 한때 묵었던 목수네 집 주소인 것도 이채롭지만, 그 효과는 남의 집살이로 내몰려 가족도 혈연도 흩어져버린 처량한 처지를 환기하기에 충분하다.

시구에서 주목해볼 부분은 고향을 떠나 어느 마을, 바람 가득한 거리를 헤매는 자의 쓸쓸한 감회이다. 이어지는 대목에서 화자의 모습은 목수네 집 방 한 간을 빌려 겨우 한 몸을 의탁하고 있는 처량하기 짝이 없는 처지이다. 혼자 눕기에도 벅찬 좁디좁은, 그리고 습내 나는 방안을 뒹굴면서 화자는 넘쳐흐르는 슬픔을 되새김질한다.

나는 내 슬픔이며 어리석음이며를 소처럼 연하여 쌔김질하는 것이었다.
　　내 가슴이 꽉 메어올 적이며,
　　내 눈에 뜨거운 것이 핑 괴일 적이며,
　　또 내 스스로 화끈 낯이 붉도록 부끄러울 적이며,
　　나는 내 슬픔과 어리석음에 눌리어 죽을 수밖에 없는 것을 느끼는 것이었다.
　　그러나 잠시 뒤에 나는 고개를 들어.
　　허연 문창을 바라보든가 또 눈을 떠서 높은 턴정을 처다보는 것인데,
　　이때 나는 내 뜻이며 힘으로, 나를 이끌어가는 것이 힘든 일인 것을 생각하고,
　　이것들보다 더 크고, 높은 것이 있어서, 나를 마음대로 굴려가는 것을 생각하는 것인데,
　　이렇게 하여 여러 날이 지나는 동안에,
　　내 어지러운 마음에는 슬픔이며, 한탄이며, 가라앉을 것은 차츰 앙금이 되어 가라앉고,
　　외로운 생각만이 드는 때쯤 해서는,
　　더러 나줏손에 쌀랑쌀랑 싸락눈이 와서 문창을 치기도 하는 때도 있는데,
　　나는 이런 저녁에는 화로를 더욱 다가 끼며, 무릎을 꿇어보며,
　　어니 먼 산 뒷옆에 바우 섶에 따로 외로이 서서,
　　어두어오는데 하이야니 눈을 맞을, 그 마른 잎새에는
　　쌀랑쌀랑 소리도 나며 눈을 맞을,
　　그 드물다는 굳고 정한 갈매나무라는 나무를 생각하는 것이었다.

　　슬픔과 자신의 어리석음을 되새김질하는 화자의 내면은 곤경

에 처한 자신을 응시하면서도 가라앉은 고통을 다스리며 삶을 움직이는 어떤 힘을 상상하는 차원으로 비약하고 있다. 시의 끝부분에 이르면 신라 향가의 절창의 하나인 득오(得烏)의 「찬기파랑가」에 나오는, "아아 잣가지 높아 서리 모르실 화반이여!" 하는 구절을 떠올리게 한다. 이러한 연상의 근원에는 슬픔과 어리석음을 관조한 끝에 서서히 떠오르는 먼 산 뒤편의 음지, 바위 옆에 눈을 맞으며 우뚝 선 갈매나무가 자리잡고 있다.

「찬기파랑가」가 기파랑의 고아한 인격을 추모하는 최상의 시적 이미지를 '잣나무 높은 가지'로 풀어냈다면, 백석은 슬픔의 저작(詛嚼) 끝에 꿋꿋하게 선 갈매나무 이미지로 풀어내고 있는 것이다. 갈매나무는 그러니까 그의 시 정신이 도달한 어떤 경계지점이다. 내 뜻대로 할 수 없는 삶의 슬픈 운명을 응시하는 내면이 수많은 되새김질을 통해서 앙금으로 가라앉힌 다음 떠올리는 갈매나무는 번뇌를 끊으려 수행하는 단계를 거쳐 도달한 평정심의 다른 면모이자 고된 삶의 노역을 분별하며 내밀한 상처를 다스리는 지점이기 때문이다.

그러나 백석의 시는 단순히 시대의 슬픔만을 곱씹는 것으로 끝나지 않는다. 그의 시편들은 산문체의 절묘한 가락과 방언의 힘으로 기억 안에 담긴 공동체의 웅숭깊은 세계를 빚어낸다. 그러한 점에서 「여우난골족(族)」은 그의 시에서 대표작의 하나로 꼽아도 손색이 없다.

「여우난골족」은 명절날의 흥성스러운 풍경을 통해서 혈연공동체의 서로다른 삶의 행로, 가난으로 찌든 생색들을 품고 진할머니와 진할아버지가 계신 큰집으로 모여든 장면을 부조하고 있다.

> 밤이 깊어가는 집안엔 엄매는 엄매들끼리 아르간에서들
> 웃고 이야기하고 아이들은 아이들끼리 웃간 한 방을 잡고
> 조아질하고 쌈방이 굴리고 바리깨돌림하고 호박떼기하고
> 제비손이구손이하고 이렇게 화디의 사기방등에 심지를 몇
> 번이나 돋구고 홍게닭이 몇 번이나 울어서 조름이 오면 아
> 룻목싸움 자리싸움을 하며 히드득거리다 잠이 든다 그래서
> 는 문창에 텅납새의 그림자가 치는 아침 시누이 동세들이
> 욱적하니 흥성거리는 부엌으론 샛문틈으로 장지문틈으로
> 무이징게국을 끓이는 맛있는 내음새가 올라오도록 잔다.
>
> ― 「여우난골족」에서

큰집에는 삼촌과 숙모와 사촌들이 한데 모여 밤늦도록 음식을
장만하고 이야기와 놀이로 밤을 지새우는 아이들의 재잘거림이
있다. 「여우난골족」이 떠올리는 것은 새옷과 음식냄새, 친척어른
들의 이야기 소리, 아이들 놀이하는 소리에 이르기까지, 오감(五感)
으로 충만한 이미지들이다. 음식과 놀이와 일상용품의 갖가지 명
칭들은 방언으로 빚어진다. 방언은 그 안에 유구하게 축적되어 있
는 기억의 위력을 절감하게 만드는 관문의 역할을 한다. 조아질과
쌈방과 호박떼기와 제비손이구손이와 같은 놀이, 아르간과 웃간
같은 방의 명칭, 민물새우에 무우를 썰어넣은 국인 '무이징게국'
등등은 모두 기억에 담긴 향토의 기억을 불어들이는 시어들이다.
  그의 시에는 유난히 오감(五感)의 미묘함을 자극하고 환기하는

시어들이 많이 등장한다. 이들 시어는 대부분 근대세계와는 대척점에 있는 사라져가는 토속의 기억과 관련된다. "헌깊심지에 아즈까리 기름의 쪼는 소리"(「정주성」), "호박잎에 사오는 붕어곰"(「주막」), "개비린내"(「비」) "노나리꾼(소도둑)"(「고야(古夜)」), "낡은 질동이"(「고방」), "시라리타래(시래기 타래)"(「초동일(初冬日)」) 등등이 그러하다. 그의 시는 생활의 감각과 풍속이 담긴 정주 방언의 보고(寶庫)이자 지방성(localty)을 드높인 사례라고 할 만하다.

백석의 시가 보여준 성과 중에서도 불교와의 훈습에 관련된 부분은 이제까지 명확하게 밝혀진 바 없다. 그러나 새벽 장터의 모습을 그린 「미명계(未明界)」 같은 작품에서처럼, 불교의 면모는 "서러웁게 목탁을 뚜드리는" 모습으로, 아니면 "부처를 위하는 정갈한 노친네의 내음새 같은 메밀내" (「북신(北新) - 서행시초 2」)처럼 언제나 토속적인 일상세계 한 모퉁이에 알뜰하게 자리잡고 있다. 「여승」, 「수라(修羅)」, 「절간의 소 이야기」, 「고사(古寺)」처럼 불교의 정취를 쉽게 떠올릴 만한 작품도 적지 않다.

이들 시에서 불교의 정취는 일제 식민체제 아래서 마멸되어 필경을 사멸하고 말 공동체의 기억의 일부로서 슬프고 쓸쓸한 지상의 삶으로 버무려져 있다.

> 여승은 합장을 하고 절을 했다
> 가지취의 내음새가 났다
> 쓸쓸한 낯이 옛날같이 늙었다
> 나는 불경처럼 서러워졌다

평안도의 어늬 산 깊은 금덤판
나는 파리한 여인에게서 옥수수를 샀다
여인은 나어린 딸아이를 따리며 가을밤같이 차게 울었다

섭벌같이 나아간 지아비 기다려 십년이 갔다
지아비는 돌아오지 않고
어린 딸은 도라지꽃이 좋아 돌무덤으로 갔다

산(山)꿩도 설게 울은 슬픈 날이 있었다
산(山)절의 마당귀에 여인의 머리오리가 눈물방울과 같
이 떨어진 날이 있었다.

— 「여승」 전문

　비구니 스님의 합장과 절하는 모습을 바라보며 화자는 상상의
나래를 편다. 낯익은 비구니에게서 나는 서늘한 내음은 "가지취"
이다. 여승의 "쓸쓸한 낯"을 통해서 화자는 "옛날같이 늙"은, 사
연을 만들어낸다. 그것은 다름아닌 간난과 신고로 세파에 떠밀린
그녀가 속세와 절연하고 머리깎게 된 사연이다. 이 장면에서 식
민지 현실의 궁핍상이 애절하게 환기된다. 수벌처럼 집을 나가
돈을 벌어오겠다던, 그러나 십년이 넘도록 소식없는 지아비를 기
다리며 행상에 나섰던 몸이 "도라지꽃이 좋아 돌무덤으로" 간 어
린 딸을 뒤로 하고 불가에 귀의하는 장면이 바로 그것이다. 머리
깎으며 눈물 흘렸음직한 모습을 떠올리는 화자의 상상의 행로는
여승의 삶을 두고 "불경처럼 서러워졌다"는 감회를 토로한다. 여
기에는 가난과 비극으로 절절한 공동체의 삶을 북관지방에 고루

녹아든 불교문화가 연관되어 있다.

한편, 「수라」는 화자가 거미새끼 하나를 문밖으로 쓸어버리고 나서 어디선가 나타난 큰거미를 보며 어린 거미의 서러움을 연민하는 작품이다.

거미새끼 하나 방바닥에 나린 것을 나는 아무 생각 없이
문 밖으로 쓸어버린다.
차디찬 밤이다.
어니젠가 새끼거미 쓸려나간 곳에 큰거미가 왔다
나는 가슴이 짜릿한다
나는 또 큰거미를 쓸어 문 밖으로 버리며
찬 밖이라도 새끼 있는 데로 가라고 하며 서러워 한다

이렇게 해서 아린 가슴이 싹기도 전이다
어데서 좁쌀알만한 알에서 가제 깨인 듯한 발이 채 서지
도 못한 무척 적은 새끼거미가 이번엔 큰거미 없어진 곳에
와서 아물거린다
나는 가슴이 메이는 듯하다
내 손에 오르기라도 하라고 나는 손을 내어미나 분명히
울고 불고 할 이 작은 것은 나를 무서우이 달어나버리며
나를 서럽게 한다
나는 이 작은 것을 고이 보드러운 종이에 받어 또 문밖
으로 버리며
이것의 엄마와 누나나 형이 가까이 이것의 걱정을 하
며 있다가 쉬이 만나기나 했으면 좋으련만 하고 슬퍼한다

— 「수라(修羅)」 전문

거미 가족에 대한 화자의 상상은 생명 있는 모든 것들에 대한 자비심으로 확장되고 있다는 점에서 이채롭다. 미물들에게까지 자비심을 확대시킨 화자의 인간애는 그 발상 자체부터가 인간을 넘어 생명체로 퍼져나가는 불교적 상상에 가깝다. 가슴이 아리고, 메이는 화자의 연민은 거미가 단순한 미물임을 넘어 무심결에 행한 자신의 행동 때문이었다는 것을 알고 난 뒤의 번민이기도 하다.

한편, 「절간의 소 이야기」는 절에서 들은 일화를 소재로 삼은 흥미로운 작품이다.

> 병이 들면 풀밭으로 가서 풀을 뜯는 소는 인간(人間)보다 영(靈)해서 열 걸음 안에 제 병을 낳게 할 약(藥)이 있는 줄을 안다고
>
> 수양산(首陽山)의 어느 오래된 절에서 칠십이 넘은 노장은 이런 이야기를 하며 치맛자락의 산나물을 추었다.
>
> — 「절간의 소 이야기」 전문

화자는 수양산 어느 자락에 있는 오래된 절에서 칠십 넘은 노보살로부터 일화 하나를 듣는다. 그 일화는 병이 든 소가 열걸음도 안 가서 제 병을 낳게 할 약을 찾는다는 속신이다. 제 병을 다스릴 줄 아는 소 이야기를 통해서 화자는 인간을 넘어선 관심, 곧 동물들에게서도 인격성을 발견하는 깨달음 하나를 나즈막이 들려주고 있는 것이다. 이 탐스러운 일화는 절의 불목하니로 지낼지언정 그 평상심이 도저한 경지임을 일러준다. 또한 산나물에

담은 경험에서 우러난 통찰이 사실이든 허구이든간에 그것이 아름답게 여겨지는 넉넉함을 내장하고 있음을 말해준다.

「고사」 역시 오래된 절의 부뚜막에서 접한 일상의 정경을 친근하게 다룬 작품이다.

> 부뚜막이 두 길이다
> 이 부뚜막에 놓인 사닥다리로 자박수염난 공양주는 성
> 궁미를 지고 오른다
>
> 한말 밥을 한다는 크나큰 솥이
> 외면하고 가부틀고 앉아서 염주도 세일 만하다
>
> 화라지송침이 단채로 들어간다는 아궁지
> 이 험상궂은 아궁지도 조앙님은 무서운가보다
>
> 농마루며 바람벽은 모두들 그느슥히
> 흰밥과 두부와 튀각과 자반을 생각나 하고
>
> 하폄도 남즉하니 불기와 유종들이
> 묵묵히 팔짱끼고 쭈구리고 앉었다
>
> 재 안 드는 밤은 불도 없이 캄캄한 까막나라에서
> 조앙님은 무서운 이야기나 하면
> 모두들 죽은 듯이 엎데였다 잠이 들 것이다
>
> ━ 고사(古寺)―함주시초(咸州詩抄)·3 전문

퇴락한 절 부뚜막의 풍경은 친근하게 재현되고 있다. 염소 수

염난 공양주가 부뚜막에 놓인 사다리로 성궁미를 지고 나르고, 한말이나 되는 밥을 지을 커다란 가마솥이 아궁이에 걸쳐져 있다. 화자는 큰 가마솥이 방문객인 화자를 외면한 채 가부좌를 틀고 앉아 염주를 세는 스님네를 연상시킨다고, 아궁이의 험상궂은 모습은 부엌귀신인 조앙신도 두려울 법하다고 익살을 부린다. 농마루와 바람벽이 군데군데 해져서 흰밥과 두부, 튀각과 자반 같은 산중음식을 떠올리게 만든다는 것도 익살이다. 절집에서 익숙히 접할 음식과 퇴락한 산사의 풍경을 버무려낸 것은 시적 상상력의 절묘한 배합이다.

이렇게, 백석의 시편 곳곳에는 불교의 문화적 정취가 사유 방식 그 자체, 공간적인 배경 안에 고즈넉이 용해되어 있다. 그는 비록 명시적이지는 않았지만 불교의 육화된 사유방식을 운용해서 식민지 시대에 퇴락해가는 공동체사회의 면모들을 알뜰살뜰 담아냈다. 그의 시가 오늘날 독자들을 매혹하게 만드는 것은 속도에 짓눌려 쉽게 떨쳐버린 기억 속 과거의 풍물과 그 안에 담긴 공동체의 심성 때문이다.

백석의 시가 가진 산문체와 방언 구사는 세속에 찌들어가면서 함께 버렸던 퇴락해버린 유년기의 꿈과 기억들을 새록새록 되살려놓기에 충분하다. 그의 시는 방언사전을 굳이 뒤지지 않아도 빙그레 웃음을 떠올리게 만드는데, 그 정체는 바로 소박한 정취와 간고했던 역사의 격랑조차 침범하지 못한 기억 속 문화의 저력 때문이라고 할 수 있다.

민족적인 것과 선적인 것

—조지훈의 「고풍의상」과 「승무」

조지훈(趙芝薫, 1920~1968) 본명 동탁(東卓). 경북 영양 출생. 혜화전문 졸업. 박두진·박목월과 함께 1946년 시집 『청록집』 간행. 시집 『풀잎 단장』, 『조지훈시선』, 『역사 앞에서』 등이 있음. 『조지훈전집』이 간행됨.

조 지훈은 명시 「승무」의 시인으로 널리 알려져 있다. 하지만, 그는 시인이자 실천적 지식인으로서 국학의 초석을 다진 학인(學人), 자유당 독재정권의 말기적 상황을 향해 매서운 정론직필도 마다하지 않았던 논객으로도 이름이 높다.

조지훈은 향리인 경북 영양군 주곡마을에서 대사헌부 대간을 지낸 조부로부터 한학을 배우고 와세다대학 통신교본으로 독학한 뒤 16세 되던 때 상경한다. 서울에서 그는 동향의 시인 오일도(吳一島)가 주관했던 시 전문잡지 『시원(詩苑)』의 발간을 돕는 한편, 보들레르나 오스카 와일드, 도스토예프스키, 플로베르와 같은 서구 문학을 탐독하면서 시를 습작하기 시작했다. 또한 이 시기에 그는 조선어학회에 참여하며 만해 스님과 노작 홍사용을 만나기도 한다. 만해 스님과의 만남을 통해서 조지훈은 불교에 경도되기 시작한다. 불교와의 인연은 그가 혜화전문학교를 졸업하는 1941년, 오대산 월정사에 있는 불교강원의 외전(外典)강사로 부임하면서 보다 깊어진다. 그는 방한암 스님의 보살핌 아래 자연과 대면하며 선방체험과 불교에 대한 지식을 쌓아나간다. 1942년 무렵 그는, 조선어학회에서 우리말 사전편찬 사업에 참여하여 본격적인 학문연구를 시작했으나 조선어학회사건이 일어나자 낙향했다. 그는 해방 전까지 절필함으로써 친일 부역이라는 역사적 오명에서 자유로울 수 있었다.

해방 이후 조지훈은 한글학회 사업에 깊이 관여하며 『한글』 속간호를 편집하고, 『중등국어교본』과 『국사교본』 편찬에 심혈을 기울인다. 또한 조연현, 김동리, 서정주 등과 함께 청년문학가협회를 결성하여 고전문학부장을 역임하며 좌파문학과의 논쟁도 마다하지 않았다.

조지훈의 문학관은 기본적으로 예술과 인생이 결코 둘이 아니라는 것, 따라서 이 둘을 분리해서 보는 관점을 거부한다. 그는 문학의 '정론성'과 '탐미성' 추구라는 두 양상이 더 나은 삶을 고양시키는 목적 안에 포괄될 수 있다고 굳게 믿었다. 그의 이러한 문학관은, 문학을 정치적 효용만으로 귀속시키려는 좌파의 관점이나 정치적 현실과 무관하게 성립하는 순수문학의 한계를 벗어난다. '더 나은 삶의 고양'이라는 목적 안에 담긴 문학예술의 정의는 단순히 정치나 예술만으로 환원되지 않는다. 무엇보다도 거기에는 삶의 문제가 전제되고 있기 때문이다. 그의 문학관은 그러니까 멋과 풍류의 시가 부정적 세태와 만날 때 언제든지 정의와 명분에 걸맞는 행동을 요구하는 정론의 칼날로 바뀔 가능성을 애초부터 품고 있었던 셈이다. 조지훈 시에 나타난 '멋'과 '풍류'를 봉건사회의 문화적 퇴영으로 폄하하는 일군의 주장은 대단히 피상적인 이해에 지나지 않는다.

　1939년 『문장』을 주관하던 정지용에 의해 세 번의 추천받아 시인으로 등단한 조지훈은, 비교적 짧은 생애 때문에 다채로운 시세계를 형성하지는 못했다. 대신 그는 민족문화가 지닌 예스러운 멋과 풍취를 담아내는 데 주력했다고 할 수 있다. 김동리는 조지훈의 시세계를 민족적인 것과 선적인 것으로 이분화한다. 그런 다음 동리는 '회고 취미', '정치적 색채', '선적인 것'으로 나누어 해방 이후의 '정치성'을 띤 작품들을 가장 하위에 놓고 선적인 것을 최상위에 배치했다(김동리, 「자연의 발견」, 『문학과 인간』). 여기에는 일체의 정치성을 배제한 순수문학의 좌장다운 도식화가 엿보인다. 동리의 지적에서 조지훈의 시를 불교적 취향이 가장 짙게 배인 시세계를 상찬한 것은 그 절제된 형식과 자연에 대한 명상을 선호했던 동리의 취향이 반영되어 있다.

　하지만 조지훈의 시에서 민족적인 것으로 분류되는 「고풍의 상」이나 「봉황수」와 같은 사례가 회고 취미로 한정된다고 말하기는 어렵다. 이 세계는 민족의 문화적 운명이 절체절명의 상황에 놓였을 때, 과거의 아름다움을 재발견하고 그 운치를 감각적으로 보여준 것이었기 때문이다. 이들 사례를 두고 회고 취향이라고 규정하는 것 자체가 김동리 식의 해석에 지나지 않는다. 반면, 정지용은 그의 추천작 「고풍의상」, 「승무」, 「봉황수」을 두고 "회고적 에스프리(시 정신)"임에도 불구하고 "명소고적에서 날조한 것이" 아니라는 점을 지적하며 그 세계를 "자연과 인공의 극치"로서 "명경지수(明鏡止水)에 세우(細雨)와 같이 뿌리며 내려앉는 비애(悲哀)"가 도사린 "한 마리 백로"에 비유하고 있다. 정지용의 이러한 평가는 훗날 그의 세계가 "시에서 깃과 죽지를 고를 줄 아는 것도 천성(天成)의 시품"을 가진 "신고전(新古典)"이라는 경향을 견지한다는 점에서 결코 헛된 말이 아니었다(정지용, 「시선후(詩選後)」, 『문장』 13호, 1940. 2.).

먼저 「고풍의상(古風衣裳)」을 읽어보기로 한다.

하늘로 날을 듯이 길게 뽑은 부연 끝 풍경이 운다.
처마끝 곱게 늘이운 주렴에 반월(半月)이 숨어
아른아른 봄밤이 두견이 소리처럼 깊어가는 밤
곱아라 고아라 진정 아름다운지고
파르란 구슬빛 바탕에
자지빛 호장을 받친 호장저고리
호장저고리 하얀 동정이 환하니 밝도소이다.
살살이 퍼져나린 곧은 선이
스스로 돌아 곡선(曲線)을 이루는 곳
열두 폭 기인 치마가 사르르 물결을 친다.
초마 끝에 곱게 감춘 운혜(雲鞋) 당혜(唐鞋)
발자취 소리도 없이 대청을 건너 살며시 문을 열고

그대는 어느 나라의 고전(古典)을 말하는 한 마리 호접
(胡蝶)
호접(胡蝶)이냐 살푸시 춤을 추라 아미(蛾眉)를 숙이고
……
나는 이 밤에 옛날을 살아
눈 감고 거문고ㅅ줄 골라보리니
가는 버들이냥 가락에 맞추어
흰 손을 흔들지어다.

이 시의 화자는 고전적인 공간을 바라보는 존재이다. 그는 "부
연 끝 풍경"과 처마끝에 늘어진 주렴과 그 사이에 숨은 반달을
보며 봄밤의 그윽한 정취에 취해 있다. "곱아라 고아라 진정 아
름다운지고"(4연) 하는 탄성이 이를 잘 말해준다. 화자의 시선은
지붕 처마에서 시작하여 주렴 내린 방안으로 들어온 다음, 여인
의 고풍스러운 한복 저고리에 문득 멈춘다. 자주빛 호장저고리와
하얀 동정에 머문 화자의 그윽한 시선은 이제 치마와 치마 밑에
감춘 신발 무늬까지 떠올린다. 저고리와 치마와 감추인 신발에
이르는 화자의 시선은 선과 색채에 담긴 문화의 정취에 깊이 취
해 있다. 그런데, 아리따운 여인을 한 마리의 호접, 곧 '나비'에
비유한 점에서도 알 수 있듯이, 화자는 '호접몽'처럼 상상의 여
인을 떠올린 것이다. "나는 이 밤에 옛날을 살아/ 눈 감고 거문
고ㅅ줄 골라보리니"(15~16연)의 구절은 여인의 옷차림이 화자의
몽상임을 말해준다. 이 몽상적인 이미지에서 드러나는 것은 풍류
와 멋을 가진 여인을 상상하는 감각적인 정경이다.

「고풍의상」은 이를테면 발견된 아름다움이며 이를 감각적으로 조형한 작품인 것이다. 민족 문화에 대한 아름다움의 발견이 가진 의미를 알아보려면 「봉황수」에 짙게 드리워진 망국인의 심사를 먼저 살펴야 한다.

> 벌레 먹은 두리 기둥, 빛 낡은 단청(丹靑), 풍경(風磬) 소리 날러간 추녀 끝에는 산새도 비둘기도 둥주리를 마구 쳤다. 큰 나라 섬기다 거미줄 친 옥좌(玉座) 위엔 여의주(如意珠) 희롱하는 쌍룡(雙龍) 대신에 두 마리 봉황새를 틀어 올렸다. 어느 땐들 봉황이 울었으랴만, 푸르른 하늘 밑 추석(甃石)을 밟고 가는 나의 그림자. 패옥(佩玉) 소리도 없었다. 품석(品石) 옆에서 정일품(正一品), 종구품(從九品) 어느 줄에도 나의 몸 둘 곳은 바이 없었다. 눈물이 속된 줄을 모를 양이면 봉황새야 구천(九天)에 호곡(呼哭)하리라.
>
> ― 「봉황수」 전문

「봉황수」의 화자는 거미줄 가득한 퇴락한 왕궁에 서성거리고 있다. 그는 큰 나라를 섬기다 망한 나라의 참담한 심정을 다음과 같이 토로한다. "패옥 소리도 없었다. 품석(品石) 옆에서 정일품(正一品) 종구품(從九品) 어느 줄에도 나의 몸둘 곳은 바이 없었다. 눈물이 속된 줄을 모르량이면 봉황새야 구천(九天)에 호곡(號哭)하리라." 화자의 통렬한 발언에는 망국의 현실에 대한 웅숭깊은 울분이 담겨 있다. 이 울분은 망국의 원인을 잘 헤아리는 자가 응당 품음직한 공분이다. 그런 점에서 화자의 울분과 「고풍의상」의

"옛날"에서 발견된 문화의 아름다움에 취한 모습은 민족의식에 기반을 둔 감정상태라고 보아도 좋다.

　김동리가 조지훈의 시에서 높이 평가했던 '선적인 것'은 자연에 대한 명상과 산문형식에서 벗어나 절제된 표현의 묘미를 얻은 독특한 세계이다. 그 세계의 뿌리는 「승무」에서 출발하여 「범종」에 이르러 정점을 이룬다.

　「승무」는 우리가 일반적으로 알고 있는 것처럼 종교적 번뇌를 승화시킨 작품으로 보기 어렵다. 이 작품은 민속무용을 제재로 고전적인 아름다움을 담아낸 것으로 보는 태도가 좀더 온당하다. 승무와 같은 민속적 제재의 시화는 「무고」, 「가야금」, 「대금」 등과 같은 작품에서도 발견되는 특징이다. 「승무」는 춤추는 자의 옷차림과 절제된 동작이 빚어내는 순간적인 아름다움의 묘사가 주를 이룬다. 그리고 그 묘사는 「고풍의상」에서 보았던 바와 같은 종류의 비애를 담고 있다. 눈빛과 볼에 흐르는 빛, 외씨버선과 손동작은 모두 "거룩한 합장이냥 하고"라는 말에 모아진다. '거룩한 합장인 듯 하고'라는 표현은 이 시에 담긴 종교적 의미 또한 부정해서는 안되지만, 그보다는 춤동작에 담긴 선의 아름다움과 감추어진 비애를 포착하는 인상을 준다.

　　무르익은 과실이
　　가지에서 절로 떨어지듯이 종소리는
　　허공에서 떨어진다. 떨어진 그 자리에서
　　종소리는 터져서 빛이 되고 향기가 되고

다시 엉기고 맴돌아
귓가에 가슴속에 메아리치며 종소리는
웅 웅 웅 웅 웅……
삼십삼천(三十三天)을 날아오른다 아득한 것.

종소리 우에 꽃방석을
깔고 앉아 웃음짓는 사람아
죽은 자가 깨어서 말하는 시간
산 자는 죽음의 신비에 젖은
이 텅하니 비인 새벽의
공간을
조용히
흔드는
종소리
너 향기로운
과실이여!

— 「범종(梵鐘)」 전문

　　이 시는 시공을 초월한 내면의 자재로움을 역동적으로 보여준
다. 그런 점에서 이 작품은 「승무」에서 포착한 민속적 소재에 대
한 아름다움이나 비애의 발견과는 차원부터가 다르다. '범종'은
불교를 상징하는 소재이면서도 존재의 자재로움을 구현하는 중심
이미지이다. '범종'에 아로새긴 용뉴(龍鈕)의 용조각, 연꽃, 비천상
같은 문양들은 모두 불교의 깨달음에 대한 아름다운 상징이다.
　　그러나 작품에서는 범종의 문양을 취하지 않는 대신, 그 '소리'
와 삼라만상의 조화로운 세계를 취함으로써 대단히 낯선 효과를

얻어낸다. 「고사(古寺) 1」이나 「고사 2」에서처럼, 산사의 고즈넉한 공간에는 목어나 목련꽃, 구층탑, 단청 같은 그 분위기에 걸맞는 시어들이 배치되어 있다, '범종'에서 취한 소리는 산 자와 죽은 자를 대면하게 만들고 시간과 공간을 아우르며 이윽고 "향기로운 과실"이 된다. 심안으로 바라보는 깨달음의 정밀함은 소리를 통해 시각화되는 것이다. 종소리의 울림을 통해서 펼쳐지는 구체적인 역동성은 염화시중의 미소로 전달하는 선적 차원에 육박한다. 바로 이같은 시적 차원이야말로 김동리가 가장 높이 평가했던 '선적인 것'의 특징이 아니었을까.

조지훈의 시는 불교적 취향이나 종교적 담론을 직정적으로 드러내는 방식이 아니다. 그의 시는 가장 한국적인 정취에 대한 무수한 발견으로 채워져 있다. 산과 파초, 산의 정상에서 대면한 자연들은 언제나 풍경과 마음이 조화된, 코스모스로 나타난다. 선적 체취를 담은 그의 시세계는, 종군체험에서 소재를 취한 많은 전쟁시에서 볼 수 있는 격양과 탄식, 4·19혁명을 전후로 한 부정적인 현실에 대한 비판과 고발과는 전혀 다르다. 이 민족적인 것 안에 보석처럼 또아리를 튼 상상력은 바로 불교적 사유와 고즈넉한 산사의 분위기를 이루고 있다.

생성과 소멸의 시학, 혹은 시의 모더니즘

─이형기의 시학과 시세계

이형기(李炯基, 1933~2005) 경남 진주 출생. 동국대학교 불교학과 졸업. 시집으로 『적막강산』(1963), 『돌베개의 시』(1971), 『꿈꾸는 한발』(1975), 『절벽』(1998), 『존재하지 않는 나무』(2000) 등이 있고, 평론집 『감성의 논리』(1976), 『한국문학의 반성』(1980) 등이 있음.

1

한국의 시단에서 시인 이형기는 각별한 의미를 가진 존재이다. 그는 서구문학의 전통과 불교적 상상력을 주체적으로 수용하여 자신만의 세계를 구축한 시인으로 통한다. 조숙한 천재성에 빠져 초라한 성과만을 남긴 많은 시인들과는 달리, 그는 차가운 열정과 천재성을 소처럼 부단하게 연마하고 언어와 존재의 문제를 되새김질하며 정진해온 모더니스트 시인이다. 17세에 시단에 입문하여 장장 50여 년의 시력을 확보했다는 것은 우리 문학의 일천한 전통에서 매우 드문 사례이다. 그러한 시인과 만날 수 있다는 것은 또 얼마나 큰 행운인지 모른다.

이형기의 시는 20대의 예리한 전통적 감수성을 보여주는 세계와 30대 이후 펼쳐진 현대성의 시적 모험을 전개한 세계로 크게 나눌 수 있다. 자세히 살펴보면 그의 시세계를 관장하는 인격적 주체는 대단히 지적인 모습을 가지고 있다. 그 지성은 서양 현대시의 전통에 대한 해박하고 비판적인 단독자, 근대 이후 철저하게 개인주의로 단련된 어떤 주체에 가깝다.

그의 시적 내력은, 한 시인의 시구를 빌려 말하면, "미당의 깊이와 목월의 높이가 어우러진"(김종해의 시 「시인 이형기의 주소」에서) 것으로 표현된다. 독자들은 아름답고 짙은 서정성을 가진 「낙화」의 시인으로만 이해할 뿐, 그가 「낙화」 이후 한동안 비평활동을 하며 대담하게 자신만의 세계를 개척해간 저간의 사정이나 시적 행보에 관해서는 잘 알지 못한다. 이것은 그의 시에 대한 소량의 편식, 그것도 시인의 20대 작품에 한정된 이해에 그친 결과이다. (한 인간에 대한 이해에서 그의 젊은 시절만을 아는 것으로 만족한다면 그것은 인간 존재에 대한 예의를 갖추지 못한 것이다. 시인에 대해서도 마찬가지가 아닐까. 그러한 점에서 한국의 시 독자들이 20대에 요절한 시인들의 작품에 관심을 보이는 것은 무지의 소치일 공산이 크다. 모쪼록 시의 독자들은, 한 인간의 삶이 살다간 궤적을 살펴보는 것처럼, 가능하면 한 시인의 시를 이해하는 데에도 그의 전작을 꼼꼼히 읽어보는 습관을 가질 필요가 있다.)

이형기는 제1시집 『적막강산』(1963)에서 자연에 대한 애상감 가득한 허무의 정조, 달관의 자세를 보여주었다. 그러나 『돌베개의 시』(1971)는 60~70년대 이후의 이형기 시가 지닌 형이상학적인 변화가 잘 담겨 있다. 이후의 시들은 모더니즘의 세례를 받고

난 뒤 불온성과 철저한 회의로 무장한 세계를 펼쳐 보인다. 그러한 변화를 가능하게 한 것은 『청록집』과 『화사집』에 담긴 전통적 서정에 대한 철저한 부정에서 비롯된다. 부정의 정신 수립은 러시아의 실존철학자 셰스토프, 프랑스 문학자이자 인상비평의 대가였던 고바야시 히데오(小林秀雄)의 평론을 통해 프랑스의 문학과 예술과 만난 결과였다. 그는 샤를르 보들레르, 아르튀르 랭보, 반 고흐 등으로부터 모더니즘의 시정신을 충전하는 한편, 셰스토프의 '만인부정론'과 천재주의, 고바야시 히데오의 '역사추억론'에 입각해서 자신만의 시 정신을 구축한다. 제3시집 『꿈꾸는 한 발』(1975)은 전통적 서정시인에서 모더니스트로 자리잡는 첫번째 성과이다. 이후 그의 시세계는 『풍선심장』(1981)이나 『보물섬의 지도』(1985), 시선집 『그해 겨울의 눈』(1985), 시선집 『별이 물 되어 흐르고』(1991)와 함께 1994년 이후 투병생활에 접어든 이래 펴낸 시집 『절벽』(1998)에 이른다. 『절벽』에서 시인은 티끌로 돌아가는 소멸의 운명을 직시하며 현대성의 은성한 문명적 허위와 맞서며 치열한 사유를 그치지 않고 있다.

이형기에게 시인이란 존재는 '상상력의 영구혁명'을 꾀하는 '시인공화국'의 '단독자'이다. 그의 아포리즘을 빌려 말하면, 시인이란 "자신의 죽음조차도 한 편의 시로 만들어야 직성이 풀리는 인간"이다. 또한 시인은 "멸망과 소멸과 폐허를 심미적 차원에서 바라볼 수 있는 감수성"을 지닌 인간이다. 그는 순간을 영원으로 바꾸며 그 영원화된 순간을 다시 파괴한다. 그러한 파괴를 통해서 시인은 새로운 영원성을 찾아 상상력의 영구혁명을 시도하는 존재이다. 그렇기 때문에 시인은 "해 아래 새로운 것은 없다"는 명제 속에서도 새로운 것을 찾아나서는 불가능한 욕망을 실현하려는 단독자이자 "선험적인 절망자"이다. 또한 시인이란 "고통과 슬픔과 절망을 보석으로" 빚어내는 언어의 연금술사이다. 그런 이유에서 시인은 세상의 그 어떤 행복한 자들 앞에서 그토록 오만할 수가 있는 것이다.

이형기의 시인론 안에는 철저한 단독자, 인간의 새로운 발견과 인식이 추구하는 문명적 진보를 의심하지 않는 모더니스트의 오연한 인간 주체가 자리잡고 있다. 그에게 시란 '사물의 발견'에 다름 아니다. 시인의 사물관은 삼라만상에 담긴 획일화된 통념을 거부하면서 새로운 발견을 쟁취하는 데 있다. 그에게는 사물의 관계를 폭력적으로 무너뜨리고 사물의 새롭고 이질적인 관계를 형성하는 것이야말로 바로 시이다.

'새로운 관계의 정립을 통한 새로운 의미의 발견'은 1920년대 러시아의 형식주의자들이 말한, 문학을 문학이게끔 하는 것, 곧 '문학성(文學性, the literary)'을 두고 천명했던 "낯설게 만들기"의 변형된 논리이다. 그러나 이 '사물의 발견'에 담긴 인식론적 가치는 불교적 사유방식과 많이 닮아 있다. 서구 현대시의 원천에서 이형기 시인이 발견한 보들레르의 위업은 미추관념의 분열에서 얻어낸 '추의 심미화'이다. 그에게 보들레르는 '사물의 새로운 발견'을 통해서 미적 가치를 새롭게 갱신한 존재로 기억된다. 이것은 불교에서 말하는 심안(心眼)의 새로운 눈뜸과 별반 다르지 않다.

이형기 시에 관류하는 도저한 허무주의는 아무래도 니체의 근대철학에 가까워 보인다. 니체가 천명했던 절대신의 죽음과 도저한 허무주의의 출현은 기독교적 이상의 해체와 함께 생겨난 근대철학의 핵심적인 명제이다. 하지만 이 모더니스트 시인에게 허무주의는 사물의 새로운 가치에 대한 발견을 위한 단독자의 차가운 열정 그 자체이다. 그 열정은 자신의 전통적 서정과의 결별에서 마련된 커다란 부재와 공허를 가로지르고 메우기 위해서 필사적으로 자신만의 법조문을 마련하려는 기획과 상통한다. 그리하여 그는 미적 영구혁명과 자기해방을 위한 전략을 가동하기에 이른다.

이형기 시인의 미적 전략이 불교와 친연성을 맺는 접점은 전통의 철저한 회의, 통념의 과감한 전복을 추구하는 인식론의 기반에 연원한다. 일체의 본질을 부정하는 모더니스트의 사유논리는 불교에서 말하는 색과 공의 원리 위에 놓여 있다. 「반야심경」에 나오는 '색즉시공 공즉시색(色卽是空 空卽是色)'은 표상들을 사건의 발생으로 보는 불교의 유심론이다. 이 관점에 서면 본질은 철저하게 부정되며 표상의 무한한 변화상은 모두 환(幻)으로 규정된다.

환은 거대한 공허함, 곧 공(空)의 원리이다. 실제로 시인은 한글에서 선시의 불교적 전통을 언급하면서 그 안에 담긴 종교적 철학적 지평을 현대시의 원리로 거론한 바 있다. 그는 선시의 전통에서 사물의 고유한 실체를 폐기하도록 만드는 인식의 대담한 전환을 지적하면서 이를 '불교의 존재론'이라 규정한다. 이와 함께 선시 속에 담긴 통념의 전복과 균열, 해체를 통한 이미지의 구성방식을 현대시와 공유하는 특징으로 간주하고 있다.

이형기 시인이 현대시의 한 특징으로 내세운 모순어법(Oxy-molon)은, 선시의 전복과 균열, 해체를 통한 심안의 새로운 열림처럼, 상식화된 통념을 폭력적으로 해체하여 사물과의 관계를 창조적으로 재구성하는 것을 지향한다. 그러니까 사물에 담긴 어떤 본질의 긍정을 철저하게 거부하는 것이야말로 선시와 현대시의 공유하는 특징이 된다. 선시의 전통과도 같이, 이형기의 시는 전통적 서정에서 벗어나 본질을 부정하며 허무를 견디어내는 불가능한 욕망을 투사하는 긴장되고 곤고한 그러나 치열한 사유의 모험을 시도하고 있는 것이다. 그의 시에서 전통적인 서정성에 가장 충실한 작품으로는 「낙화」를 꼽을 수 있다.

가야 할 때가 언제인가를
분명히 알고 가는 이의
뒷모습은 얼마나 아름다운가.

봄 한철
격정을 인내한
나의 사랑은 지고 있다.
분분한 낙화 ……
결별이 이룩하는 축복에 싸여

지금은 가야 할 때.

무성한 녹음과 그리고
머지 않아 열매 맺는
가을을 향하여

나의 청춘은 꽃답게 죽는다.

헤어지자
섬세한 손길을 흔들며
하롱하롱 꽃잎이 지는 어느 날

나의 사랑, 나의 결별
샘터에 물 고이듯 성숙하는
내 영혼의 슬픈 눈.

— 「낙화」 전문

　시의 화자는 떨어지는 꽃잎을 바라보며 자연의 사물을 인격화
한다. 낙화라는 자연 현상은 "가야 할 때"를 "분명히 알고 떠나는
이"로 바뀐다. 여기에서 "분명히"라는 부사는 뒷구절 "얼마나 아
름다운가"를 규정한다. 이 말을 통해서 낙화의 의미는 화자와 애
틋하게 이별하는 존재로 전환되는 것이다. 인간의 세상살이에서
조차 '분명한' 진퇴란 얼마나 힘겨운가. 하지만 한점 머뭇거림도
없이 떨어지는 꽃잎들은 사멸의 향연으로 장관을 이룬다. 이 부
분은 특히 미당 서정주의 「상리과원」을 연상시킨다. 그러나 「낙
화」는 미당 시에서와 같은, 생의 축복과 어린 것들에게 천상의

이치를 전수받으라는 과수원지기 노인의 목소리나 초월적인 것들을 섣불리 빌려오지 않는다. '분명히'라는 시어가 그 버팀목으로 작용한다. 화자는 지는 꽃잎으로부터 결별의 아픔을 낳는 순간과의 '결별'에 주목하고, 그 순간성에서 찬란한 여름과 열매맺는 가을을 떠올린다. 미래에 대한 연상은 매운 봄과 격렬한 여름을 인내하며 내적 성숙을 이루는 삶의 과정으로 변루되고 있는 것이다. 그 결과, 꽃잎 지는 순간은 "결별이 이룩하는 축복"이라는 미적 의미를 확보한다. 화자는 그 순간성에 인내하는 사랑의 정념을 부여함으로써, '낙화'는 이제 "무성한 녹음"과 "머지 않아 열매 맺는/ 가을"을 위해서 몸을 던지는 소멸과 생성의 순간으로 전환된다. 화자는 분분한 낙화를 빚어내는 초여름의 화려한 윤무를 바라보면서 가냘픈 손길을 흔들며 사라지는 소멸의 운명을 읽어내고, 다른 한편으로 청춘의 혼돈과 고통을 거쳐 얻는 성숙한 영혼의 슬픈 내면을 구축하는 것이다.

「낙화」에서 발견되는 자연의 인격화, 내적 성찰이 빛을 발하는 것은 단순히 청년의 애상감이나 감각적 표현 때문만이 아니다. 지는 꽃잎을 관조하며 펼쳐보이는 시의 전제는 화자와의 결별이라는, 순간에서 얻어낸 소멸과 생성이라는 원리로 증폭되어 간다. 그 안에는 소멸에서 발견한 생의 소멸의 허무를 아름다움으로 포착하는 한편 영원성을 상상하는 모습이 담겨 있다. 시의 면모는 단순히 애상감으로 가득한 사랑의 곡조가 아니라 생의 허무와 그 허무에서 찾아낸 '슬픈 성숙'을 포괄하고 있는 것이다.

2

「낙화」의 애조 띤 정감의 이미지에는 허무주의의 싹이 배태되어 있다. 「그해 겨울의 눈」은 그러한 허무주의를 잘 표현해낸 사례이다.

> 그해 겨울의 눈은
> 언제나 한밤중 바다에 내렸다
>
> 희부옇게 한밤중 어둠을 밝히듯
> 죽은 여름의 반디벌레들이 일제히
> 싸늘한 불빛으로 어지럽게 흩날렸다.
>
> 눈송이는 바다에 녹지 않았다
> 녹기 전에 또 다른 송이가 떨어졌다
> 사라짐과 나타남
> 나타남과 사라짐이 함께 돌아가는
> 무성 영화 시대의 환상의 필름
> 덧없는 목숨을
> 혼신의 힘으로 확인하는 드라마
> 클라이막스밖에 없는 화면들이
> 관객 없는 스크린을 가득 채웠다
>
> 언제나 한밤중 바다에 내린
> 그 해 겨울의 눈
> 그것은 꽃보다도 화려한 낭비였다
>
> —「그 해 겨울의 눈」 전문

화자는 한밤중 바닷가에서 하늘에서 내리는 눈을 바라보고 있다. 어둠을 밝히듯이 희뿌연 잔광을 뿌려대며 내려앉는 눈송이들 암흑 속에 빛나는 반딧불이에 비유된다. 시에서 놓칠 수 없는 부분은 끝없는 소멸과 텅빈 허무를 채우는 무한한 생을 드라마에 비유한 부분이다. 눈 내리는 정경을 두고 시의 화자는 흡사 무성 영화 시대의 필름처럼(이 이미지 역시 대단히 도시적이다), "사라짐과 나타남/ 나타남과 사라짐"이 반복, 교차되는 것으로 표현하고, 이를 "덧없는 목숨을/ 혼신의 힘으로 확인하는 드라마"라고 표현하고 있다. 덧없음을 목전에 두고 혼신의 노력을 다해 보여주는 존재의 드라마는 앞서 보았던 시인론과 시론의 개략에서도 접한 바 있는 소멸과 생성의 시학, 모순어법을 구체화한 것이다. 궁극적으로는 시도 허구일 수밖에 없다. 그러나 시적 허구는 허무의 심연을 가로지르며 불가능한 아포리아를 향해 진군하는 창조적인 소산이다. 바로 그러한 점에서 시의 화자가 눈의 정경을 두고 "클라이막스밖에 없는 화면"이라고 표현한 것은 시적 형상의 뼈대에 해당한다. 소멸의 운명을 가진 눈송이에서 발견한, 소멸과 생성의 무수한 연출, 그 안에 깃들어 있는 덧없음, 존재의 팽팽한 정점을 구가하는 긴장은 이 시가 이룬 주된 성취이다. 엄청난 수로 넘실거리며 내려오는 눈으로부터 "꽃보다도 화려한 낭비"를 번역해내는 것도 사물의 이면에 감추인 발견적 가치가 아니겠는가.

「그 해 겨울의 눈」에서 접하게 되는 반딧불이, 무성영화의 필름, 스크린과 관객, 드라마와 클라이막스 등등의 시어들은 모두 시의 화자가 사물과 사물을 폭력적으로 결합시켜 얻어낸 이질적이고 크게 왜곡된 도시적인 이미지이다. 그러나 이러한 의도적인 왜곡은 바닷가 눈 내리는 풍경을 감상으로만 처리하지 않는 엄밀한 시선을 담는 한편, '눈'이라는 사물을 생의 운명적인 소멸과 낭비에 가까운 탕진의 이미지로 바꾸어놓는다. 생의 충만함과 허무의 대비, 반복되는 소멸과 생성이라는 원리를 교차시키는 시적 조작에는 모더니스트 시인에 값하는 냉철한 사물의 눈이 어른거린다.

사물에서 소멸, 달리 말하면 파멸의 의미를 탐구하는 시인의 차가운 열정은, 예컨대 「거미」나 「편자」 같은 시편에도 잘 드러난다. '어느 날의 자화상'이라는 부제를 단 「거미」는 밤새 잠들지 못하는 거미를 화자 자신과 동일시한 객관적 이미지로 등장시킨다. 화자에게 거미는 모든 신경을 켠 채 철야잠복중인 존재이다. 또한 거미는, 화자에게 먹이를 기다리는 것이 아니라 "살의의 촉발"을 기다리고 있는 존재로 표현된다. '살의의 촉발'이라는 순간에 충일한 존재의 가치는 이미 죽은 파리와는 별반 상관없다. 그처럼 시인의 눈은 사물로부터 새로운 가치들을 찾아내는 번뜩임으로 가득하다. 「편자」 또한 「거미」의 분위기와 크게 다르지 않다. 여기에도 소멸과 파멸에서 찾아낸 발견적 가치들로 가득하다.

좋은 칼을 만들자면 좋은 강철을 구해야 한다. 좋은 강철이란 오랫동안 음습한 골방에 갇혀 빛을 보지 못한 강철이다. 일생 일대의 명도(名刀)를 만들려는 도공(刀工)은 그래서 강철을 일부러 땅에 묻고 세월을 보낸다. 이 거짓말 같은 참말은 동 키호테의 나라 에스파니아의 총포 제작자들에 의해 실증되고 있다. 거기서는 편자를 가리키는 Herraduras 라는 말이 한편으론 성능 좋은 기병총의 총신(銃身)을 뜻하기도 한다. 편자, 곧 총신인 것이다. 쉬르레알리즘의 은유처럼 당돌한 이 이질적인 양자의 결합에는 그러나 실제적인 이유가 있다. 즉 에스파니아에서는 노새의 낡아 빠진 그러기에 버림받아 벌겋게 녹이 슨 편자를 모아 질 좋은 소총의 그 총신을 만들기 때문이다. 녹슨 쇠는 병든 쇠, 그 병을 가령 건성괴저(乾性壞疽)라 한다면 녹은 까실까실 마른 채 허물어져 가는 세포 조직이 아닐 수 없다. 그런데도 이 병든 쇠가 병들지 아니한 정상적인 쇠보다 인성(靭性)이 강해서 편자 곧 총신이 되는 이 엄연한 현실! 번쩍이는 칼날의 냉혹한 전율은 녹슬고 부스러져 파멸하는 강철의 실은 깊이 감추어진 본성이다.

— 「편자」 전문

이 산문시에는 이형기 시가 가진 근원적인 면모가 담겨 있다. 녹슨 쇠에 대한 통념을 전복하며 새로운 가치를 발견하는 모습이 그러하며 그 이질적인 이미지들의 결합 또한 그러하다. 녹슨 쇠에서 버림받고 병든 이미지를 추출한, 사물에 대한 깊은 이해는 가려진 일화를 발굴하는 데 그치지 않고 새로운 가치를 찾아내는 과정으로 이어진다. '쇠'를 객관화시킨 이미지(이를 '객관적 상관물'이라고 부른다)로 설정하는 화자의 의도 안에는 "이질적인 양자의 결합"을 넘어서 실제적인 배경에 대한 집요한 탐문을 거쳐 드러내는 의미의 실체 하나가 있다. 그것은 "녹슬고 부스러져 파멸하는 강철"에 담긴 은폐된 본성이다. 번뜩이는 명검의 칼날이 만들어지는 과정에서 발견되는 이같은 견고함이야말로 시인의 냉철한 열정의 본래 가치이기도 하다. 정상적인 쇠는 결코 가질 수 없는 강한 쇠를 벌건 녹과 버림받은 것, 병든 것들에서 찾는다는 것은 모순과 역설이다. 이러한 사물의 가치 발견은 심안의 열린 지평을 통해서 가능하다. 「그해 겨울의 눈」의 마지막 구절에서 접한, 내리는 눈의 "화려한 낭비"가 소멸을 무릅쓰고 연출하는 생의 정점에 관한 드라마로 표현되듯이, 「편자」에는 녹슨 쇠가 명검의 칼날로 바뀌는 과정에서 발견한 가치들로 가득하다. 그 가치들은 서로 이질적인 것들의 폭력적인 결합을 통해서 통념의 전복을 추구하면서 드러나는 의미지평이다.

다른 한편으로 소멸과 파멸의 시학은 그 극한으로 치달아간다. 그 비극성의 극단에 이르려는 철저하고 차가운 열정은 모더니스트 시인으로서 추구하는 허무적 영구혁명주의자의 것임을 일러준다. 「분수」는 그러한 이미지를 잘 보여주는 작품이다.

> 너는 언제나 한순간에 전부를 산다.
> 그리고 또
> 일시에 전부가 부서져 버린다.
> 부서짐이 곧 삶의 전부인
> 너는 모순의 물보라
> 그 속엔 하늘을 건너는 다리
> 무지개가 서 있다.
> 그러나 너는 꿈에 취하지 않는다.

열띠지도 않는다.
서늘하게 깨어 있는 천 개 만 개의 눈빛을 반짝이면서
다만 허무를 꽃피운다.
오 분수, 냉담한 정열!

— 「분수」 전문

　화자는 분수를 응시하고 있다. 그리고 나서 그는 분수를 인격
적 주체로 설정하여 대화를 나눈다. 이러한 방식은 「낙화」에서도
보았던, 사물을 인격화시켜 내밀한 대화를 나누는 익숙한 모습이
다. 그러나 여기에서 두드러지는 것은 분수가 가진 아름다운 통
념을 위반한다는 점에 있다. 순간적인 파멸이 전부인 분수의 존
재 의미는 파멸과 순간성을 구현하는 모순된 생의 모습을 가지고
있다. 분수의 존재 의미를 주목한 화자는 분수에서 소박한 꿈을
거부하는 삶의 방식을 추출해낸다. 물보라에서 생겨나는 무지개
는 인간의 나약한 소망과 미망에 사로잡힌 꿈을 상징한다. 꿈에
취하지 않는 분수의 모습은 꿈이 가진 한계를 보다 분명하게 자
각하고, 소멸의 운명을 마쳐시켜 안락과 나태로 바꾸어버릴 위험
을 미리 차단하는 것으로 형상화된다. 분수의, 꿈에 취하지 않기
는 온몸으로 부서져내리는, 생의 전부를 투여한 "서늘한 깨어
있"기이다. 이를 두고 시의 화자는 "냉담한 정열"이라고 감탄한
다. 냉담한 정열이야말로 섣부르게 존재의 열락에 침잠하지도 않
기 때문이고, 소망에 취해서 현실세계와의 타협을 허용하지도 않
기 때문이다.

「분수」에서 발견되는, 아니 지금껏 「낙화」로부터 몇몇 시 작품을 통해서 거칠게 살핀 시인의 일관된 자세는 "차가운 열정"으로 요약된다. 그 열정은 저 철저한 단독자의 비판적 성찰과 함께 소멸과 파멸의 운명을 직시한다. 그와 함께 차가운 열정은 존재의 그 거대한 허무의 심연을 가로질러 허구로 된 언어 세계를 매번 혼신의 힘을 기울여 창조하게 만드는 근원적인 힘으로 작동하고 있다. 그러한 점에서 시인은 우주 속에서 언어를 무기로 삼는 단독자이며, 사물의 새로운 발견을 통해서 새로운 가치를 창안하는 "하늘과 땅 위에서 홀로 깨달은 고귀한 존재"이다.

이형기는 시인이라는 존재를 다음과 같이 표현하고 있다.

> 시인은 수많은 세계를 가져야 한다. 불교에서는 우주공간에 삼천대천(三千大天) 세계가 있다고 말하고 또 현대의 과학적 천문학에서는 거기에 약 2억 개의 은하계가 있다고 추정한다. 시인의 세계는 그보다 훨씬 많고 다양하다. 그리고 그 세계 하나 하나가 모두 그 시인의 얼굴이요 심장이다. 그러니까 시인은 무수한 얼굴, 무수한 심장을 가진 가면의 인간이다. 그러나 그 가면은 그것을 벗으면 안에 진짜 얼굴이 있는 일종의 부착물이 아니라 시인의 맨살 바로 그것이다. 물이나 카멜레온은 그 사실에 대해 이해를 돕는 비유가 될 수 있다. 바람을 만나면 파도가 되고 벼랑을 만나면 폭포가 또 개인 날씨의 호수를 만나면 잔잔히 거울이 되곤 하는 물의 그 어떠한 변화도 안에 진짜 얼굴을 따로 감춘 물의 가면이 아니다. 변화된 모습 그 자체가 바로 물

인 것이다. 시시로 바뀌는 카멜레온의 몸의 빛깔도 또한
같다. 요컨대 시인은 온통 가면으로 되어 있는 인간이다.

— 「가면의 인간」, 『존재하지 않는 나무』에서

　이형기의 말대로라면, 시인은 지상의 세계에서 파멸을 홀로 지
켜보며 그 파멸에 걸맞는 언어를 창조적으로 고안하고 위엄으로
가득한 언어의 세계를 구축하는 자이다. 그러나 그는 하나의 세
계로만 만족하지 않는다. 그는 자신이 창조한 언어의 세계를 다
시 부수고 새로운 세계를 끝없이 펼쳐보이려는 무한 욕망을 가지
고 있다. 사물과 사물, 우주와 우주 속 무수한 은하계 하나하나에
깃들어 있는, 존재의 무상한 변화가 가진 순간성으로부터 영원한
미적 가치를 발견하고 이를 시로 번역해내는 자가 시인이다. 그
러나 시인은 자신이 만들어낸 세계를 전면 부정하면서, 언제나
새로운 시의 세계를 구축하려는 불가능한 욕망을 품고, 영원히
꿈꾸는 자가 되기를 희망한다. 이것이 바로 이형기 시 안에 담긴
생성과 소멸의 시학이다. 이러한 시학 안에는 시인의 안주하지
않으려는 모더니스트의 열정과 예지로 가득한 심안이 서려 있다.

길 위의 시 혹은 시적 만행

ㅡ신경림의 시세계

신경림(申庚林, 1935~) 충북 중원 출생. 동국대학교 영문
과 졸업. 시집에는 『농무』, 『새재』, 『달넘세』, 『남한
강』, 『우리들의 북』, 『길』, 『신경림시전집』 등이 있
고, 평론집으로 『농촌현실과 농민문학』, 『삶의 진실
과 시적 진실』, 기타 『민요기행』 등이 있다.

신경림의 시는 난삽함이나 장황한 요설과 거리가 멀다. 1956년 시작된 시인의 길은 이제 50년에 가까운 시력을 만들어냈다. 그의 시는 길 위에서 시작하여 여전히 길 위에 서 있다. 그의 시는 길에서 만난 삶에 대한 이해와 공감으로 채워져 있는 것이다. 이를 불교의 표현을 빌려 말한다면 시의 힘을 빌려 세상을 두루 다니며 수행하는 '시적 만행'이라고 해도 과언이 아니다.

　신경림의 시에는 구체적인 삶과 내력에 대한 깊이를 탐구하는 정신적 지향이 잘 드러난다. 그는 자신의 시에 농후한 '서정성'을 "삶의 문제와 깊이 얽혀 있는 것"이며, "비현실적 관념적으로 곱고 아름다운 것"이 아니라 "삶에서 생기는 때와 얼룩"을 드러내는 것이라 정의하고 있다. 때와 얼룩은 삶에 배어 있는 진실한 내력에 가깝다. 곱고 아름다운 것들의 추상성보다도 일상에서 묻어나는 때와 얼룩에 주목하는 시인의 면모는 인간적인 현실과 교감하려는 그의 문학적 진정성을 보여준다. 이는 분명히 현실주의자의 태도에 가깝다. 보이는 것들에서 슬픔과 탄식, 절규와 눈물을 찾아내는 것도 그러하다.

신경림의 시를 살펴보려면 1950년대부터 시작된 한국사회의 가파른 변동을 감안하지 않으면 안된다. 거기에는 전쟁의 상처와 분단 비극, 군사독재 같은 역사적 현실이 고비고비마다 개인과 사회에 만들어낸 생채기가 아로새겨져 있기 때문이다. 첫시집 『농무』(1973)는 근대화의 흐름에서 밀려나 몰락하는 농촌과 탄광마을, 산촌, 장터 등의 소읍과 산간벽지를 시의 공간으로 삼아 터잡이들의 갑갑증과 좌절을 다루고 있다. 이 세계는 50년대의 초기 시편에서 잠깐 모습을 드러낸 존재 탐구를 향한 내적 결의가 사회적 현실과 만나면서 '고통스럽게' 터져나온 것이다.

> 나도 이제 불을 뿜던 분화구처럼 가슴을 헤치고
> 온통 바람 소리로만 가슴을 채우리라.
> 슬픈 일이 있어도 좋다. 아아 지금 내게 무슨
> 괴로울 것이 있어도 좋다.
>
> ― 「死火山・그 山頂에서」

신경림의 초기시는 바람소리를 담겠다는 결의로 가득하다. 그러나 이 결의는 『농무』에 이르러서는 뜨거운 가슴으로 어두운 자

신의 시대 현실과 마주 서서 '슬프고 괴로운' 생령들의 고통을
육화시키려는 노력으로 체현된다.

> 징이 울린다 막이 내렸다
> 오동나무에 전등이 매어 달린 가설 무대
> 구경꾼이 돌아가고 난 텅 빈 운동장
> 우리는 분이 얼룩진 얼굴로
> 학교 앞 소줏집에 몰려 술을 마신다
> 답답하고 고달프게 사는 것이 원통하다
> 꽹과리를 앞장세워 장거리로 나서면
> 따라붙어 악을 쓰는 조무래기들뿐
> 처녀애들은 기름집 담벼락에 붙어 서서
> 철없이 킬킬대는구나
> 보름달은 밝아 어떤 녀석은
> 꺽정이처럼 울부짖고 또 어떤 녀석은
> 서림이처럼 해해대지만 이까짓
> 산 구석에 처박혀 발버둥친들 무엇하랴
> 비료 값도 안 나오는 농사 따위야
> 아예 여편네에게나 맡겨 두고
> 쇠전을 거쳐 도수장 앞에 와 돌 때
> 우리는 점점 신명이 난다.
> 한 다리를 들고 날라리를 불꺼나.
> 고갯짓을 하고 어깨를 흔들어거나.
>
> ― 「농무」 전문

시집 『농무』의 주된 공간은 농촌이다. 표제작인 시 「농무」에서
도 마찬가지이다. 이곳은 소외와 좌절로 얼룩진 채 근대화의 혜

택에서 한껏 소외된 변방이다. 이곳은 "못난 놈들은 서로 얼굴만 봐도 흥겹다"(「파장」)는 질펀한 저자거리의 홍얼거림, "답답하고 고달프게 사는 것이 원통하다"는 좌절과 탄식이 반복적으로 터져 나오는 세계이다. 농사가 천하의 근본이라는 자긍심이 사라진 세계에서 '농무'는 자학과 탄식으로 얼룩진 사회 현실의 산문적인 상황을 토로하는 몸짓언어이다.

시집 『농무』의 세계가 소박한 꿈과 상관없이 전락을 거듭하는 농민들의 삶에 주목하는 데는 '사회적 슬픔'에 대한 응시라는 세상을 바라보는 시인의 자세가 담겨 있다. 농촌은 "가난 같은/ 연기가 마을을 감고"(「시제」) 있는 세계이다. 정체되고 절망적인 가난으로 범람하는 고향 공간은 개가 짖고 우는 아이들의 소리조차 슬픈 세계이다. "비료값도 안나오는 농사 따위"(「농무」)에 좌절하고 "살아 있는 것이 부끄러"우며(「대목장」) "술에라도 취해 볼거나. 술집 색시/ 싸구려 분 냄새라도 맡아 볼거나./ 우리의 슬픔을 아는 것은 우리뿐"(「겨울밤」)이라는 탄식으로 넘쳐흐른다. 이 세계는 철저하게 생활감각에 바탕을 둔 언어로서 비료값과 선술집 안의 정경을 담아내며 절묘한 산문성과 생생한 현장성을 보여준다.

『새재』(1979)에 이르게 되면 『농무』의 맵고 처절한 사회적 공분이 한결 여과된다. '새재'라는 이미지는 그의 시가 수직적 수평적인 확장을 시도하려는 어떤 분기점으로 읽혀진다. 농촌이라는 절망의 공간에서 벗어나 아득히 펼쳐진 길을 따라 개방된 세계로 나아가는 것이 바로 시집 『새재』의 인상적인 면모이다. 시집에서는 보고, 듣고, 깨닫기 위한 '길 떠나기'가 삶의 애환과 마주하려는 시인의 발걸음이라는 사실을 절감하게 만든다. '길 떠나기'는 역사의 질곡을 신원(伸寃)하거나 '바람'처럼 현실을 주유하며 얻는 자잘한 깨달음을 겨냥하고 있다.

여기에서 장돌뱅이가 흥얼거리는 가락으로 선적인 풍취를 뿜어내는 「목계장터」라는 가편(佳篇)이 만들어진다.

하늘은 날더러 구름이 되라 하고
땅은 날더러 바람이 되라 하네
청룡 흑룡 흩어져 비 개인 나루
잡초나 일깨우는 잔바람이 되라네
뱃길이라 서울 사흘 목계 나루에
아흐레 나흘 찾아 박가분 파는
가을볕도 서러운 방물장수 되라네
산은 날더러 들꽃이 되라 하고
강은 날더러 잔돌이 되라 하네
산서리 맵차거든 풀 속에 얼굴 묻고
물여울 모질거든 바위 뒤에 붙으라네.
민물 새우 끓어 넘는 토방 툇마루
석삼년에 한 이레쯤 천치(天痴)로 변해
짐부리고 앉아 있는 떠돌이가 되라네.
하늘은 날더러 바람이 되라 하고
산은 날더러 잔돌이 되라 하네.

— 「목계장터」 전문

「목계장터」는 장돌뱅이의 삶을 목가적으로 다룬 이효석의 「모밀꽃 필 무렵」과 외관상 닮은 부분이 있다. 그러나 이 작품은 감상과 달관이 아니라 자연과의 교감, 자연의 내밀한 소리에 귀 기울이는 존재를 보여준다는 점에서, 자연 속에 깃든 한 폭의 풍경화인 「모밀꽃 필 무렵」과 다르다. 「목계장터」는 민요에 바탕을 두고 있으나 가락과 감정을 넘어서 자연과 교섭하는 한 주체를 선연하게 그려낸다. 대자연의 목소리는 화자와 내밀한 대화를 나누고 있다. '하늘과 땅과 산과 강'은 '구름과 바람과 들꽃과 잔돌'이 되라고 권고한다. 도처에 존재하는 것들이 화자에게 들려주는 생생한 밀어는 그들이 품고 있는 모든 사물들처럼, 방물장수처럼 허허로운 단신으로 살라고 권유하는 것이다. 그런 점에서 목계나루 주위의 대자연은 화자를 예전 방물장수의 모습과 포개면서 구름과 바람, 들꽃과 잔돌 등속처럼 애환에서 풀려나와 세상을 떠도는 방일한 자유인으로 격상시켜주는 열린 세계이다.

『새재』를 거쳐 신경림의 시는 서사무가와 민요의 가락으로 역사의 지평과 마주선다. 고난스러웠던 근현대사에 맺힌, 식민지 시대, 분단과 6·25전쟁이 빚어낸 상처와 원혼들을 무가의 가락으로 신원하고자 하는 것이다. 근대사에서 스러져 간 원혼들을 천도하거나(『달넘세』, 1985), 장시의 형식으로 동학혁명을 역사화하고 있는 것이다(『남한강』, 1987).

신경림의 시가 가진 미덕은 다리품 팔아가며 길 위에서 만난 인간들의 질박한 품성과 삶의 내력들을 반영하는 데 찾을 수 있다. 앞서 표현한 대로, '시적 만행'이라는 방식은 그대로 이어지고 있다. 그의 만행은 설움 많은 이들을 감싸고 고단한 삶에 담긴 진실을 찾아내어 시라는 언어의 그릇에 담아내는 차원으로 그치지 않는다. 그의 시는 무엇보다도 지극히 낮은 데서 시작되는 삶과 인간에 대한 긍정을 보여주기 때문이다. "석삼년에 한 이레쯤 천치로 변해/ 짐부리고 앉아 쉬는 떠돌이"(「목계장터」)의 무구한 심성으로, 장터와 그곳 사람들의 삶을 바라보면서 "장난스런 웃음"(「주천강 가의 마애불」)을 짓는 마애불처럼, 그 미소처럼 그의 시는 저자거리를 바라보는 천진함을 가지고 있다. 세속을 향한 넉넉한 웃음은 입전수수(入廛垂手)의 차원이라고 하면 과한 표현일까. 그렇지 않다. 마애불의 미소는 『농무』에서 보았던 좌절과 실의가 아니라 장터와 저자거리에서 항용 살아가는 자들을 감싸 안는 미륵부처의 넉넉한 심성이다.

마애불의 미소는 힘겨운 삶을 평등과 상생의 시선으로 바라보는 신경림 시의 세계관이기도 하다. 정선 어부의 회의(「아우라지 뱃사공」), 줄포의 늙은 대서사의 비애(「폐항」), 남한강 어부의 찢긴 꿈조각(「남한강 어부」), 늙은 장터 악사의 서글픔(「늙은 악사」) 등등, 길에서 만난 인생들의 면면에서 발견되는 서글픔과 비애는 고스란히 마애불의 미소와 함께 삶의 애환으로 승화된다.

세상을 관찰하는 넉넉한 심성은 도시 빈민들의 애환을 노래하는 『가난한 사랑 노래』(1998)에서도 마찬가지이다. 실의에 빠진 농촌 청년들이나 연장자들의 절망을 그리지 않는 대신 도시빈민들의 애환을 천착하는 것이다. 늙은 아낙이 죽은 아들의 유품이라도 찾으려다 시든 육체로 툇마루에서 죽음을 맞은 비극적인 사연(「월악산 살구꽃」)도 실은 소외된 또다른 삶의 어두운 곳에 대한 이해와 관심을 반영하고 있다. 삶의 얼룩에 대한 고집스러운 천착은 공간만 달라졌을 뿐 그의 시가 지닌 지향점은 한결같다.

시집 『길』(1990)에 이르게 되면, 신경림의 시는 이제 농촌이나 도시빈민, 역사의 제물이 된 원혼들에게만 시선을 고정시키지 않는다. 밖으로 난 길을 따라나선 시선은 한껏 넓혀져 외세종속과 이 나라에 넘쳐나는 속물 근성을 지적하거나(「강마을의 봄」, 「금강산」, 「끊어진 철길」, 「돼지꿈」, 「꿈의 나라 코리아」), 분단의 비극에 아파하고(「철조망 너머의 해돋이」) 있다. 『길』의 세계는 자연이 전해오는 작은 계시들을 읽어내는 자에 가깝다. 자연을 통해서 체득한 겸허함과 존재의 유한성을 절감하는 것이 그의 시가 거쳐온 경로라면 『길』의 세계는 '밖으로 난 길 떠나기'에서 얻은 정점에 해당한다.

90년대 신경림의 시는 80년대말 동구 몰락과 소비에트 연방의 해체라는 세계 발(發) 전환기의 충격 속에서 '안으로 난 길 찾기'를 모색한다. 『쓰러진 자의 꿈』(1999)은 사상의 거처 상실에서 오는 황량함을 감내하며 근본적인 성찰과 고뇌를 보여주는 세계이다. 그의 시적 성찰은 "밖으로의 길"에서 얻은 사상적 패배를 넘어서려는 하나의 돌파구로 "안으로 난 길"(「길」)을 찾는다. 그의 시가 편력해온 '길 떠나기'는 여기에서 커다란 변모를 겪는다. "순순히 사람들의 뜻을 좇지 않는" 길은 "사람을 밖에서 안으로 끌고 들어가/ 스스로를 깊이 들여다보게" 하며 "길이 밖으로가 아니라 안으로 나 있다는 것을"(「길」) 알게 해준다.

고희를 맞아 발간된 『신경림시전집』에서는 50년에 가까운 시인의 시적 행로를 모두 접해볼 수 있다. 최근의 시편들에서조차 분단과 전쟁, 독재와 외세 개입으로 얼룩진 한국의 근현대사의 생채기들이 해원의 멀고 먼 길로 가로놓여 있고 이러한 현실 앞에서 '길찾기'가 여전히 유효하다는 사실을 보여주고 있다.

비교적 근작의 하나인 「어머니와 할머니의 실루엣」에서는 시인의 시적 행로가 어떤 성숙에 이른 지점을 가늠하게 해준다. "세상의 전부였던" 젊은 어머니와 주름진 할머니를 가진 화자는, 고단한 성장기를 거쳐서 발견한 넓은 세상을 떠돌며 보고 배우면서도 좁아진 망막에 어머니와 할머니만 남는 기이한 실루엣을 환기하고 있다. 화자는 "내게는 다시 이것이/ 세상의 전부"라고 말한다. 반세기나 거쳐온 시인의 행로에서 자신의 시적 만행은 출발점과 도착점이 다시 만나 서로 통한다는 깨달음을 얻은 것이다. 시인은 자신이 생각하는 시적 가치를 "본질적으로 작고 하찮은 것, 못나고 힘없는 것, 보잘 것 없는 것들을 돌보고 감싸안고, 거기에 그치지 않고 스스로 낮고 외로운 자리에 함께 서고 나아가서 그것들 속의 하나가 되는"(시집 『길』후기) 것에서 찾은 바 있다. 만약 그러하다면 신경림의 시는 문학이라는 이름으로 펼치는 보살행과 크게 다르지 않다.

사물의 꿈과 고통의 축제

─정현종의 시세계

정현종(鄭玄宗, 1939~) 서울 출생. 연세대학교 국문과 교
수 역임. 시집으로는 『사물의 꿈』 『나는 별아저씨』
『떨어져도 튀는 공처럼』 『사랑할 시간이 많지 않다』
『갈증이며 샘물인』 등이 있고 시론집으로 『숨과 꿈』
이 있음. 크리슈나무르티의 『아는 것으로부터의 자
유』와 네루다의 시집 『스무 편의 사랑의 시와 한 편
의 절망의 노래』 번역 출간. 『정현종시전집』 간행.

우리 시문학에서 정현종이라는 시인은 '엄숙주의'와는 무관하게 활달한 상상력으로 자신만의 시세계를 만들어온 유별난 존재로 기억한다.

그의 어법에 따르면, 시인은 불가능한 꿈을 꾸는 자이다. 시인의 꿈은 자연과 인간 세상을 향해 있으며 보고 듣고 만져보고 오감으로 느끼는 모든 것들과의 교감을 지향한다. 몸이 지층이라면 살은 감각의 지층이다. 감각적으로 파악된 것들이 지층처럼 쌓이고 쌓여 마침내 작품으로 분출되어 나온다. 몸과 살이 파악한 것들의 지층을 기억이라 부른다.

이 기억은 사랑하고 싶은 삶의 온갖 열망을 시로 표현하는 모체이다. 「꿈꾸는 자의 내면일기」에 있는 표현을 빌리면, "과거에 대한 기억과 현재에 관한 기억, 미래를 향한 기억"의 내용물로 욕망을 피지는 것은 바로 상상력이다. 시란 그러니까 상상력의 산물인 셈이다. 하지만 시는 꿈의 유혹이기도 하다. 시인은 유혹에 이끌려 시를 만든다. 이때 만들어지는 시란, "외양이 남루하고 거지처럼 버림받은 듯이 보이는 사물들"이 가슴 깊이 간직한 비밀을 간파하는 작업이다. 그것은 "사물 속의 빛과 생명을 끌어내서 더불어 빛나며 노는 일"이며 "잊혀진 사물들로 하여금 그들의 자리를 누리게 하는 일"이다. 그리하여 시는 "정신의 준마를 달려 사물의 고향을 되찾는 일!"이다. 정현종 시인에게 사물과의 시적 소통은 이렇게 "생명에 대한 감각"을 활성화하는 과정의 일부이다(기실 선이라는 것도 '생명과 우주에 대한 감각의 활성화'가 아니던가).

정신을 포함한 사물의 본래 가치와 본질에 대한 파악은 잊혀진 것들과 잊어버리고 있는 것들과 앞으로 잊어버릴 것까지를 포괄한다. 이러한 점을 감안한다면, 시인의 꿈과 상상은 도달할 길 없는 세계에 대한 탐닉에 불과할지 모른다.

그러나 시인은 이러한 모든 불가능한 꿈을 꾸는 자이다. 그는 인간의 근원적인 것과 근본적인 것과 무가치한 것들에서 제 자리를 지키며 안존한 본질을, 은폐된 그림자의 의미들을 곰곰히 생각하는 존재이다. 그 누구도 시인의 이러한 꿈과 상상을 대신해주지 않는다. 바로 이러한 의식의 미망과 미망의 의식들을 정정하려는, 현기증 나는 가속도의 현실에 브레이크를 걸어 사물의 가치와 본래적인 위치를 발견하려는 것이 시인의 임무인 셈이다. 그러한 점에서 시인이라는, 이 특별한 인간들의 탐구행위는 지나쳐버리기 쉬운, 온갖 것들에 대한 감각의 풍요로움을 길어올리고자 인간적 가치의 경계 바깥을 기웃거리며 온몸으로 경계를 돌파하는 인류학적 모험을 대신 수행하는 셈이다.

정현종의 시 작품으로는 「섬」이 잘 알려져 있다. 이 시가 독자들의 사랑을 한껏 받는 것은 단 두 행으로 된 단촐함만이 아니라 시 안에 담긴 깊은 울림 때문이다.

> 사람들 사이에 섬이 있다
> 그 섬에 가고 싶다
>
> — 「섬」 전문

'섬'이라는 표상은 얼마든지 다른 말로 바꾸어도 무방하다. 하지만, '섬'이라는 이미지는 많은 체험과 연상을 불러오기 때문에 다른 말로 대체해서는 안된다(이를 두고 우리는 시어의 '사물성'이라고 한다). 사람들 사이에 존재하는 섬이란 무엇을 말하는가. 이 세계는 바다 위에 떠 있는 한가로운 공간이 아니라 우리가 한번쯤은 그 안에 깃들어 편히 쉬고 싶어하는 낭만적 유토피아이다. 그러나 그곳은 사람들 사이에 존재하는, 그리움을 충족시켜줄 근원적인 장소에 가깝다. '섬'에 가고 싶어하는 바램이란 삶에 항용 주어진 거대한 결핍에 대한 눈뜸과 간절한 충동을 형상화한 것에 지나지 않는다.

의식의 맨끝은 항상
죽음이었네
구름나라와 은하수 사이의
우리의 어린이들을
꿈의 병신들을 잃어버리며
캄캄함의 혼란 또는
괴로움 사이로 인생은 새버리고,
헛되고 헛됨의 그 다음에서
우리는 화환과 알코올을
가을 바람을 나누며 헤어졌네
의식의 맨끝은 항상
죽음이었고.

― 「사물의 정다움」, 1연

　구름나라와 밤하늘 은하수를 바라보며 자라나는 어린이들의 천진함과 꿈을 잃어버리면서 인간이라는 존재는 인생을 괴로움으로 도배한다. 어른이 된 화자는 "캄캄함의 혼란" 속에 "괴로움"과 "괴로움" 사이로 자신이 꿈으로 설계했던 인생을 물처럼 흘려버린다. 그리하여 인간은 혼란과 거듭되는 괴로움 때문에 삶을 고통스러운 바다로 여기게끔 되는 것이다.

　여기에서 시의 화자는 반야공관의 핵심인 '공'의 사상, "헛되고 헛되니 헛되고 헛되도다" 하는 『전도서』의 기록자처럼, 헛되고 헛됨을 절감한 뒤 꽃처럼 화사한, 또는 그러한 얼굴로 술 한잔과 쓸쓸한 가을바람을 나누며 헤어진다고 말하고 있다. 이때 사물은 무엇인가, 또한 그 정다움이란 무엇을 가리키는가. 어느 가을날, 우리는 지친 어깨 위로 내려앉은 피로감 속에 '인생은 헛되다'고 토로한다. 시의 화자는 바로 이런 감정 상태를 정겹게 바라본 것이다. 여기에서 사물이란 바로 그러한 감정의 파동과 술취한 몸짓의 비틀거림 모두를 지칭한다. 화자는 그러한 모든 감정과 몸짓들의 근원에 죽음이 있다고 말하는 것이다. 어린 시절, 그 빛나던 시절이 구름바다와 은하수 사이를 노닐다가 지상으로 내려온 삶이 혼란과 괴로움 사이에서 방황하다가 가을바람 속에 취한 상태로 헤어지는 장면을 통해서 그 안에 스며들어 있는, 죽음에 가까워진 삶의 제 자리를 언어로 꼭꼭 포착해 놓고 있는 게 바로 이 작품이다.

이렇게 정현종의 시는 존재하지만 언어로 모두 표현하기에 불가능해 보이는 여러 감정과 초월적인 것들로 치열하고도 고통스럽게 꿈꾸기를 시도한다. 하지만 고통스러운 꿈꾸기는, 곧 '고통의 축제'이기도 하다. 그러한 꿈꾸기의 특징은 「교감」에서 재삼 확인된다.

> 밤이 자기의 심정처럼
> 켜고 있는 가등(街燈)
> 붉고 따뜻한 가등의 정감을
> 흐르게 하는 안개
> 젖은 안개의 혀와
> 가등의 하염없는 혀가
> 서로의 가장 작은 소리까지도
> 빨아들이고 있는

눈물겨운 욕정의 친화

— 「교감」 전문

'교감(correspondence)'이란 사물과 나누는 내밀한 대화를 가리킨다. 안개서린 밤 거리에 홀로 빛나는 가로등이 시에서는 소재이다. 화자는 밤이 자신의 심정을 드러내기 위해 등불을 켜고 있는 것으로 표현한다. 밤은 가로등의 붉고 따뜻한 정감과 그 정감의 분위기를 그럴싸하게 흐르는 안개로 자신의 심정을 보여주는 것이라고 화자는 생각한다. 밤 풍경 속에서 젖은 안개와 가로등의 하염없는 불빛이 "서로의 가장 작은 소리까지도/ 빨아들이고 있는" 친화는 그 에로틱한 이미지 속에서 "눈물겨운" 감정의 풍경으로 바뀐다. '밤'에 부여한 육체성은, 그의 표현을 빌면, "감금될 수 없는 말로" 쓴 편지이다(「고통의 축제」).

70년대 후반 정현종은 크리슈나무르티를 접하면서 명상과 초월에 관심을 보이기 시작한다(그는 크리슈나르무티를 처음 소개한 이로 명상 붐을 조성한 첫 번째 주자이다). 또한 1987년 인도 여행 이후 그의 시는 완연하게 인도 문명에서 감화받았음직한 태도를 드러낸다. "진리는 단순하다"(「잃어야 얻는다-인도 시편3」)라는 고백은 『사랑할 시간이 많지 않다』 이후 드러나는 단순 명료한 표현이다. 이 안에 담아낸 것은 문명의 폐해 비판, 자연의 활달한 생명력과 시적 황홀경의 토로이다.

그가 번역한 네루다의 시집 『스무 편의 사랑의 시와 한 편의 절망의 노래』(민음사, 1989)도 이러한 연장선에 있다. 물론 초기의

『고통의 축제』에 실린 시편에서도 이러한 징후들을 전혀 찾아볼 수 없는 것은 아니다. 가령, "마음을 버리지 않으면/ 차지 않는 이 마음"(「마음을 버리지 않으면」)과 같은 표현이나, "아 저 혼자 고요하고 맑고/ 저 혼자 아름"(「시, 부질없는 시」)다운 시의 위의를 표현한 대목에서 단순성은 예견되고 있다.

하지만, 다음과 같은 작품에는 문명에 대한 환멸이 짙게 배어 있다.

> 흙 길이었을 때 언덕길은
> 깊고 깊었다.
> 포장을 하고 난 뒤 그 길에서는 깊음이 사라졌다.
>
> 숲의 정령들도 사라졌다.
>
> 깊은 흙
> 얄팍한 아스팔트
> 짐승스런 편리
> 사람다운 불편.
>
> 깊은 자연
> 얕은 문명
>
> ― 「깊은 흙」 전문

운치 있는 흙길과 포장된 도로의 대비에서도 알 수 있듯이, 작품에서 드러나는 문명의 편의성은 '짐승스러움'을 낳고 얕은 문명의 현실로 이끄는 폐단으로 지목된다. 사라진 깊이는 흙길의 사라짐과 보조를 같이하며 숲의 정령들마저 사라지게 만들었다. 근대문명의 도처에 자행되는 흙길의 사라짐이라는 현실을 두고 시의 화자는 인간 정신의 깊이의 소멸이라고 본다. 그는 문명의 편리함을 포악한 짐승의 생리로, 불편을 인간적인 것으로 결론내리면서 자연의 깊이와 문명의 천박함을 질타한다.

문명에 대한 환멸은 정현종의 시에서 핵무기와 미사일을 비롯하여 인간의 위악한 본성을 아이의 천진함으로 정화시키려는 상상력의 축제로 드러난다. 이것 또한 고통을 축제로 전환하는 시적 창안이 아니겠는가. 밥집 아주머니를 보살로 지칭한다거나 (「보살 이유미」), 살기 어려워지는 세상을 아스팔트 네거리 한복판의 아이에 비유하는 것(「回心이여-1990년을 맞으며」)도 바로 그러하다.

시인은 고통스러운 역사에 뿌리를 내리고 있을지언정, 문학이 피워내는 꽃은 고통스러운 역사와는 다른 어떤 것이어야 한다고 믿고 있다. 역사의 고통이 크면 클수록 거기서 양분을 얻는 꽃의 아름다움과 위대성은 그만큼 더할 것이고 "그리하여 시는 역사 속에 역사할 것"(『숨과 꿈』)이라고 발언하고 있는 것이다. 70년대와 80년대의 저 엄혹했던 역사를 지내오면서 그가 자리매김하는 문학의 면모는 이렇게 예토에 핀 연꽃의 이미지를 슬쩍 빌려온 것이기도 하다. 시란, 그리고 문학이란 단순한 역사나 사회사가 아니라 '인간의 진실을 담는 그릇'이다. 그러므로 그릇 안에 진실에 대한 간절함과 치열함과 사랑이 없다면 공허할 것이다. "사랑은 나의 권력"(「사랑은 나의 권력」) 같은 시적 표현은 그래서 더욱 절실하게 느껴진다.

탐미와 열정

─고은의 초기시세계

고 은(高銀, 1933~) 전북 군산 출생. 효봉선사의 상좌를 지냄. 환속후 민주화 운동과 노동운동에 가담. 민족 문학작가회의 회장 역임. 주요작품으로는 『피안감성』, 『문의 마을에 가서』, 『만인보』(1986~), 장편서사시 『백두산』, 이외에도 『이상평전』, 『한용운 평전』 등 이 있음. 『고은전집』이 간행됨.

개화기 이래 한국의 근현대사는 간고한 역사의 행로 그 자체였다. 개항 이래 서구열강들이 각축하며 한반도에서 벌어진 사태는 곧바로 식민지시대의 쓰라린 경험으로 이어졌다. 해방이 된 뒤에도 간고한 민족의 역사는 끝나지 않았다. 몽양과 백범의 암살에서부터 좌우정파의 대립을 거쳐 6·25남북전쟁의 발발로 이어졌다. 어제의 공동체 일원이 좌우로 갈려 살인과 강간과 방화를 저지른 그 원죄의 기억들은 독재정권의 종식 이후에도 해탈하지 못한 채 다시 군사정권의 기나긴 억압의 시기로 접어들었다. 남북체제의 날선 대립 속에 추구된 강요된 근대화는 오직 가난의 타파를 위해서만 몰입하면서 정치적 탄압으로 일관하다가 종막을 고했다. 그러나 저 80년의 광주가 겪은 민주화의 열망과 군부정권이 자행한 학살의 정치는 80년대

내내 암흑과 침묵의 시기에 가두어놓았다. 문민정부가 들어서고 국민의 정부를 거쳐서야 우리는 비로소 자신들의 목소리를 갖게 된 것이다. 이 고초와 간난의 역사적 전개과정에서 시인은 과연 어떤 존재인가. 이것이 혁명가적 시인으로 기억되는 고은의 문학적 화두이기도 하다.

시인 고은(高銀)은 고향땅에서 사회주의자였던 외삼촌 때문에 결딴나버린 외가식구들의 참상을 겪으며 자라난다. 그는 외삼촌이 남긴 서가에서 빼든 다눈치오와 로망 롤랑의 소설을 탐독하며 문학의 세례를 받는다. 이 조숙한 소년은 그러나 전란의 와중에 산하에 가득찬 죽음들을 목도하며 전율한다.

"학살 시체의 악취가 빨랫비누로 아무리 빨아도 15일 이상이나 이상 없어지지 않을 정도"였던 처절한 전쟁의 참상은 소년에게 세계의 비극상으로 깊이 각인된다. 전쟁에서 인간의 온갖 악행들을 목격한 그는 집과 학교와 고향 일체가 싫어지는 도저한 환멸에 빠진다. 잠시 동안 중학교 국어교사로 재직하기도 했던 그는 유랑승 혜초를 만난다. 그는 당대의 선승 효봉선사의 제자로서, 전쟁의 폐허에서 겪은 상실감과 지독한 환멸의 질병을 앓고 있던 감수성 짙은 소년 고은을 거두어 자신의 운수행각에 동참시킨다. 혜초에게서 고은은 헤겔과 포이에르바하의 무신론적 유물론을 전수받는다.

그러나 정작 혜초는 길에서 만난 아릿따운 여인과 함께 환속해버린다. 졸지에 도반(道伴)을 잃어버린 그는 당시 미륵도에 거처를 두고 정진하던 효봉선사의 수하에 들어가 불제자가 되려 한다. 하지만 '출가상법(出家相法)'에 정통했던 효봉은 고은의 관상과 사주를 보고는 중될 팔자가 아니라고 판정하여 그를 낙담하게 만든다. 제자가 너무나 슬퍼하자 효봉은 "중이 되기보다는 약을 만들어서 중생의 병을 고쳐줄 팔자"라고 위로한다(이러한 일화에 관해서는 이경호, 「문학적 연대기-허무의 바다에서 화엄의 땅으로」, 『작가세계』 10호, 1991 가을호 참조). 효봉선사는 이를테면 고은에게 중생의 병을 위무하는 시인의 길을 말했던 것이다. 효봉선사의 가르침은 법당 수련만이 아니라 전국 도처의 사찰을 순례하는 수행도 포함하고 있어서 그의 방랑은 이때부터 시작된 것으로 보아도 좋다(그의 편력기는 1974년 세대사에서 간행된 『고사편력-나의 방랑 나의 산하』에 고스란히 담겨 있다). 방랑의 충동은 출가의 동기와 환멸에서 온 것임을 익히 알 수 있다. 전국 각지를 유랑하는 방일한 자유는 시인의 운명적인 길이기도 했다.

50년대의 한국사회란 전란으로 만신창이가 나버린 폐허 그 자체이다. 가문의 폐허를 겪고 더 나아가 도처에 널린 폐허상이 육박해오는 가운데 그를 추스르게 만든 힘은 시 창작에 투여하는 열정이었던 것으로 보인다. 그런 만큼 방랑승 혜초에게서 배운 지식이나 효봉 스님의 문하에서 불자 수행은 시적 감수성을 다른 차원으로 이끄는 동력이기도 했다. 이미 조지훈의 추천으로 「폐결핵」이 1958년 『현대문학』에 실렸던 터라, 그의 시인의 길은 50년대 말부터 개화하기 시작한다.

그가 첫시집을 내는 것은 유랑의 매운 결기가 잦아드는 60년
대에 이르러서였다. 폐결핵을 앓으며 보낸 제주 요양 시절의 시
는 고스란히 『피안감성』(1960)에 담긴다. 이 시집은 초기 고은이
보여준 탐미와 자학과 범람하는 감성으로 뒤범벅되어 있다. 그러
나 이 세계는 또한 허무의 심연을 불교의 상상력으로 꽃을 틔운
것이기도 했다(시집에서는 '폐결핵'과 '누이'의 이미지가 주축을 이룬
다). 1962년 환속한 그는 본격적으로 시인의 행로를 밟아간다. 그
리하여 두번째 시집 『문의마을에 가서』(1974) 이후 시인의 확고한
지위를 얻는다.

70년대 중반 이후, 고은은 자유실천문인협의회, 민주회복국민
회의, 민족문학작가회의에 참여하며 민주화 운동의 전면에 나선
다. "임이여 나는 십만억토 지나는 서방 정토에 가지 않으렵니
다./ 죽어도 이 나라 한 점으로 있으렵니다."(「임종」)라는 구절처
럼 그는 실천적 지식인의 전위에 서는 한편 민족문학의 이론을
개발하고 주장하는 논객으로 활약한다. 이 과정에서 그는 잦은
투옥과 정치적 탄압을 겪었다. 하지만 그의 시세계는 이전의 매
운 탐미적 정서에서 정치사회의 맥락과 무관하지 않은 시적 영토
를 확보해 나간다.

80년대에 이르면 시인은 1986년부터 지금까지 모두 20권이 발
간된 『만인보(萬人譜)』를 만들어 나간다. 이 작업은 지금도 계속되
고 있다. 연작 『만인보』를 통해서 그의 시는 개항 이래의 역사
공간을 살아간 수많은 민초들과 지식인, 선구적 인물들의 삶과

역사적 단면을 포착하고 있다. 2004년에 발간된 『만인보』 17권~20권에서는 50년대의 광기를 담아내며 분단과 전쟁으로 파괴되고 마멸된 한국사회의 저변을 훑어낸다. '만인보'라는 말 그대로, 이 장대한 시적 축조는 시대의 일화와 수많은 인물들의 역사와 감성을 아우르는 방대한 기획이다.

이외에도 그는 연작시집 『백두산』(1993)을 비롯해서 수많은 평전과 저술활동에 힘을 쏟고 있다(한해 전에 나온 그의 전집은 분량만도 38권에 이를만큼 방대하다). 그의 지칠 줄 모르는 필력은 시와 소설(그는 소설 『화엄경』, 『선』을 쓰기도 했다), 비평, 역사와 인물 평전에 이르는 저작물들을 속간하고 있는 점에서도 잘 확인된다. 정치에 깊이 관여한 전력(그는 김대중 내란음모사건으로 오랫동안 옥고를 치르기도 했다)이나 민중적 민족주의를 외친 참여시인의 대표적인 인사로서 그가 보여준 80년대 후반에 이르는 행적은 역사에 대한 가차없는 비판과 확철한 논리가 가장 급진적인 방식으로 개화된 사례로 꼽힐 만하다. 하지만, 시인으로서 고은은 아무래도 5, 60년대의 초기시, 곧 사회적 실천과 역사에 대한 공분과 열정으로 가득한 어조보다도 좀더 근원적이고 매혹적이다.

어떤 시인이나 사상가이건 그의 사상이 머리를 곧추세우기 시작하는 단초에서 앞으로 전개될 문학적 징후들을 발견할 수 있다. 이것은 존재의 근원적인 지향에서 연유하는 기저가 초기의 문학, 초기의 사상에서 확인되기 때문이다. 고은의 시도 예외는 아니다. 폭발하는 열정은 민족사의 한과 겹고 틀면서 매운 탐미로 가득찬 초기 시의 눈물과 핏빛의 세계를 일군다.

시집 『피안감성』에서 두드러지는 것은 '부활'의 상상력이다. 「부활」은 고은 시의 특징을 이루는 거듭되는 비약을 동원하여 역사의 고혼이 된 불행한 중생들을 일깨우는 헌사의 방식을 취하고 있다. 동해 기슭 낙산사에 널린 오징어를 바라보며 화자는 "이 나라의 죽은 것들아/ 죽어서 집없는 무주고혼(無住孤魂)들아/ 저마다 가엾게 살아나서(…)인산인해의 춤으로 춤추어라"라고 외친다. 그리고 「눈물」에서 보듯이, 화자는 처연하고 여린 감수성을 토로하기도 한다.

> 서(序)
> 아 그렇게도 눈물 나리라.
> 한 줄기의 냇가를 들여다보면
> 나와 거슬러 오르는 잔 고기떼를 만나고,
> 그저 뜨는 마름풀 잎새도 만나리라.
> 내 늙으면, 어느 냇가에서 지난 날도 다시 거슬러 오르
> 며 만나리라.
> 그러면 나는 눈물 나리라.
>
> ― 「눈물」 1연

시에서 '눈물'은 한없이 여린, 그러나 모든 생명을 향한 감읍의 정서적 반응이다. 이 시의 화자가 보여주는 특징은 사물과 사물, 오랜 세월을 보낸 뒤의 시간까지도 장악하고 있는 점이다. 화자는 시절을 거슬러 오르며 변함없이 눈물이 나리라는 변함없는 의

미의 눈물로 확장시킨다. 이것을 일러 감수성이라고 말할 수 있겠다. 사물에 대한 가장 예민하고 첨예한 감각적 반응을 시의 언어로 묘출한다. 이 과정에서 그의 시는 넘쳐흐르는 우울과 비약을 거듭 활용한다. 그 시적 근원은 무엇일까.

> 내가 강가에 있기 때문에
> 강은 흘러오며 흘러간다
> 내가 여기 없다면
> 어이하여 강이 흐르겠는가
> 저 혼자서는 강도 없고 흐르는 것도 없다
> 저녁때
> 내 발을 강물에 씻으려다 만다
> 저만큼 한 또래의 중송아지들이 있다
>
> 누구는 이런 하루를 성자라 하고 나는 아무것도 모른다
> — 「저녁 강가에서」

이 작품은 박재삼의 「울음 타는 강」을 연상시키지만 박재삼의 시처럼 감수성이나 처연함을 보여주지는 않는다. 여기에는 강물에 몸을 담그지 아니하고 저 만치 한가로이 풀을 뜯고 있는 중송아지 무리를 바라보는 화자가 등장한다. 그는 정관(靜觀)을 통해서 '천상천하 유아독존'이라는 가치를 되새기고 있다. 한 또래의 중송아지는 시적 상관물로서 앞으로 감연히 시세계를 펼쳐보이려는 예비 행보 또는 시인으로서의 출발 의지로 읽혀지기에 충분하다.

고은의 시에서 발견되는 시인의 감연한 의지는 무엇이고 어디
에 근거를 두고 있는가. 이를 살피려면 「시인의 마음」을 거론해
야 마땅하다.

시인은 절도 살인 사기 폭력
그런 것들의 범죄 틈에 끼여서
이 세계의 한 모퉁이에서 태어났다

시인의 말은 청계천 창신동 종삼 산동네
그런 곳의 욕지거리 쌍말의 틈에 끼여서
이 사회의 한 동안을 맡는다

시인의 마음은 모든 악과 허위의 틈으로 스며나온
이 시대의 진실 외마디를 만든다
그리고 그 마음은
다른 마음에 맞아죽는다

시인의 마음은 이윽고 불운이다

— 「시인의 마음」 전문

시인의 눈에서 범죄를 읽고 시인의 입에서 천치는 읽는다는
구절에 바탕을 둔 「시인의 마음」은 왠지 미당 서정주의 「자화상」
을 연상하게 만든다. 화자는 저자거리, 욕설과 상스러운 언어들
틈에서 태어난 비루한 근성들을 기반으로 한 시인의 태생을 굳이
부인하지 않는다. 사회의 한 동안을 맡고, 시대의 진실을 만들며
다른 마음에 죽어가는 불운한 생은 부정과 부정으로 점철된 자욱

한 내면을 형성하고 있다.

이때 시인의 자긍심이란 범죄와 상스러운 사회 현실 속에 허위의 틈새로 흘러나온 어떤 진실을 포착하려는 집요한 탐문으로 채워진 팽팽한 긴장감에서 연유한다. 지상의 시인이 가진 불운의 감정을 토로하는 화자는 주변부에서 태어나 시대의 중심으로 다가서려는 자이며, 죽음도 불사한 고행의 치열한 행로를 정진하려는 처절한 의지를 품는 인물이다. 이런 까닭에 화자는 시를 쓴다는 것이 불운의 신화를 만드는 과정이라고까지 표현한다.

화자가 말하는 비극과 불행의 감정은 역설과 반어가 아니다. 그것은 철저하게 비루한 것, 주변적인 것들에서 힘을 얻으려는, 직설적이고 부정의 정신에 바탕을 둔 시의 상상력이다. "최근 나에게는 비극이 없다/ 나 이제까지 지탱해준 건 복 따위가 아니라 비극이었다"(「투망」)라는 발언이나, "청년들아 다시는 길 만들지 마라. 길이야말로 타락"(「道斷」)이라는 발언도 사실은 부정의 상상력의 연장선에 있다.

그리하여 그 부정의 상상력은 "어버이도 아들도 벗도 베허라/ 만나는 것들/ 어둠 속의 칼날도 베허 버려라/ 다음날 아침/ 천지는 죽은 것으로 쌓여서/ 내가 할 일은 그것들을 묻는 일."(「살생」)이라는 발언을 낳는다. 또한, "북한 여인아 내가 콜레라로/ 그대 살 속에 들어가/ 그대와 함께 죽어서/ 무덤 하나로 우리 나라의 흙을 이루리라."(「남한에서」)와 같은 통일의 염원을 낳기도 한다. 그러나 시적 발언이 파사현정의 칼날과 비극의 마감으로 나타나

거나 현세의 간절한 통일의 염원으로 발현된다고 해서 그 안에
담긴 저 임제선사의 할과 콜레라균에 담은 화엄의 세계관을 그냥
지나쳐 버릴 수는 없어 보인다.

고은의 시에서 꼽는 절창의 작품 하나는 「문의마을에 가서」이
다. 여기에는 죽음과 하나됨을 포착하는 시안(詩眼)의 절묘함이 녹
아 있다.

> 겨울 문의(文義)에 가서 보았다
> 거기까지 다다른 길이
> 몇갈래의 길과 가까스로 만나는 것을
> 죽음은 죽음만큼
> 이 세상의 길이 신성하기를 바란다
> 마른 소리로 한번씩 귀를 달고
> 길들은 저마다 추운 소백산맥 쪽으로 뻗는구나
> 그러나 빈부의 젖은 삶은 길에서 돌아가
> 잠든 마을에 재를 날리고
> 문득 팔짱끼고 서서 참으면
> 먼 산이 너무 가깝구나
> 눈이여 죽음을 덮고 또 무엇을 덮겠느냐
>
> ─ 「문의마을에 가서」 1연

스산한 겨울과 아득하게 펼쳐진 길은 그대로 삶의 정경을 이
룬다. 하지만 화자의 눈에 비친 풍경이란 실상 마음의 풍경이기
도 하다. 그런 까닭에 길과 길이 "가까스로" 만난다는 표현은 곡
절많고 힘겨운 세상살이, 곧 "세상의 길"과 맞물린다는 뜻을 내

장하고 있다. 곡절많고 힘겨운 길의 풍경은 작품에서 소리와 시각을 통해 공감각적인 형용을 얻으면서 춥디추운 소백산맥으로 향한 중생들의 무리에 가깝게 그려진다.

화자는 문의 마을이 보이는 어느 고갯마루에 올라 세상사처럼 갈래난 길들이 서로 모이고 흩어지는, 인생의 삶과 죽음이 한데 어울린 광경을 바라보고 있다. 그 중첩된 장면들을 통해 화자는 죽음이 가진 함의만큼 삶도 신성하기를 염원한다(죽음이란 그 누구도 피해갈 수 없고 그 누구도 죽음 너머로 가지 못했다는 점에서 절대가치에 값한다). "그러나"로 전환되는 국면에서 화자는 삶에 깃든 세상살이의 이치를 벗어버리고 누추한 중생들의 삶이 잠들어 있는 듯 웅크린 마을의 정경으로 눈길을 돌린다. 화자의 눈길은 가깝게 느껴지는 먼산과 죽음과도 같이 처연한 현실세계의 모습으로 돌아오고 있는 것이다.

죽음과도 같이 웅크린 삶에 내리는 눈을 바라보는 화자는, 2연에서 죽음의 형상을 "죽음이 삶을 꽉 껴안은 채/ 한 죽음을 무덤으로 받는 것을/ 끝까지 참다/ 죽음은 이 세상의 인기척을 듣고/ 저만큼 가서 뒤를 돌아다본다."라고 표현하고 있다. 죽음의 얼굴에 부여하는 의미는 "지난 여름의 부용꽃"이나 "준엄한 정의(正義)"와도 같이 완강하고 떳떳하기까지 하다. 삼라만상 위로 내리는 눈은 죽음과 어울려진 삶의 정경을 모두 덮을 만큼 장엄한 모습을 연출하는 것이다.

효봉선사의 통찰대로 시인 고은은 애초부터 '스님 될 팔자'는 아니었던 모양이다. 그는 '시'라는 약으로 세상의 상처와 질곡과 불행을 위무하는 언어의 치유자로 우뚝 섰기 때문이다. 1962년 환속 후 그가 줄곧 문학의 길을 걸으면서 역사의 전면에 선 논객으로, 폭압적 정치에 저항하는 지식인의 모습으로 자신을 정립해나가는 과정에는 처사의 깨어있음과 정신의 방류에 가까운 시적 작업이 넘실댄다.

본향을 향한 구도자의 시적 심성

— 송혁의 시집 『해토』

송 혁(宋赫, 1935~1985) 전북 고창 출생. 동국대 국문과
졸업. 동국대 국문과 교수 역임. 시집으로는 『해토』
가 있음.

현대의 종교는 '문화'라고 한다. '문화 향유의 시대'에 지나쳐 버리는 것은 내남 없는 온갖 습속들이 '문화'라는 이름으로 포장되어 소비되는 맹목성이다. 이국의 음식은 그것이 속한 문화권의 특질을 잘 헤아리기도 전에 이국문화의 대용물로 선전되고 소비된 다음 곧바로 망각된다. 이처럼, 현기증 나는 도시의 삶에서 우리는 텅빈 중심으로 밀려드는 주변적이고 쇄말적인 것들의 끝없는 범람을 문화라는 이름으로 치부하는 현상을 접하게 된다. 이런 까닭에, 현대사회가 말하는 문화는 소비되는 옷이나 유행상품과 다를 바 없는 자본주의의 포장술일지 모른다는 생각이 들기까지 한다. 그런 만큼 나날이 번잡해지는 이 도시의 삶에서 참다운 문화를 향유하려는 마음의 행방은 어머니의 품과 같은 산 속의 절집으로 향한다. 그러나 이것은 전혀 이상한 일이 아니다. 그 지향은 우리에게 결여된, 근원적인 것들에 대한 지극히 자연스러운 갈망이기 때문이다.

신심을 키워가는 재가불자를 '거사'라 부른다. 그 이름에 합당한 이들은 결코 자신의 신심을 자랑하지 않는다. 이들은 깨달음의 이치를 일상 속에서 갈고 닦아 더 높은 깨달음으로 자신을 고양시켜 나간다. 시인 송혁도 그런 부류의 잊혀진 시인의 한 사람이다.

송혁은 전북 고창 출신으로, 1958년 「해토」(『자유문학』)로 시단에 등장한 과작의 시인이다. 시집으로는 『해토』(1978)가 유일하지만 시집 안에 불교적 상상력과 내공은 간단히 지나쳐버릴 만큼 그렇게 허술하지 않다.

스스로 밝히고 있듯이, 그는 자신의 시적 관심이 궁극적인 가치에 대한 열정과 불교에 대한 관심 표명에 있다고 밝힌 바 있다. 그런데 이러한 지향은 종교적 지향이나 신념이 형성되기 전부터 형성된, 의식적인 것이라기보다는 무의식적인 것이었다고 그는 말한다. 6·25전쟁 전인 어린 시절, 그는 자신의 의사와 상관없이 선친과 교분을 나누던 한 스님을 따라 출가할 뻔한 일을 회상한 바 있다. 회상을 통해서 그는, 비록 선친의 희망사항으로 끝나긴 했지만 되돌아보면 삶에서 얼마나 선택이란 것이 중요한 것인지를 절감한다고 고백하고 있다. 그는 이러한 출가의 체험이 세속의 삶에서 지치고 닳아버린 "탕아가 편력의 길에서 본향을 그리는" 시적 행로와 무관하지 않다고 말하고 있다.

그는 50년대 이후 한국사회에 강요해온 이데올로기의 억압과 자기소모적인 현실에 고심하며 자신이 지향하는 문학의 관점을 '보편적인 인간의 진실을 담기 위한 진력'에 있다고 정리하고 있다. 그렇기 때문에 "시는 언어의 정제된 결합 이상의 것"이 되어야 한다는 것이 평소의 지론이었다. 그의 말을 빌리면, 시는 "삶의 진실을 지탱하는 여명의 언어"이다. 때문에 시의 모습은 죽음을 앞둔 선사의 임종게에 부합하는 "의연한 정신의 지향성"을 반영해야 한다는 것이 그의 문학적 신념이었다. 그래서인지 그는 야심찬 기획의 하나로 장시 「목우자의 노래-지눌」을 창작하기도 했다. 장시로 읊은 지눌선사의 일대기는 삶의 진실과 의연한 정신의 최종 목적지, 실존적 문학적 지향을 한데 응집시키는 작업이었던 셈이다.

그러나 시인 송혁의 시적 성과는, 대학 강단에서 불교문학론과 불교시론에 대한 정초를 놓는 관심의 분산 때문에 과작에 그치고 만다. 그럼에도 불구하고 그의 시는 "불교의 변두리에서" 초월자의 암호와도 같은 인식 수준을 지향하며 치열한 자기 성찰과 함께 종교적 신념을 담아내고자 했다. 시집 『해토』는 그의 이러한 시적 성과를 고스란히 담은 유일한 작품집이다.

시집 『해토』에 수록된 표제작이자 등단작인 「해토」(1958)에는 시인 송혁의 시적 특질이 고스란히 담겨 있다. 여기에는 어둔 한국사회 속에서 모색하는 궁극적인 가치에 대한 열정과 불교적 상상력이 자리잡고 있는데, 이것은 구도자의 심성에서 그리 멀리 떨어져 있는 게 아니다.

누구의 손길에서도
짜릿한 기쁨이 쥐어진다.
다시 누구의 가슴에서도
아늑한 미소가 스스로히 허락된다.

절실한 나하나의 믿음속에
우리들을 있게한 겨울은 다시 풀리고
모든 이웃의 울타리 밖으로
환하게 미소의 꽃넝쿨이 손을 잡는다.

늘 메마른 토지나 사람을 택하여
가꾸어 온 당신
서로가 서로를 의지하는 이 변두리에서
한결 같은 사랑과 슬기로 눈을 뜨게 하고
이제 스스로가 무엇인가를
깨닫게 한다.

— 「해토」 1~3연

'해토'라는 말은 '겨울이 물러가며 얼어붙은 땅이 풀리는 것'
을 가리킨다. 시집 전체에서 '해토'라는 시어는 대립적인 '동토
(凍土)'라는 말과 관련해서 중요한 의미를 갖는다. '얼어붙은 땅',
'겨울의 시간'은 전쟁 이후 한국사회가 거쳐온 파행과 질곡들을
의미한다. 소모적인 사회 현실에서 마모되어가는 일상적인 자아
와 반대되는 방향으로 던져지는 근원적인 물음은 인간의 보편적
진실과 참다운 인간(眞人, 부처)과의 만남 그리고 물음으로 귀결된

다. 손길과 가슴에서 느껴지는 "짜릿한 기쁨"은 바로 그러한 보편적인 인간과의 만남에서 오는 희열이다. "아늑한 미소"는 그러한 희열의 표출인 것이다(1연). 이렇게, 봄을 인격화한 1연이 자연스레 부처님의 이미지와 겹쳐지는 것은 해토머리에 솟아오르는 뭇생명들로 향하는 자비의 마음에서 연유한다. 2연에서 화자는 자비의 절실한 믿음이 겨울을 풀리게 만들었다고 믿는다. 화자는 자비심의 믿음으로 모든 이웃들에게 꽃넝쿨처럼 환한 미소를 담아 울타리 밖으로 손을 잡게 만드는 모습을 상상한다. 또한 3연에서 화자는 자비심의 주체를 가리켜 "늘 매마른 토지나 사람을 택하여 가꾸어 온 당신"이라고 표현하며 서로 의지하는 변두리에 "한결 같은 사랑과 슬기로 눈을 뜨게 하고" 우리가 스스로 누구이고 어떤 가치를 가진 존재인가를 깨닫게 만든다고 말하고 있다. '해토'의 상징은 신심과 결합되면서 미망에 있는 존재들에게 참다운 깨달음 주는 초월자의 자비심으로 표현되고 있는 것이다.

눈을 감으면 잊어버린 나로
되도라 간다.
그리하여 과원(果園)내음을 이루는 저 무한을 디디고
유아가 되는 자리에
아버지의 어머니의, 또 사랑하는 이웃의
마음이 하나가 된다.
죽음과 빗소리와 다시 뜨는 해의
새로 넓혀진 공간 속에

나를 있게 하고
사자(死者)와 생자(生者)의 담을 넘어
나의 내부에 자욱한 안개를 비질하는
아침은 오는가.

— 「해토」 4~5연

「해토」 4연에서는 근원적인 존재에 대한 화자의 지향은 '눈을 감으면서' "잊어버린 나"라는 존재의 시원으로 향한다. 그 공간은 '과수원의 향그러운 내음'의 '절대무한'을 디디고 "유아가 되는 자리"이다. 이 자리는 아버지와 어머니, "사랑하는 이웃"과 "마음이 하나"가 되는 자리이기도 하다. "새로 넓혀진 공간" 속에서 깨달음을 얻은 참된 나는, 죽음과 생의 담을 넘어서며 미망의 "자욱한 안개"를 비질한 새로운 시간인 아침과 만날 것을 기대하고 있다. 아침은 이를테면 밤과 겨울의 미망에서 생명이 약동하는 봄에 어울리는 깨달음의 시간인 것이다.

송혁 시인의 시 속에서 불교와의 연관을 살펴보는 일은 그다지 어렵지 않다. 그의 시 대부분이 불교적 상상력과 불교문화의 시선으로 가득 차 있기 때문이다. 「불(佛)1」「불2」에서 드러나는 근원적인 인간 부처에 대한 숭앙은 만해의 시 「알 수 없어요」를 떠올려줄 정도이다. "은은한 당신의 자비 앞에 엎드려/ 무시로 녹아 내리는 나의/ 이 검은 육신과 마음은 무엇인가"(「불(佛)1」)라는, 불교의 인간애에 감읍하는 탄성이 그러하고, 겨울 가야산을 오르다가 스쳐 만난 스님네의 장삼에서 나부끼는 "머나먼 성숙의 세월"(「겨울 기행」)을 느끼는 대목이 그러하다. 또한 그 상찬은 통도사, 해인사, 송광사에 둘러선 자연을 바라보며 "아기 봉우리가 일어 서서/ 지금 뜰로 나와 비질을 하고 있다"(「보리의 뜰」)으로 이어진다. 「출가」에서는 '출가'의 결행이 새로운 탄생과 죽음의 행진, 생각을 지우고 사랑과 모든 것을 뿌리치고 길을 나선 나그네로 형상화되기도 한다.

송혁의 시에서 추구하는 곤고한 현실과 참다운 구도자의 이상형이 결합하는 사례는 장시 「목우자의 노래-지눌」이다. 보조국사 지눌(1158~1210)은 잘 알려진 대로 한국불교사에서는 가장 성공적으로 선과 교를 통합한 이른바 '통불교(統佛敎)'의 체계를 완성한 고려조 선종의 중흥조이다. 그를 시에 초치(招致)한 연유는 무엇인가. 이것은 그의 장시를 훑어가며 생각해볼 도리밖에는 달리 뾰족한 방법이 없다.

「목우자의 노래」에서 지눌은 불가의 이상적 존재, 세속의 갈등을 아우르는 구도자의 전범으로 형상화되고 있다. 선교의 대립 갈등으로 시비곡직이 범람하던 시기에 등장한 보조지눌 선사는 선교일원(禪敎一元)을 주창하며 돈오점수설(頓悟漸修說)을 확립한 인물이다.

존재의 본체인 '진심(眞心)'을 그 자체의 빛으로 비추어 깨닫고 그 진심의 빛을 삶 속에 되비추는 것(本來面目 廻光反照)이라는 것이 그의 사상에 대한 거친 요약에 해당한다. 이로 미루어 보면, 「목우자의 노래」는 지눌선사의 치열한 수행을 행로를 따라가며 구도

자의 열정을 돋을새김하고자 했던 것으로 짐작된다.

> 스님은 언제나 목우자, 그 소걸음.
> 부드러운, 그러나 날카로운 호시(虎視)로
> 이승과 저승을
> 모든 이의 몸과 마음을 꿰뚫고 있었다.
> 혼자 있을수록 계율에 따라
> 수행의 결박을 늦추지 않고
> 늘 한결같은 참선수행이었다.
>
> ― 「목우자의 노래」 7장에서

　이 구절에서 드러나는 특징은 선승의 매력적인 구도자의 이미지를 재현하려는 시인의 노력이다. 위의 구절은 정혜결사운동에 몸을 던지고 수행의 고삐를 다잡는 모습을 형상화한 부분이다. 소걸음과 부드럽고 날카로운 호랑이의 눈매는 돈오점수의 요체를 이미지로 포착한 것이며 그 수행의 엄밀함을 담아낸 것이다.
　「목우자의 노래」는 행장의 시간 순서를 밟아가고는 있으나 구도자의 치열한 내면성을 부조해내는 데 각별한 공력을 기울인 작품이다. 이것은 행장에 담긴 죽은 기록을 문자로써 생기를 불어넣는 작업이라고 말할 수 있다. 8살에 출가하는 모습, 승과에 합격한 다음 보제사를 거쳐 정혜결사를 발기하는 과정, 그 뒤 나주 청원사, 예천 학가산 보문사에 머무르며 정진하는 과정, 1190년 팔공산 거조암에서 「정혜결사문」을 선포하고 정혜결사운동을 전개하는 모습, 조계산 길상사(송광사)로 옮겨 선풍을 불어넣으며 참선

정진하는 모습, 열반에 드는 모습 등등에 이른다. 이때 시의 언어가 포착하려는 것은, 그의 표현을 빌리면 "여명의 언어"이다. 요컨대 이 장시는 "어둡고 숨 막히는 정신의 진공상태에 신선한 통풍의 갈망을 기리는 것"이었던 셈이다.

　시인 송혁은 과작에도 불구하고, 불교라는 본향에 대한 존재론적 이끌림을 시적으로 형상화했다. 이 말은 무엇보다 과작 안에 녹아 있는 그의 시가 가진 불교적 상상력이 선사의 임종게처럼 삶의 진실을 지탱하는 의연한 정신의 지향과 맞닿아 있었음을 의미한다. 이러한 점에서 그의 시세계는 면면히 흐르는 불교의 문화적 전통을 50년대의 척박한 문화적 토양에서 되살리고자 하는 근원으로의 이끌림을 보여준 사례라고 할 수 있다.

바람과 해방

―황동규의 시세계

황동규(黃東奎, 1938~) 평남 숙천 출생. 서울대 영문과
교수 역임. 시집으로는 『열하일기』, 『나는 바퀴를 보
면 굴리고 싶어진다』, 『풍장』, 『몰운대행』, 『미시령
큰바람』, 『외계인』, 『버클리풍의 사랑노래』 등이 있
고, 시론집 『사랑의 뿌리』, 『겨울노래』, 『나의 시의
빛과 그늘』 등이 있다.

영화 「편지」 때문에, 졸지에 애송시가 되어버린 「즐거운 편지」의 시인 황동규는, 항간에 알려진 연애 감정과는 크게 질감이 다른 시세계를 가지고 있다. 독자들이 애송하는 시가 대부분 그러하듯이, 「즐거운 편지」는 사소함의 고귀함을 노래한다. 이 작품은 기다림의 인상깊은 가치 부여를 통해서 내밀한 연모의 감정을 장구한 시간대 속에 담는 신선한 발상으로 이루어진 소품이다. 때문에 황동규의 시세계가 가진 여러 매력들보다도 이를 앞장세우기는 곤란하다. 그의 시에 담긴 많은 단층과 거기에 담긴 내력과 미덕을 「즐거운 편지」의 매력으로 통합시켜 단순화해버리는 것은 무식의 소치이거나 아니면 불성실한 독서에 따른 반응으로, 그의 시가 보여준 여러 미덕과 시적 변화를 간과해 버린 것이기 십상이다.

황동규는 고급독자들에게는 '변화의 시인'으로 통한다. 그는 1958년 등단하여 근 50년에 가까운 시력을 가지게 되었다. 그의 시세계는 한 마디로 규정하기 힘들 정도로 다양한 시적 변화의 진폭을 가지고 있다.

그의 초기시에서는 연모와 기다림의 모습이 두드러진다. 잘 알려진 「즐거운 편지」가 여기에 해당할 것이다.

1

내 그대를 생각함은 항상 그대가 앉아 있는 배경에서 해가 지고 바람이 부는 일처럼 사소한 일일 것이나 언젠가 그대가 한없이 괴로움 속을 헤매일 때에 오랫동안 전해오던 그 사소함으로 그대를 불러 보리라.

2

진실로 진실로 내가 그대를 사랑하는 까닭은 내 나의 사랑을 한없이 잇닿은 그 기다림으로 바꾸어 버린 데 있었다. 밤이 들면서 골짜기엔 눈이 퍼붓기 시작했다. 내 사랑도 어디쯤에선 반드시 그칠 것을 믿는다. 다만 그때 내 기다림의 자세를 생각하는 것뿐이다. 그 동안에 눈이 그치고 꽃이 피어 나고 낙엽이 떨어지고 또 눈이 퍼붓고 할 것을 믿는다.

— 「즐거운 편지」 전문

연모의 감정이 이렇듯 새롭게 환기되는 것이 바로 문학의 힘, 시의 능력이다. 여기에는 사소함이 유난히 강조된다. 그러나 사랑하는 자의 내면으로 이어지는 사소함에 귀한 가치를 부여하고

있다. 불확실한 미래로 이어지는 '오랫동안'은 시간의 풍화작용에
도 불구하고 마멸되지 않는 사소함의 가치이다. 사랑을 기다림으
로 환치하는 것은, 사랑이 한없는 기다림이라는 것에 부여하는
화자의 간절함에서 연원한다. 그러나 그 사랑을 대상화하여, "반
드시 그칠" 그 사랑의 끝자락을 상상하는 것도 흥미로운 발상이
다. 그 발상은 수없는 날들이 지난 후에도 살아남을 수 있는 초
라한 사랑을, "내 기다림의 자세"를 통해서 영원한 가치로 설정
한다. 이렇게, 작고 사소한 감정을 불러모아 일깨우는 것, 이것이
바로 시의 발견적 가치이자 진정성은 아닐까.

초기시에 흐르는 이 기다림의 각별한 감정들은 관념적이지 않
고 대단히 구체적이라는 미덕을 가지고 있다. 연작「소곡(小曲)」
도 이러한 특징들을 유감없이 보여준다. '첫눈 내린 저녁'(「소곡4」)
"새 하나 날지 않는 어느 겨울날 오후"(「소곡6」)처럼 지상의 삶은
쓸쓸함과 외로움으로 가득 차 있다. 쓸쓸함과 외로움은 그의 초
기시에서 근원적인 정서에 해당한다.

> 아무래도 나는 무엇엔가 오래 얽매여 살 것 같으다.
> 친구여, 찬 물 속으로 부르는 기다림에 끌리며
> 어둠 속에 말없이 눈을 뜨며
> 밤새 눈 속에 부는 바람
> 나무들의 침묵
> 언 창 가에 서서히 새이는 바람
> 훤한 미명, 외면한 얼굴……
> 내 언제나 버려두는 자를 사랑하지 않았는가

어둠 속에 바라지 않았는가
그러나 이처럼 이끌림은 무엇인가
새이는 미명
얼은 창 가에 외면한 얼굴 안에
외로움, 이는 하나의 물음,
침몰 속에 우는 배의 침몰
아무래도 나는 무엇엔가 오래 얽매여 살 것 같으다

— 「어떤 개인 날」 중에서

'겨울 새벽'이라는 시간대, 창을 부딪치며 부는 바람과 앙상한 나무를 바라보면서 화자는 기다림에 얽매여 살 것 같은 예감을 갖는다는 것이 시의 주된 전언이다. 이 안에 담긴 감정의 정체는 외로움이다. 미명이 터오는 새벽에도 잠들지 못하게 만드는 것은 버려두는 자와 외면한 얼굴 때문이다. 연모의 마음과 함께 언 창으로 불어오는 바람은 자신과 함께 밤을 새운 존재일 뿐이다. 그런 까닭에 화자는 오래도록 얽매인 삶을 살아갈 예감에 전율한다.

황동규 시가 연모에 얽매인 개인의 일상성에서 벗어나는 계기는 『비가』(1965)에 이르러서이다. 「비가」의 전환적인 방향성은 "난세에는 여행하지 않는 것이 상책"이라는 표현에서도 잘 나타난다. 가랑비 오는 종로 거리를 바라본 화자는 "뒤집히지 않고 사는" 나날의 삶에서 "그래 출구는 없다/ 이 자리에/ 삶."(「출구」)이라고 단언하고 있다. 순응과 출구없는 일상적 삶에 대한 질타는 그러니까 여행과 같이 일상에서 벗어나는 어떤 계기를 전제로 할 때 일상의 비루함에 대한 자각과 성찰을 감행할 여력을 구비한다.

연작 「비가」에 등장하는 '빈들의 봄과 저녁 들판'(「비가-1가」)은 억압의 현실에 엎드린 가련한 삶의 풍경과 다를 바 없다. 「비가」의 어조는 『성서』의 「아가」에 담긴 솔로몬의 목소리에 가까운, 비극적 현실에 대한 연민에 닮아 있다. 그 목소리는 빈들에서 물소리를 들으면서 생시에 버린 꿈과 눈물을 노래하고 있다. 들판은 "외로운 자의 뜰"이자 지혜를 동원하여 슬픔과 고단한 생에 가득 차 오르는 눈물처럼 침잠한 내면이 바라보는, 텅비어 있고 낯설기 그지없는 사유의 방목지에 가깝다.

> 목마름 속에 캄캄히
> 아아 손가락 발가락과 발목
> 그 마디들을 하나하나 놓아버리고
> 빌려 쓰던 말도 한마디씩 돌려보내고
> 빈 공간만큼 아무데고 누워
> 물없는 웅덩이처럼 살고 싶을 뿐
> 아아 아무것도 스며 있지 않은 삶, 혹은 죽음을.
>
> ──「비가-제2가」 마지막 연

꿈없는 시대의 목마름은 절망과 가치 부재에 따른 정신의 갈증을 상징한다. 화자가 빈 공간 안에 누워서 침잠하여 웅덩이처럼 텅빈 가슴으로 살고 싶다는 바램은 죽음과 부재를 온몸으로 느끼며 살겠다는 결의와도 통한다. 여기에서 기다림은 세상을 바라보며 성찰된 감정을 방출하는 특징을 가지고 있다.

60년대 후반 황동규의 시는『태평가』(1968)에서 좀더 구체적인 방식으로 현실에 대한 시적 발언을 감행한다. 그것은 이후『풍장』에서 보게 되는 여행의 전주곡 같은 징후가 짙게 배어 있다. "걸어서 항구에 도착했다"는 화자의 발언처럼 여행은 현실과의 거리 두기를 통해서 풍자와 비판, 알레고리로 가득한 세계를 펼쳐 보이는 편력에 가깝다. 그러니까 여행은 수행자의 만행(卍行)과 다를 바 없다.

여행을 통한 편력은 "한지(寒地)의 바람"을 맞으며 낮게 깔린 불빛을 바라보면서 "조용한 마음"으로 배를 탄 한 존재가 항구 안을 바라보는 방식으로 나타난다. 여행자는 "어두운 하늘"에서 흩뿌리는 눈송이와 높이 나는 새들을 쳐다본다(「기항지·1」). 뱃고동과 마스트의 검은 깃발, 다색(多色)의 새벽하늘을 바라보면서(「기항지·2」), 겨울항구에서 내리는 눈비를 맞으며 동백꽃 핀 섬의 풍경에 황홀해 한다. 또한 태평가를 부르는 현실이 아무 뜻도 없다는 하숙집 아주머니의 잠꼬대를 들으면서 폐선 위에 걸터앉은 침묵과 수심가에서 "결사적인 행복이 없는 즐거움"(「겨울항구에서」)을 누리기도 한다. 여행에서 얻는 즐거움은 억압에서 풀려난 자만이 느낄 수 있는 처연한 해방감인 셈이다.

표제시「태평가」에 담긴 시대상징들은 태평성대와는 무관하게 낮게 움츠린 세계임을 보여준다. 그 세계는 "낮에도 문 잠그고 연탄불을 쬐고" "유신안약을 넣고. 에세이를 읽는" 침잠한 현실이다. "도처철조망 개유검문소(到處鐵條網 皆有檢問所)"라는 구절은, 60년대 후반 이 땅의 현실이 "병장 이하의 계급으로" 돌아다녀 보면 곳곳에 걸쳐 있는 철조망과 검문소로 가득한 감시와 규율의 사회에 대한 알레고리와 풍자이기도 하다. "난해한 사랑"이란 민족에서 개인에 걸쳐 억압과 감시를 어떻게 헤쳐나와 살아가야 할 것인가에 대한 지식인의 고뇌를 시적으로 나타낸 표현이다.

겨울비 이미지와 어울린 좌절한 골편(骨片)이 남몰래 떠는 장면(「밤에 내리는 비」), 자유에 대한 명상(「제왕의 깊은 그늘」), 도주의 불온한 욕망(「도주기」), 전생애로 꿈꾸기(「들기러기」), 바람과 어둠(「비망기」), 동학접주 전봉준의 참담한 시대에 대한 공분과 울음(「전봉준」, 「삼남에 내리는 눈」) 등등은 모두 "칼날처럼 벗은 우리 조국"의 현실(「낙법」)을 알레고리로 담아낸 태평성대의 반어적인 이미지들이다.

『열하일기』(1972)는 세상 편력에서 가다듬은 통찰의 시선이 두드러지는 세계이다. 골목 입구에서 마주친 늙은 거지 여자가 흥얼거리며 눈송이를 아프지 않게 맞아들이는 장면(「이른 눈」)은 안타까움으로 가득찬 화자의 내면과 조응한다. 시집에 관류하는 세상의 풍경들은 박지원의 『열하일기』가 그러했듯이 실용의 눈으로 오랑캐문화에서 체득한 발견의 시선에 가깝다.

그런 까닭인지는 모르지만 박명의 항구, 마주친 갯벌 여인들과 바람소리에서 풀무빛 같은 삶의 고단한 풍경들은 범상하지 않은 시적 맥락을 형성한다. 발견의 시선을 추동하는 것은 하늘과 바다로 펼쳐지는 자유와 해방의 감각이다.

> 고통, 덜 차가운 슬픔
> 원고의 번역을 밤새 따라다니는
> 합창 같은 자유
> 모든 나무의 선(線) 그 흔들림이
> 아직 그대로 남아 있는
> 이 시월
> 무사무사(無事無事)의 이 침묵
> 아침, 거품 물고 도망하는 옆집 개소리
> 하늘을 들여다 보면
> 무슨 부호(符號)처럼
> 떠나는 새들
>
> (이하 2연 생략)

— 「철새」

"합창 같은 자유"에 대한 염원은 일상에서 겪는 고통과 온갖 슬픔을 벗어나려는 화자의 내면적 지향을 보여준다. 그 염원은 일상에 찌든 지상에서의 삶과 대비되는 하늘의 세계로 향하는 것이다. 「철새」에서 그 염원은 철새를 매개로 암호 같은 철새들의 공중이동에서 더욱 구체성을 얻는다. "무사무사의 이 침묵"은 잎새를 떨군 나목의 자태에 깃들어 있는 시월의 풍경이지만, 엄혹한 감시와 통제 속에 놓인 사회현실을 더불어 은유하고 있다. 하루하루가 무사하기만을 바라는 위태로움은 일상을 짓누르는 일상적 현실에 대한 우회적이고 절제된 표현이다. 역설적이게도 '자유와 해방'이라는 말이 가진 정치적 불온성은 가을 하늘을 날아가는 철새를 통해서만 표상될 수 있었던 게 지난 시대의 엄연한 현실이었다.

이 고단하고 깊은 침묵 속에 놓인 일상을 떠나는 것이 시집 『열하일기』의 세계이다. 여행길에 나선 화자는 밤의 창호지, 곧 방안의 세계와 결별하며 문을 열어젖히고 나선다. 그리하여 화자는 세상에서 찾아낸, "얼어 있는 언덕" "처처에 다져지는 조그만 아우성들"(「열하일기·1」)에 주목한다. 세상에서 발견한 것들은 눈물없이는 볼 수 없는 저자거리에서 마주친 가축들과 이웃들의 모습으로 채워져 있다. 자신을 포함한 이웃들이 가축과 다름없다고 말하는 것일까. 축생도에서 발견한 시적 화자의 가치발견은 저자거리의 삶과 존재를 "소리내지 않는 꽃들"이며 "삶의 물매들"(「열하일기·2」)이라고 표현한다. 화자가 여행에서 주시하는 것은 그러니까 일상에 깃든 도저한 슬픔과 연민할 수밖에 없는 삶의 곤고한 내력들인 셈이다. 그 내력은 '숨소리와 잔기침'(「열하일기·8」), '잔주름'(「열하일기·9」) 같은 뚜렷한 모습으로 나타난다.

70년대 이후 황동규의 시는 분화되는 것으로 보인다. 『나는 바퀴를 보면 굴리고 싶어진다』에서 볼 수 있듯이, 그의 시는 70년대 초반 유신독재의 엄혹한, 재갈물린 현실에 대한 시적 반응(「계엄령 속의 눈」, 「초가(楚歌)」)을 거쳐 서정의 극화된 세계로 나아가

고 있다. 물론 『열하일기』에서부터 그러한 징후들이 없는 것은
아니다. 하지만 확연한 분기점을 형성하는 것은 「계엄령 속의 눈」,
「초가」 같은 작품에 이르러서이다. 말의 병듦과 메마른 바람 속에
서 "내가 보아도 내가 무서워지는" 현실은 "몰려다니며 거듭 밟
히는 흙빛 눈"처럼 훼손당하거나(「계엄령 속의 눈」), 풀잎 뜬 강의
살없는 고기들이 놀고 있고 강물 위 스러지는 구름에 언뜻언뜻
비치는 암호를 읽어내며 두려움에 빠지게 만든다(「초가」). 이러한
두려움은 70년대의 암울한 현실에 대해 곤혹스러움에 대한 정서
적 반응이다.

   바로 이 시기를 전후해서 황동규의 시는 불교문화의 세례를
받는 것으로 보인다. 앞서 보았던 솔로몬의 어투는 점차 잠복하
며 여행과 발견의 황홀함에 몰입하는 탄성으로 점차 바뀐다. 『풍
장』은 억압에 대한 자유와 해방을 죽음이라는 소재를 통해서 삶
의 생명력을 발견하는 모험을 풍요롭게 보여주는 연작이다.

> 내 세상 뜨면 풍장시켜다오
> 섭섭하지 않게
> 옷은 입은 채로 전자시계는 가는 채로
> 손목에 달아 놓고
> 아주 춥지는 않게
> 가죽가방에 넣어 전세 택시에 싣고
> 군산에 가서
> 검색이 심하면
> 곰소쯤에 가서
> 통통배에 옮겨 실어다오

가방 속에 다리 오그리고
그러나 편안히 누워 있다가
선유도 지나 무인도 지나 통통소리 지나
배가 육지에 허리 대는 기척에
잠시 정신을 잃고
가방 벗기우고 옷 벗기우고
무인도의 늦가을 차가운 햇빛 속에
구두와 양말도 벗기우고
손목시계 부서질 때
남몰래 시간을 떨어트리고
바람 속에 익은 붉은 열매에서 툭툭 튕기는 씨들을
무연히 안 보이듯 바라보며
살을 말리게 해다오
어금니에 박혀 녹스는 백금 조각도
바람 속에 빛나게 해다오

바람 이불처럼 덮고
화장(化粧)도 없이 해탈도 없이
이불 여미듯 바람을 여미고
마지막으로 몸의 피가 다 마를 때까지
바람과 놀게 해다오

— 「풍장·1」 전문

삶이 죽음과 손잡고 있다는 것은 세상사의 이치이다. 우리는
늘 살아 있는 것으로 착각하지만 늘 죽음을 겪으면서 살아간다
(자폭장치가 고장나서 무한복제하는 세포의 영생이 곧 '암'이라는 질병
이 아닌가). 죽음의 시선으로 보면 삶에서 일어나는 집착과 미련,
욕심과 일상의 완고한 끈은 허허로이 결별할 수가 있게 된다. 역

설적이게도 죽음의 시선으로 보아야만 삶의 진정한 가치가 돌올하게 부감될 수 있는 것이다(이를 두고 시인은 "죽음이 삶을 위한 제사행위일 때만 의미를 획득한다"고 표현하고 있다). 삶과 죽음이 동전의 양면이라는 생각이야말로 '풍장' 연작을 만들어낸 깨어있는 의식이자 여행이 가르쳐준 각성의 내용이다. '풍장'의 고즈넉한 죽음의 상상은 곧바로 죽음으로 귀결되는 허무의 세계가 아니다. 여기에는 이념의 분식이나 가장보다도, "바람과 놀게 해다오"라는 표현에 드러나는 것처럼, 자기해방의 진정함에 대한 희구가 담겨 있다. 검문과 검색이 심한 현실에서 벗어나 자유와 해방을 만끽한다는 것은 정치적 자유만이 아니라 온갖 가치들로부터의 해방까지도 포괄하는 희열을 뜻한다고 할 것이다. 이것이 바로 『몰운대행』와 「풍장·36」 이후 황동규 시가 보여주는 열락(悅樂), 극적 서정성의 요체이다.

> 내 마지막 기쁨은
> 시의 액셀러레이터 밟고 또 밟아
> 시계(視界) 좁아질 만큼 내리 밟아
> 한 무리 환한 참단풍 눈이 열려
> 벨트 맨 채 한계령 절벽 너머로
> 환한 다이빙.
> 몸과 허공 0밀리 간격 만남.
> 아 내 눈!
>
> 속에서 타는

단풍.

— 「풍장·36」

벼랑끝을 바라보며 고개길을 내려가던 자동차 속 화자가 계곡
으로 질펀한 단풍에 취했을 때 떠올리는 시적 상상은 열락의 극
단까지 밀어붙인 발칙한 미적 순간의 탐닉으로 나타난다. 가속기
를 한껏 밟아 절벽에 그득한 단풍으로 질주하며 몸과 허공 사이
의 간격을 지우며 육박하는 눈은 눈동자 안에 타오르는 단풍을
담아내며 완벽한 일체 동화(一體同化)를 체험하는 것이다. 미적 충
동을 전신으로 느끼며 이를 시적 현실로 바꾸어놓고 있는 것이
다. 이러한 전환은 몸에서 느낀 단풍의 미적 전율을 부족한 언어
로 담아내려는 시적 욕망에서 연원하는 것이다.

하지만 이를 좀더 면밀하게 보면 우주와 하나된 자의 순간성
을 문자로 담아 영속화한(이건 영락없이 발레리가 말한 바 있는 '우주
적 상상력의 영원화'에 부합한다) 것이 아닌가 싶다. 인용대목에 담
긴 표현의 생동감과 상상력의 활달함은 편견과 억압에서 해방된
선적 상상력과 그리 다르지 않아 보인다. 몸과 마음, 오감과 문자
의 관계를 모두 개방하여 한 장의 스냅사진처럼 인화한 마음의
그림이 바로 극적 서정이기 때문이다.

현대시가 보여주는 끝없는 변화와 자유, 해방의 정신이 선의
활달한 상상력과 통한다는 것은 결코 빈말이 아니다. 미망 속에
서 참된 나(진여)를 찾는 존재론적 회향을 촉구하게 만드는 것이
선 수행의 목적이고, 화두를 거쳐 광활한 사유를 응집시켜 전일

적인 앎과 소통하게 해준다. 그처럼, 현대시의 세계에서는 계통발생에 가까운 전통과 규범의 전면 부정을 거쳐 개체발생의 독자성을 수립해야만 한다. 황동규의 시는 모험과 공포, 불확실성과 아이러니로 충만한 현대사회에서 공포를 해방으로, 자유와 열락의 순간으로 전환시키며 지금도 끝없는 변화를 감행하고 있다.

마음의 풍경

—홍신선의 연작시편 「마음경」의 경우

홍신선(洪申善, 1944~) 경기도 화성 출생. 동국대 국문과 졸업. 현재 동국대학교 문창과 교수. 시집으로 『서벽 당집』, 『겨울섬』, 『우리 이웃 사람들』, 『다시 고향에 서』, 『황사 바람 속에서』, 『홍신선시전집』이 있고 평 론집으로 『한국문학과 불교적 상상력』 외 다수.

불교는 눈앞에 보이는 모든 것을 마음이 만들어낸 것 [일체유심조(一切唯心造)]이라고 가르친다. 불교의 이러한 가르침은 현대문명의 황량한 마음을 가꾸는 데 요긴해 보인다. 시공을 넘어 언제든지 소통가능한 것이 정보화의 현실이지만, 그 현실은 정작 우리 자신에 관해서는 아무것도 가르쳐주지 않는다. 그러한 현실은 오히려 우리 자신에 대한 성찰을 방해하는 혐의가 짙다. 부처님께서는, "그러므로 아난다여, 너희는 이에 자기를 섬으로 삼고 자기를 의지처로 하여 남을 의지처로 삼지 말며, 법을 섬으로 삼고 법을 의지처로 하여 남을 의지처로 삼지 말고 머물거라"라고 가르치고 있다. 바다에 외로이 떠 있는 섬처럼, 편재하는 외부 현실에 휘둘리지 않는, 자기와 진리만을 거점으로 삼으라는 것이다.

망망한 미망의 바다에서 섬과 같이 머물 거점은 바로 자기의 마음이다. 홍신선 시인의 「마음경」 연작은 은성한 현대의 문명에, 참된 자기에 의지하며 법을 섬으로 삼고 머물기 위한 시적 수행의 한 사례이다.

홍신선(洪申善)은, 1965년 김현승, 이형기의 추천으로 시단에 나온, 시력 40년의 중견 시인이다. 그의 시 전반에 흐르는 세대의 경험은, 유년기와 10대에는 고향에서 6·25전쟁으로 거대한 폐허와 도저한 슬픔을 겪었고, 20대에는 4·19와 5·16의 역사적 격랑과 함께했으며, 30대와 40대에는 유신독재와 군사정권의 폭압에 고뇌했고, 50대에는 대중소비문화와 정보화사회를 체감하며 곤혹스러워 하는 내면으로 나타난다. 이는 40년대에 태어난 세대가 경험한 삶의 공통분모이다. 그의 시세계는 『서벽당집』(1973), 『겨울섬』(1979), 『우리 이웃 사람들』(1984), 『다시 고향에서』(1990), 『황사바람 속에서』(1996), 『자화상을 위하여』(2002)에 이른다. 이들 시집은 갑년을 맞아 편찬된 『홍신선 시전집』(2004)에 모두어 놓았다.

『서벽당집』은 궁상맞은 고향 공간을 배경 삼아 부정적인 역사에 상처입은 삶의 근원지를 부각시키고 있다. 고향의 세밀한 풍경에는 아버지와 전답, 묵은 그루터기, 저녁 어스름, 녹슨 그네틀, 사라진 인심들이 한데 담겨 있고, 그 풍경은 "논 귀퉁이에 터져나간 죽은 시속"(「능안 동리」)처럼 엎드려 있다. 고향은 절망, 허망, 죽음, 밤과 허공, 가난과 배고픔, 한 시대와의 내면투쟁으로 얼룩진 공간이다. 『서벽당집』은 젊은 날의 시인이 보고 자란 고향에 대한 애증이 한데 어울린 청년감각의 음울함을 보여준다(그 연장선에서 한결 깊어진 시선으로 고향을 바라보는 모습이 『다시 고향에서』에 담겨 있다).

한편, 『겨울섬』은 '겨울하늘'로 상징되는 시대의 암울함으로 가득하다. 시집에는 도처에 산재한 당대현실의 남루함과 내면의 부끄러움이 주조를 이루고 있다. 그 남루함과 부끄러움의 감정은 도시의 거리와 골목길, 고향을 포함한 궁벽한 마을, 여행길에서 마주한 가족과 이웃, 사물들의 사소한 몸짓들에서 발견하는 가치들로 이어진다. 다른 한편으로, 어조의 행방은 사이렌 소리와 대오를 맞추도록 강요하는 폭압적인 현실 속에서 굴종하는 정신을 풍자하거나(「우리시대」), 변두리의 기척없는 아파트와 골목길에 담긴 침묵을 관조한다(「여름일기」).

『우리 이웃사람들』과 『다시 고향에서』는 장삼이사의 삶에 주목하는 특징을 보여준다. 시에 등장하는 인물들은 우리 홍씨, 임동댁, 둠벙이 처, 거간꾼 이씨, 김하사, 중년 누님, 우리 이모, 이주민촌 병철이, 먼촌 아우 병선이, 위토말 김서방, 영천뜸 경식이, 나무쟁이 최씨, 김구장, 외삼촌, 길남네, 두만네 노인 등등, 근친과 이웃에 이른다. 이들 일상적인 인물들의 편모가 시적 대상이 된다.

여기에 관류하는 것은 고향에 대한, 거기에 살고 있는 사람들에 대한 애정과 관심이다. 이러한 관심과 애정은 고향을 중심으로 한 기억의 전경화로 나타나기도 하고, 삶의 공간 저변에 흐르는 변하지 않은 것과 변화된 것들을 주목하는 경향으로 나타나고 있다. 그러한 상상력의 일단은 『우리 이웃사람들』에 수록된 「물」
에서 잘 드러난다.

> 흘러, 멈춘 것들 사이에서
> 공사장 철주 빔 보다 깊이 삭아 멈춘 것들 사이에서
> 혼자 흘러, 안 보이게
> 뒤 끊고 좌우 끊고 혼자
> 숨어 숨어 흐르다 보면
>
> 늙은 회양목들 길 죄어 가는
> 단양, 낯모르는 남한강 지류에
> 그는
> 당도해 흐른다.
> 눈도 귀도 아예 내놓지 않고
> 복면으로 엎드려 흐른다.
>
> — 「물」 1, 2연

물의 본성은 흐르는 것이며, 제어하려 해도 멈추지 않는다. 앞
뒤와 좌우를 끊어놓는다 해도 숨고 숨어 흐르는 것이 물의 속성
인 셈이다. 물은 보이지 않게 흐르다가 지류를 형성할 때까지 눈
도 귀도 드러내지 않는다. 물의 이러한 형상을 떠올리며, 화자는
"복면으로 엎드려 흐른다"라고 표현한다.

물의 이미지는 멈춤과의 대비, 단절과의 대비, 드러난 것들과의
대비로 변주되고 있다. 화자는 "솟구치기 위해 얼마나 더 낮추어
야 하는지"라고 탄성을 발한다. 그 탄성은 질곡을 헤쳐나오며 상

처입은 내면과 순응과 굴종을 강요하는 시대적 억압에 대한 반응이기도 하다.

그 반응들은 시집의 표제작인 「황사바람 속에서」에서 좀더 구체화된다.

> 운명은 결코 뛰쳐나갈 수 없다는 것
> 장대 높이뛰기로도 시대의 담벽은 넘을 수 없다는 것을
> 알기까지는
> 얼마나 오랜 시간이 걸렸는가
> (중략)
> 황사 바람이여 지난 시절 그 4.19 5.16 5.17 속에
> 누가 장대 높이뛰기를 하였는가
> 나는 어디에 고개 묻고 있었는가
> 비닐 씌운 두둑에 고추모 옮겨 심고 멍석딸기꽃 밑에 마른 짚 깔기
> 젖먹이 기저귀 갈아주듯 깔아주며
> 언젠가 풋딸기들이 뾰족한 궁둥이로 편히 주저앉을 것을 생각하는
> 나날의 도(道)와 궁행(躬行)은 얼마나 사소한가 거대한가
> 풀먹여 새옷 입듯이
> 마음 벗고 껴입는.
>
> ─ 「황사바람 속에서」 4연

다소 우울한 분위기인 작품에서, '황사바람'은 자욱한 현대사의 상처에 번민하는 내면의 자욱함을 응축하는 시적 상관물이다. "너와 나에게 젊음은 무엇이었는가"로 시작되는 시의 전개에서

'황사바람'은, 봄날 일어난 역사에 관한 성찰의 매개물이 된다. 그 성찰은 고향의 낡은 집 쓸쓸한 토방에서 전개된다. 이것은 고향이, 남루한 토방이 그의 사유가 전개되는 거점이라는 사실을 일러준다. 황사바람을 바라보며 화자는, 시대를 초월한 상상이 불가능하다는 것(이는 그의 시가 그 불가능을 추구한다는 사실을 일러준다)을 "오랜 시간"을 거쳐 숙성시켜내고 있다. 화자는 지난 시대의 격랑을 떠올리며, 그 시대에 고개 숙인 채 침잠했던 일상의 가치를 다시 반문한다.

그 반문은 "나는 어디에 고개 묻고 있었는가"라는, 부끄러움에 기반을 두고 있다. 하지만, 그 부끄러움이 부정으로만 치닫는 것은 아니다. 화자는 일상의 가치를 두고 시대의 격랑에 비하면 미미하고, 보잘것없어 보일지 모르지만, "나날의 이 도와 궁행"을 긍정하고 있다.

『자화상을 위하여』(2002)는 완숙해진 중년의 시선으로 일상과 여행, 고향과 문명에 관해 예각화시킨 성찰이 주된 내용을 이루고 있다. 이 시집은 "삼말사초의 허기와 갈증들"을 "폐기하거나 실어보내고 난" 뒤의 허허로운 심사에서 "지난 세월의/ 문 닫는 냉정한 뒷모습"(「이사」)을 바라보고 있다. 또한 늦가을비 내리는 들녘을 바라보며 "세상 가을/ 상여 메듯 메고 와/ 막 내려놓은/ 비의"(「철원벌에서」)를 가늠하거나, 모과를 쳐다보면서 "제 속의 지옥들을 둥글게 둥글게 익혀온" "저 환한/ 순명(順命) 덩어리들"(「모과」)을 읽어내고 있다.

「세기말을 오르다가」는 산행 끝에 은성한 도시를 내려다보며 문명의 폐해에 눈먼 세태를 통찰하는 시인의 날카로운 풍자와 비판이 스민 경우이다. "신흥문명의 폐허들"에서 펼쳐지는 윤락과 권태와 관능, 스모그와 욕망과 천민자본주의의 자본에 이르는 부박함을 간파하기도 한다. 화자는 문명의 이러한 천민성, 조부와 당숙 고종과 이종 등 자신의 뿌리조차 알지 못하는 세태를 두고 "숱한 나는 누구인가?/ 너는" 하며 슬며시 반문한다.

한편, 「마음경」 연작은 『황사바람 속에서』와 함께 병행해서 창작된 시편들이다. 이 연작시편은 1991년부터 2003년까지 쓰여졌으며 모두 서른 두 편으로 이루어져 있다. 「마음경」 연작을 여는 서두는 마음과의 치열한 대면에서부터 시작된다.

> 올 겨울 제일 춥다는 소한 날
> 남수원 인적 끊긴 밭구렁쯤
> 마음을 끌고 내려가
> 항복을 받든가
> 아니면
> 내가 드디어 만신창이로 뻗든가
> 몸 밖으로 어느 틈에 번개처럼 줄행랑치는
> 저
> 그림자
>
> ― 「마음경·1」 전문

'마음과의 대면'이란 무엇인가. 마음을 향한 홍신선 시의 행로는, 마음을 잊어버린 시대, 세기말의 황량한 시대현실에 휘둘리지 않으려는 내면의 수행에 가깝게 느껴진다. 세속의 마음들은 "사전 약속도 없이" "동에서 오르고" "서에서 뛰고" "남에서 오르고" "북에서 치달린다." 이러한 행색은 지리산 반야봉이나 월출산 천황봉 정상에서 보면 제각각, 올라오며 "빈손의 허공들이나 쥐고 응성"이는 허망한 놀음에 지나지 않는다(「마음경·3」). 그러니까 미망에 빠진 삶은 "운명"(「마음경·4」)과 "욕심"(「마음경·5」)과 "생각의 시체들"(「마음경·11」)을 양산하는 "폐허"(「마음경·15」)인 셈이다. 이렇게 「마음경」 연작을 추동하는 힘은 '쉰'이라는 중년의 나이에 이르러 곰삭은 기억과 슬픔, 폐허처럼 허허로운 삶에 대한 포착력에 있어 보인다.

    아들이 죽은 뒤
    홀어머니는 절에 다니기 시작했다.

    텅 빈 내부가 무시로 털썩털썩 떨어져 내리는
    대문 닫힌 집에는
    저 혼자 섬돌가로 주저앉은
    핏기 얇은 입술 꼭꼭 다문 채송화의
    검은 씨앗들 속에 핵이, 뉘만한 무덤들이 차오르느라 부
산한 소리
    투명한 가을볕 속의
    누군가 오랫동안 은밀히 마련해온 이별 같은
    먼 독경.
                                        ―「마음경·13」 전문

이 작품은 아들 하나를 잃은 뒤 절에 다니기 시작한 어머니를 바라보는 다른 아들의 시선과 상황을 설정하고 있다. 어머니의 산사행으로 생긴 가을날 집안의 적요는 침묵한 슬픔만큼 처연한 모습이다. 고향집에 온 아들은, 어머니의 부재를 절감하며 섬돌과 그 주변을 배회하다가, 섬돌가에 "주저앉은 채송화"를 자세히, 오래도록 보게 된다. 채송화는 저 혼자, "핏기 얇은 입술"로 된 검은 씨앗을 뿌리고 있다. 화자는 씨앗 속 핵에서 무덤을 바라보고, 그 안에 "투명한 가을볕 속"에서 이별같은 독경소리를 듣는다. 채송화 입술 속에 영글어가는 검은 씨앗에서 화자는, 죽음과 부재와 생명의 새로운 탄생을 예비하는 윤회의 멀고 먼 비의를 간파한다. 겨울을 앞둔 시기에 부산하게 죽음을 준비하는 모습에서 존재의 오랜 수행을 엿보는 것이다. 이 작품은 고향집의 적요와 섬돌 옆에 단단한 씨앗을 준비하는 가을볕 아래 채송화와 독경소리를 한데 모아, 죽은 아들을 향한 어머니의 마음과 독경소리을 병치시킨, 가을날의 슬픈 아름다움을 보여주는 가편의 하나이다.

「마음경」 연작에서 두드러지는 것은 일상에서 발견하는 늙음과 죽음의 껴안기이다. 삶과 죽음이 한 깡통에 담겨 있다는 깨달음의 표현(「마음경·19」), 시든 육체와 동거하며 서서히 다가오는 질병과 죽음을 포용하는 모습(「마음경·24」)이 그러하다.

하지만, 이같은 발견적 가치의 저변에는 참된 나는 누구인가라는, 집요한 마음 찾기의 시적 수행이 전개되고 있다. 그러니까,

이 연작이 마련한 시의 성찬에서는 생명을 예비하는 죽음과 쓸쓸한 중년의 감각이 제시하는 웅숭깊은 삶의 비의가 두드러지는 것이다. 그의 시구를 빌려 말하면, "정신을 선(禪)에/ 때때로 푹 절였다 꺼내놓는"(「마음경·18」) 행위이다. 이렇게 보면, 고향공간에 근거하여 시대현실의 엄혹함에 번민한 뒤 중년에 이르러서야 발견한 마음이라는 지평이, 홍신선 특유의 시학을 이루고 있다. 이와 함께, 그 시학의 근저에는 불교의 전통을 자기화한 대목이 자리잡고 있음을 알게 된다.

세속 도시에서의 꿈과 도저한 환멸

─최승호의 『세속도시의 즐거움』, 『회저의 시간』 읽기

최승호 (1954~) 강원도 춘천 출생. 시집으로 『대설주의보』, 『고슴도치의 마을』, 『진흙소를 타고』, 『세속도시의 즐거움』, 『회저의 밤』, 『반딧불 보호구역』, 『눈사람』, 『여백』, 『그로테스크』, 『모래인간』 등, 산문집으로 『황금털 사자』『달마의 침묵』『물렁물렁한 책』 등.

시가 우리에게 주는 매혹 하나는 언어의 풍경이 연출하는, 찰나의 미적 전율을 영속화하는 모습에서 찾을 수 있다. 허겁지겁 바삐 살아가는 나와 내 주변의 일상으로는 좀체 포착하지 못했던 감각의 인상들을, 시인은 정교한 언어로 명상의 터를 마련해주는 것이다. 그런 점에서 시인은 어두운 문명의 시대에 지혜의 등을 밝히는 수행자들처럼 시적 탄생을 위한 고행을 마다않고 독자들의 마음을 가꾸는 원력을 시로써 제공해주는 보살이다. '시(詩)'라는 것이 '말[言]의 사원[寺]'이라는 뜻과 어울리는 것도 그런 연유인지 모른다.

시인이 '시대의 깨어 있는 마음'이라고 말하는 까닭은, 그가 빚어내는 시 안에는 시대의 온갖 생채기와 도저한 슬픔, 갖은 절망의 뿌리들을 통찰하며 빚어내는 '언어의 육화', 제의의 고통스러운 과정을 거짓없이 담아내고 있기 때문이다. 이런 이유에서 시인은 문명이 베푼 밝은 면만을 노래하지 않는다. 문학이 인간의 더러움과 추함을 미적 대상으로 삼는 이유는 밝음 뒤편에 있는 어두운 진면목을 헤아리기 위함이다(이를 가리켜 '부정의 상상력'이라고 할 수 있다).

시대와 문명이 빚어내는 더러움과 추함을 시적 대상으로 삼는 시인 한 사람으로 최승호를 꼽을 수 있다. 그는 비록 불교를 표나게 내세우지 않는다고 해도, 자본주의의 현란함과 그 안에 깃들어 살아가는 육신의 세계를 거대한 환(幻)으로 규정하며 더러움과 추함을 자신의 시적 의장으로 삼아온 시인이다. 그에게 시란, "진흙 위에 희미하게나마/ 길들이 태어"나는, "몸과 하나 되어/ 꿈틀거리는 길들"이며 "알몸의 문자"이다. 시의 행로는 "온몸으로/ 문자도 없이/ 길도 없이"(「진흙 위의 예술」), 기어다니는 지렁이의 형상으로 나타난다.

그의 시에서 세속의 풍경이란 "헛꽃 만다라"(「남자용 변기를 닦는 여자」)에 지나지 않는다. 이 세계는 거대한 변기로 상징된다. 시인의 눈에 비친 세계는 "환(幻)으로 배 불러오는 욕정과/ 환이 불러일으키는 흥분이 있"고, "환인줄 알면서" "환에 취해/ 실감나게 펼쳐지는 환을 끝까지", "(욕망의) 헛바닥이 멸할 때까지"(「세속도시의 즐거움·1」) 욕망하는 비루함을 가지고 있다. 세계는 망자(亡者)를 시체 냉동실에 두고, "흑싸리를 던질지 홍싸리 껍질을 던질지/ 동전만한 눈알을 굴리며 고뇌하는 화투꾼들"처럼 "죽음의 밤에도 킬킬댐/ 잔돈 긁는 재미에 취해 있"(「세속도시의 즐거움·2」)는 세계이다. 그의 시에서 세속도시는 환에 사로잡혀 욕망하는 자본주의의 누추하기 짝이 없는 현실이다.

최승호의 시가 세속의 세계를 신랄하게 비판하는 것은 변기와 배설물로 가득한 속악한 사회 현실에서 비롯된다. 적확함으로 무장한 시어가 가진 섬뜩함은 죽음과 결부된 삶의 진실을 잊고 사는 존재들의 일상에 대한 견고한 통찰에서 연유한다. 그는 스스로 시를 "치욕적"(무인칭의 죽음」)이라고 말하면서, 욕된 감각들의 창궐함을 지목한다. 치욕적인 시의 지향점은 어디인가. "뒷간에서 애를 낳고/ 애가 울자 애가 무서워서/ 얼른 얼굴을 손으로 덮어 죽인 미혼모가/ 고발하고 손가락질 하는 동네사람들"(무인칭의 죽음」)이 사는 세계이다. 이 생생한 단편적인 일화 한 부분은 도저한 환멸로 바라보는 문명의 위악함과 그 정곡으로 육박하는 시인의 치열한 문제의식을 잘 보여준다. 죽은 아이는 "생일이 바로 기일"이다. 죽은 아이의 "울음뿐인 생애"(「무인칭의 죽음」)에서 보듯이, 죽음과 삶이 스스럼없이, 어처구니없이 내통하는 기막힌 현실이다. 여기에서 드러나는 것은 일상 속 생명경시 풍조와 방관과 난무하는 욕설이다.

문명의 병든 모습을 포착하는 노력은 최승호의 시에 간단없이 출몰한다. 가족의 일상적인 저녁 풍경을 바라보는 화자는 설겆이 하는 아내, 신문을 뒤적이는 남편, 발성연습을 하는 아들, 가계부를 정리하는 딸애가 있는 모범가정의 한 장면을 떠올린다. 이 한

가롭고 고즈넉한 저녁의 일상적 모습에서 가족들의 평온함만을 읽어내지 않는다. 화자는 평화롭기까지 한 가족의 일상사에서 "발효하는 시체의 냄새"를 맡고, "모범 가정이 무덤 속에 여러 개의 관처럼 많을 줄이야."(「무인칭 대 무인칭」) 하며 탄식한다. 부패는 쳇바퀴처럼 반복되는 일상성에 대한 육신의 성찰없음을 비판하는 상징어이다. 모범가정을 무덤으로 연관짓는 폭력적인 이미지의 결합을 통해서 시인은 '무덤 속 여러 개의 관'을 준비하고 그 안에 든 일상의 가련한 모습을 고통스럽게 각성하도록 만든다.

최승호의 시가 그려내는 도시의 풍모는, 번호를 부르면 대답하는 늙은 죄수, 주민등록증을 걸으며 시작되는 예비군 훈련, 포주의 뱃속에 기식하며 밥을 빌어먹는 모습처럼 일상의 익숙한 편모들이다. 하지만, 일상성이 수렴되는 최종 기착지는 "부패가 심한 나체의 변시체" 같은 섬뜩함이다. 부패와 알몸의 시신들로 얼룩진 도시의 진상은 문명과 비천한 욕망을 향한 거침없는 시적 발언으로 폭로된다. 이는 거대한 환(幻)에 사로잡힌 접화군생에 대한 환멸의 가차없는 비판이기도 하다.

> 삐그덕 삐거덕거리는 소리가 며칠째 내 몸 안에서
> 나기는 나는데 어디서 나는지 볼 수가 없다.
> 이 도시의 병을 내 몸이 함께 앓는 것일까.
> 마음이 뒤틀리고, 금이 가며, 흔들리는, 물질적 열반
>
> ― 「물질적 열반의 도시」 전문

시에서 병든 몸은 뒤틀린 마음의 균열과 혼돈, '세속의 물질적 열반'이라는 역설적인 의미로 다시 태어난다. 도시에서 얻은 욕망의 깊은 병은 그 증상의 원인이 어디에서 연유하는지조차 모르는 미망에서 온 것이다. 도시에 만연한 질병은 도시 안에서 포장되어 유통되는 온갖 편의성이 만들어낸 결과로, 사태는 그만큼 위중하다는 것을 말해준다. 때문에 도시의 부패 안에 있는 육신의 질병은 부패 안에서 피어나는 악업의 다른 표현에 가깝다고 할 수 있다. 이를 두고 시의 화자는 '세속의 물질적 열반'이라고 표현한다.

최승호의 시에서 불교적 함의를 가진 이미지와 상징들은 선의 활달함을 내장한 쐐기와도 같은 효과를 발휘한다.

> 자루의 밑이 터지면서 쓰레기들이 흩어진다, 시원하다.
> 홀가분한 자루, 퀴퀴하게 쌓여서 썩던 것들이
> 묵은 것들이 저렇게 잡다하게 많았다니 믿기 어렵다.
> 위에도 큰 구멍, 밑에도 큰 구멍, 허공이 내 안에
> 있었구나. 껍데기를 던지면 바로 내가 큰 허공이지.
>
> ― 「세 번째 자루」 전문

육신을 자루 안에 담긴 오물과 부패한 쓰레기로 표현하는 것은 대단히 불교적 발상이다. '구멍 난 육신'이라는 껍데기를 허허롭게 내던지는 것은 대자유와 해방에 대한 갈구이다. 그 갈구는 눈에 보이는 것들에 대한 전면적인 부정을 거쳐 '허공'으로 육박하면서 '공'의 감싸안음을 지향한다. 여기에서 표현된 '묵은 것

들'은 이를테면 얼룩진 것들로 겹겹이 쌓인 일상의 때, 욕망이 만들어낸 온갖 통념들과 물질적인 것들 일체를 가리킨다.

시집 『회저의 밤』(1993)에 담긴 세속도시에서의 시적 긴장은 온통 잿빛으로 가득하다. 자본주의의 위력 앞에 맞선 부정의 상상력은 기나긴 밤의 흙바람 속에서 재생의 의지를 아슬아슬하게 긴장 속에 구현해 나가는 강인함을 보여주고 있다.

> 단숨에 죽는 자가 아니라, 고통을 겪을 만큼 겪으면서
> 느릿느릿 죽어가는 자의 병이기에, 회저에는 긴 울부짖음
> 이 있다. 그러나 그 울부짖음도 소용이 없는 텅빈 무덤 속
> 에서, 진물 흐르는 썩은 살을 긁어내며, 흙더미 허물어지는
> 소리를 우리가 만약 듣게 된다면······그런 회저의 시간이
> 찾아온다, 자신의 인생에게 홀로 침묵으로 예배해야 하는
> 시간이, 어느 날 예기치 않게, 또는 꿈길로, 우리의 첫 번
> 째 죽음을 예고하면서.
>
> ― 「회저의 시간」 전문

'회저(壞疽, 괴저)'라는 말은 의학용어로서, '피부의 괴사로 환부가 떨어져나가거나 부패하여 그 생리적 기능을 잃는 병'이다. 최승호 시의 한 맥락이 세속도시의 부패한 형상들을 천착해온 점을 감안하면, 이 말은 단순히 시적 상징으로만 그치지 않는다. 이 말은 자본주의 문명 일반에 대한 시인의 비판적인 감수성을 집약하는 핵심이라고 말해도 그리 틀리지 않는다. 여기에는 죽음과 죽음에 이르는 정신의 퇴락, 곧 생로병사의 자연적 과정을 극적으로 보여주는 질병 이미지가 한껏 고양되어 있다.

'회저의 시간'이란 자신의 삶을 혼자서 감내해야만 하는 고통의 시간, 침묵의 내면성을 가리킨다. 그 시간은 예기치 않는 어느 날, 꿈길로 들어와 죽음을 예고하는 순간이다. "온몸의 살이 썩고 / 온몸의 뼈가 다 허물어져서/ 재 밑의 재로 나는 돌아가리라"(「회저」)는 의지의 표명에서처럼, 짙은 죽음의 냄새가 만연한 지상의 삶에서 우리는 죽음 또한 삶의 일부로 받아들이는 자각을 거쳐야 한다. 그래야만 비로소 부패와 죽음의 수락하고, 삶의 아름다운 진면목을 발견하는 대전환을 이룩할 수 있다. 부패에서 삶의 아름다움으로 이행하는 시적 대전환은 "부패해가는 마음 안의 거대한 저수지를/ 나는 발효시키려 한다"(「발효」)라는 발언에서 잘 확인된다.

「너의 재로」는 부패와 질병이미지에서 벗어나 발효된 존재의 대전환을 보여주는 작품이다.

　　너의 재로
　　나는
　　잿물이 되고

　　잿물에 삶는 빨래가 되고

　　빨래를 널어놓은 흰 모래밭이 된다

　　너의 재로
　　나는
　　잿물 끓이는

장작이 되고
빨래터 아낙네의 시냇물이 된다

너의 재로
나는
빛의 탯줄을 끌고 오는 사람이 되고

— 「너의 재로」 전문

최승호의 시에서는 드물게 보이는 서정적인 가락이다. 여기에
는 부패의 이미지보다는 해맑은 이미지들로 넘실거린다. 재의 침
침함을 넘어서는 것은 재에서 잿물로 바뀐 존재의 발효과정 때문
이다. 잿물은 빨래를 삶아 흰모래밭에 넘실거리며 정화된 물건으
로 널어놓게 해준다. 세속의 모든 부패와 회저의 온갖 물상들이
재로 바뀐 다음 '나'는 '잿물'이 되고, '잿물 끓이는 장작'이 되고,
'빨래터에 흐르는 시냇물'이 되어 '빛의 탯줄을 끌고 오는 사람'
이 된다. 이 수많은 변환 속에서 시적 상징들은 악업의 윤회 고
리를 끊고 선업을 만들어내는 존재, 곧 보살의 함의로 바뀐다. 재
를 통해서 '빛의 탯줄을 끌고 오는 사람'이 되는 것이다. 이 환상
적인 이미지는 만해 한용운의 절창 「알 수 없어요」에서 보았던
"타고 남은 재가 다시 기름이 됩니다"라는 구절을 연상시켜준다.
최승호의 두 시집 『세속도시의 즐거움』과 『회저의 밤』을 읽으
면서 절감하는 것은, 시인이라는 존재의 재발견이다. 예토에서
안락만을 추구하며 살아가는 삶은 죽음과 다를 바 없다는 사실,
우리가 무심코 지나쳐버린 무한욕망들로 가득한 누추한 일상사

를 부패와 죽음의 섬뜩한 이미지로 환기해낸 시적 전언도 한소식의 방편이라는 점을 새삼 절감한다.

그의 시는 용해된 불교문화의 힘이 문명비판의 목소리와 만났을 때 터져나온 '할'과도 같은 느낌을 준다. 진흙탕의 세상을 가로질러 연꽃 같은 개화를 꿈꾸는 것이 그의 시의 참된 면모인 것이다. 은성한 도시, 자본주의의 편의성에 사로잡힌 미망의 삶과 욕망을 부패와 죽음의 관으로 묘사한 섬뜩함은 마치 각성과 존재의 대전환을 촉구하는 시적 화두로 읽힌다. 이것은 모두 그의 시 저변에 흐르는 불교의 선적 사유와 화엄적 세계관에서 비롯된다.

기나긴 인연들의 시적 환생

─윤제림의 연작시편 '황천반점'과 '청산옥'

윤제림(1955~) 충북 제천 출생. 동국대 국문과 졸업. 서울
예술대학 광고창작과 교수. 시집으로는 『삼천리호 자
전거』, 『미미의 집』, 『황천반점』, 『사랑을 놓치다』 등.

모든 독법(讀法)의 이상은 연애편지를 읽는 태도에서 구할 수 있다. 연애편지에 투여하는 마음의 헤아림은 글자 하나, 쉼표 하나, 여백까지도 면밀히 살펴보려는 정밀함을 가지고 있어서 다른 독서와는 그 차원부터가 다르다. 이성에 향한 마음의 집중과 긴장은 사랑을 읽어내는 방식만이 아니라 세상을 읽는 방식에도 통용된다. '놓친 사랑'은 어떤 것일까. 사랑을 놓친다는 것은 자신이 간절히 원함에도 불구하고 떠나갔거나 이루지 못한 사랑을 가리킨다.

이런 사랑은 상실의 아픔 때문에 상대를 비방하며 종결되는 경우와는 판이하다. 그런 예를 윤제림의 시에서 구할 수 있다.

……내 한때 곳집 앞 도라지꽃으로

피었다 진 적이 있었는데,
그대는 번번이 먼길을 빙 돌아다녀서
보여주지 못했습니다. 내 사랑!
쇠북 소리 들리는 보은군 내속리면
어느 마을이었습니다.

또 한 생애엔,
낙타를 타고 장사를 나갔는데, 세상에!
그대가 옆방에 든 줄도
모르고 잤습니다.
명사산 달빛 곱던,
돈황여관에서의 일이었습니다.
　　　　　━「사랑을 놓치다─청산옥에서·5」, 『사랑을 놓치다』 전문

　시집의 표제작이기도 한 인용 작품은 생의 어느 한 국면에 한
정되는 사랑이 아니다. 이 상상력은 생을 달리하여 피어난 꽃과
장사꾼으로 환생한 생에 관해 언급하는 것이다. 시인의 눈길은
두 개의 연에서 보듯이 완연하게 현세를 벗어난 존재들의 도저한
인연을 문제삼고 있다. 몇 겹의 생을 겹쳐 놓고, 그 안에서 미물
과의 내밀한 접촉을, 만남 없이 지나쳐버린 사람들의 옷깃을 거
론하는 무한의 사랑은 이성과의 사랑을 초라하게 만든다. '놓친
사랑'은 그러니까 존재들의 내밀한 접촉마저 불교에서 언급하는
무수한 업이 쌓여 이룩한 존재의 일대 장관, 곧 인연으로 절묘하
게 재현한 만물에 대한 애정이다.
　이러한 시적 내공은 불교의 훈습을 입고 불교의 문화적 감수

성으로 무장한 시적 진술의 탄탄함으로 나타난다. 여기에서 두드
러지는 것은, 불교의 장엄한 인연의 이치와 그 안에 용해된 내밀
한 자연과의 교감이 한데 어울린 어떤 장면이다. 기나긴 생이 아
름다운 인연으로 다시 만나 이룩한 미적 현현의 순간성은 『사랑
을 놓치다』에서 애용되는 대목이다. 직선의 시간감각으로는 도저
히 담아내기 힘든 계절의 감각은 여행을 통해 얻어지는 인상에
토대를 두고 기지와 위트를 가미하여 다시 태어난다. 「직지사 가
는 길」도 그런 예의 하나이다.

> 방직공장 지붕 우에
> 달빛은 발가숭이 누이의
> 속곳으로 감기우고
> 이 고을 등(燈) 대신 내걸린
> 마알간 꽃잎들이 스사로
> 길 위로 내려앉아
> 묻지 않고도 알 수 있었네
> 직지사 가는 길

— 「직지사 가는 길」 전문

화자는 봄이 무르익는 계절에 도취되어 누구에게도 묻지 않고
호젓한 밤길에 산사로 들어선다. 그 세계는 호젓함의 감정만으로
설명되기에는 충분하지 않다. 방직공장 지붕 위에 걸친, "발가숭이
누이의/ 속곳"처럼 내걸린 달빛과 무시로 길 위로 "마알간 꽃잎"들
이 내려앉는 풍취를 머금은 시간대이기 때문이다. 묻지 않아도 갈

길을 찾아갈 수 있는 것은 자연의 깊은 인연 때문이다. "직지사 가
는 길"은 그처럼 기나긴 인연으로 가능한 도정이다.

윤제림의 시는 지상의 여행을 승화와 비약이 가능한 생의 국
면으로 바꾸어놓는다. 그의 시편에서 '황천반점' 연작(『황천반점』)이
나 "청산옥" 연작(『사랑을 놓치다』)은 모두 그러한 상상력의 소산
이다. '집'은 윤제림의 시에서 중요한 함의를 가진 공간이다.

> 집만한 도량이 또 있으랴
> 세상 먼지 티끌 모다 끌고 들어온
> 저녁, 식구들이 쉬는 동안
> 제일 많은 때를 묻혀온 나는
> 걸레를 빨자
> 낯짝을 씻어도 좋도록 희게
> 밥상을 훔쳐도 좋도록 말갛게
>
> 엎디거라, 온몸을 밀자
> 되도록 거룩한 맘으로
> 닦자, 또
> 닦자
>
> (이하 3연 생략)
>
> ― 「가(家)」, 『황천반점』

범속한 개인들이 일상의 업무에 짓눌려 자신의 긴장과 경계심
을 풀어놓는 곳이 바로 집이다. 안락과 휴식으로 대변되는 이 사
적 공간이 화자에게는 "집만한 도량이 또 있으랴" 하는 발언 때

문에 수행의 거처로 변해버린다. 집이 도량이 되는 것은 세상에서 묻혀온 때로 얼룩진 화자가 걸레를 빨면서 자신을 빨아내는 제의를 치르기 때문이다. 얼굴을 닦아도 좋을 만큼, 밥상을 훔쳐도 좋을 만큼 걸레를 **빠는** 행위는 곧 자신의 마음 밭을 갈고 닦는 수양을 가리킨다. 그런 다음, 엎드려 온몸으로 집안의 먼지를 닦는 모습에는 '하심(下心)'과 '용맹정진'이 그대로 체현되고 있다.

'하심'은 윤제림의 시에서 중요한 윤리적 태도이다. 이 마음이야말로 길 위에서 만난 온갖 사물과들과의 내밀한 소통을 가능하게 해주고, 작으나 귀한 깨달음의 지평으로 인도하는 동력을 제공한다. 그러므로, 그의 시에서 여행은 단순히 도락을 위한 길 나서기가 아니라 깨달음을 위한 생의 기나긴 편력과 통하는 계기인 것이다. 그의 시가 산과 바다, 계곡과 들판, 티벳과 하늘길에 이르는 명상과 완보를 통해서 홀로 우주로 비상하거나 침잠하는 것은 자주 목격되는 바이다. 이 명상과 완보가 '하심'의 울력을 받아 귀한 인연들을 시로 환생시켜주는 힘이다.

윤제림의 시에서 '하심'의 행로는 밥상에서조차 만인의 손길을 기억해야 한다는 사실을 떠올려준다. 밥상 위 쌀 한 톨에 깃든 여든여덟 번이 넘는 농부의 노고를 언급하는 것만으로는 부족하다. 밥상에 올려진 음식물이란 쌀이 아닌 밥이므로. 이미 거기에는 농부의 노고만이 아니라 어머니의, 아내의 손길이 다시 한번 가미되어 있는 게 아닌가. 거기에다 야채와 나물, 온갖 찬거리들에 담긴 얼굴 모르는 수많은 사람들의 손길은?······

이렇게 생각의 꼬리를 물어가다 보면, 한끼의 밥상 위에 담긴, 이 침묵하고 있는 선한 인연들의 부피는 저 태산에 비할 바가 못 된다. 그러니 밥상머리에서 투정하는 아들딸에게 매양 잔소리처럼 해대는 것도 전혀 근거가 없는 게 아니다. 정작 우리가 밥상에 앉자마자 어떤 음식이 진설되었는가를 두리번거리는 것은 결코 도리가 아닌 셈이다. 선한 인연을 되갚을 엄두도 내지 못하고 고개 숙여야 할 많은 사람들의 땀과 손길을 떠올리지 못하는 것이 우리의 남루한 일상의 본래 모습이 아닐까.

처음 오신 분들을 위해 알려드립니다. 이곳에선 같은 메뉴라도 사람마다 가격이 다릅니다. 밥값도 돈으로 치지 않고 몸으로 셈을 합니다. 다 드신 분은 빈 그릇을 깨끗이 닦아 들고, 나오면서 큰 소리로 자신의 이름을 밝혀주십시오. 또 한 가지! 여러분들의 식대엔 응공이란 분의 공양대금이 포함돼 있습니다. 잘 아시다시피 그분은 응당 공양을 받아야 할 사람, 다시 말해 밥 먹을 자격이 있는 분 아닙니까. 그분은 어느 식당, 어느 호텔에서건 무료! '천지팔황 요식업. 숙박업 중앙회'의 협약에 따른 것이지요. 여러분도 응공이 되시면 똑같은 예우를 받으시게 됩니다.

뭘 드셨지요?

— 「밥값─청산옥에서·1」 전문

'밥값 했느냐?'라는 지청구가 있다. 매양 먹는 음식이 아니라, '건강에 좋은 음식'을 먹어야 한다고 한다. '응공(應供)'이란 말도 그런 맥락일 터이다. '응당 공양받아야 할 자격을 갖춘 자'라는 뜻은 부처님의 다른 이름이다. 부처님께서 회향하여 중생들을 미망에서 건져내시려는 서원과 비교해 보면 우리는 사실 밥 한 그릇 먹을 자격도 과분하다.

　과분함에 대한 반성은 이제 「손님들」에 이르면, 비속한 세상에 대한 웅숭깊은 비판으로 이어지고 있음을 발견하게 된다.

> 저 사람은 정객(政客)이다. 아니다 어깨다.
> 저 사람은 협객(俠客)이다. 아니다 주먹이다.
> 저 사람은 논객(論客)이다. 아니다 이빨이다.
> 저 사람은 가객(歌客)이다. 아니다 아가리다.
>
> 넌 뭐냐?
>
> 식객(食客)이다.
> 아니다 밥벌레다.
>
> ── 「손님들―청산옥에서·3」

　나날의 삶에서 찌든 모습은 고상한 말만큼의 언행도 다하지 못한 자괴감으로 이어지는 것은 당연하다. 그러나 그 당연함조차 세상살이에서는 통용되지 못한다. 정객과 협객, 논객과 가객은 모두 한 세상을 나그네처럼 살아온 자들에게 부여된 고상한 명명이지만, 그 본질은 어깨와 주먹, 이빨과 아가리처럼 신체의 일부로만 남는 비속어에 가까운 것이 엄연한 현실이다. 그런 까닭에 식객을 자처한 화자는 '밥벌레'가 되고 만다. 이러한 의미의 격하는 존재가 존재의 본질을 잃으며 살아가는 일상의 삶에 대한 신랄한 비판이 되기도 한다.

몸이라는 정신의 거처에서부터 하고많은 거리의 여인숙까지, 현생의 길을 벗어던지고 내생으로 가는 길목까지. 육신과 정신의 행방까지 시적 재료로 삼는 그의 상상력은 기발한 착상 하나를 끌어온다. 이름하여 '황천반점'(여기에 버금가는 또다른 처소로 '청산옥'도 있다). 망자들이 내세로 들어가기 위해 건너야만 하는 '망각의 강' 황천 어귀 어디엔가 있어서 주막과 숙박을 겸하는 이 상상의 집은, 산 자들의 행로를 죽음 너머의 다른 생에 들기 전에 고정시켜 놓고 지상의 삶을 조곤조곤 성찰하는 공간이다. '청산옥'은 그러니까, '황천반점'처럼 집의 상상력을 바탕으로 현세의 삶을 성찰하는 상상의 처소인 셈이다.

> 더럽게 먹었구나
> 주인은 오래도록 설거지를 한다
> 깨끗이 비운다고 싹싹 핥았는데
> 주인은 밤늦도록 설거지를 한다
> 내 혀는 더럽고,
> 내 귀는 어둡구나
> 개숫물에 양재기 부딪는 소리를
> 봄밤의 미풍에 살강대는
> 풍경소리로 듣다니!
>
> 무서움도 잊을 겸,
> 내 가야 하는 별이 어디메쯤인가
> 보아둘 겸,

비긋이 열어두고 들어앉은
해우소 판장문 틈서리로
보이네
밤새 씻기는
세치 혀.

— 「주막에 들다－황천반점에서·1」, 『황천반점』 전문

화자는 반점 주인에게서 타박을 당한다. 더럽게 먹은 것에 대
한 주인의 핀잔이다. 그 더러움은 혀의 더러움에서 온 것이다. 핥
듯이 그릇을 깨끗이 비웠음에도 오래도록 설거지를 시킨 더러움
의 원천은 세치 혀가 일군 수많은 악업이다. 때문에 주인의 핀잔
은 섬뜩한 무서움으로 꽂힌다. 주인의 무심한 말 한 마디는 곧
자신의 더러운 생을 베어버리는 날카로운 깨달음의 칼날을 품고
있는 것이다. 이는 번역하면 더러운 생에서 비롯된 더러운 혀에
대한 고통스러운 자각과 다를 바 없다. 그러나 이 자각은 실상
투덜거리는 반점 주인의 불평이라기보다는 '나의 생은 얼마나 더
러운가'라는 화자의 성찰에 좀더 무게 중심이 실려 있다.

윤제림의 시에서 연작 '황천반점'이나 '청산옥' 시편은 화자가
'반점'에 들고, 숨어서 사람들을 관찰하며 밤하늘의 별을 쳐다보
기도 하다가 계집을 그리워하고, 늙은이에게서 한소식을 듣기도
하는, 또는 두고온 사랑을 세고, 배를 기다리다 길을 잃고 숲에서
도적을 만나며 비탈을 가다가 술에서 깨어나는 가운데 삶 또한
한낱 백일몽에 지나지 않는다는 불교의 상상력에 맥이 닿는다.

눈치 빠른 독자는 감지했겠지만, 이는 심우도의 패러디이며,

객주집과 지상의 삶, 하늘 위에서 내려다 본 여행길에서 얻은 착상이 윤제림의 시의 근간을 이룬다고 할 만하다. 설핏 비추어지지만 비행기나 기차, 보도여행에서 지친 산길의 저녁답 노을 풍경처럼 언제나 '집밖을 나서면 황천'인 세상에서, 보고 들은 것들로 지상의 연약한 삶을 깁고 기우는 윤제림 시의 의뭉스러움은 넉넉한 불교의 품성을 떠올리게 만든다.

제2부 한국소설과 불교문화

근대의 미망에서 불교로의 안착

—이광수의 계몽사상과 불교 회귀

이광수(李光洙, 1892~1950) 평북 정주 출생. 호는 춘원(春園). 최초의 근대소설 『무정』의 작가. 조선일보 부사장 역임, 수양동우회 사건으로 투옥. 1939년 어용단체 조선문인협회 회장 역임. 가야마 미쓰로(香山光郎)로 창씨 개명. 6·25전쟁 때 납북 도중 병사. 장편 『유정』, 『흙』, 수필집 『돌베개』 등. 『춘원이광수전집』 간행.

1

춘원 이광수(春園 李光洙)만큼 우리 근대사의 영욕(榮辱)과 함께 한 지식인도 드물 것이다. 1892년 평안북도 정주군 갈산에서 태어난 그는, 11살 나던 1902년 여름, 당시 서북지방에 휩쓸던 콜레라로 졸지에 부모를 잃고 천애고아가 된다. 그는 친척집을 전전했고 그 재능을 알아본 접주 박찬명의 배려로 서기 일을 보다가 일제 탄압을 피하여 상경한 뒤 천도교 파견 유학생으로 도일한다. 일본에서 그는 대성중학과 게이오 의숙(慶應義塾)을 거쳐 일본의 근대사상가 후쿠자와 유키치(福澤諭吉)의 계몽사상과 만난다. 이와 함께 이광수는 러시아의 대작가 톨스토이의 인도주의 사상에 감화받아 계몽적 민족주의자로서의 길을 걷기로 결심한다. 귀국후 그는 잠시 오산학교에서

교편을 잡기도 했는데 다시 일본으로 건너가 와세다대학에 입학했다. 그의 나이 스물여섯인 1917년부터 2년간에 걸쳐『매일신보』에 대중적인 문체로 연재한『무정』은 계몽사상을 전파하려는 의욕을 보인 작품으로 기대 이상으로 대중적 호응을 받는다. 이 작품은 한국의 문학사에서 최초의 근대소설로 등재된다. 그러나 이광수는 졸업을 불과 몇 달 앞둔 1919년 2월 동경 YWCA 회관에서 독립선언서를 기초한 후 곧바로 상해로 망명한다.

상해 임시정부에서『독립신문』의 주필로서 도산 안창호와 활발한 활동을 할 때에만 해도, 이광수는 독립운동가로서 전혀 손색이 없었다. 그는 당대의 논객으로서 보여준 많은 논설로 민족을 감화시켜 나갔다. 도산 안창호의 기독교적 실천사상을 근간으로 삼은 그는, 점진론적 개혁과 민족해방을 외치며 국내에 조직적인 계몽운동을 펴기 위해 수양동우회를 결성하는 등 열정적인 활약상을 보여주었다. 그러나 1937년 '수양동우회' 사건으로 도산(島山) 안창호(安昌浩)와 함께 옥고를 치르면서 그는 계몽적 민족주의자로서의 길을 차츰 벗어나기 시작한다. 그는 1941년 '향산광랑(香山光郞)'이라는 일본식으로 이름으로 고치면서 급속하게 친일의 나락으로 빠져든다. 졸지에 부모를 잃었던 쓰라린 경험, 망국의 시대 현실에서 이광수는 자신을 거두었던 동학 박찬명 대령이나 교주 손병희를 정신적 아버지로 삼았다. 뿐만 아니라 종교적 문학적 사표로 삼았던 예수와 톨스토이, 오산학교(五山學校)의 남강 이승훈(南岡 李承薰), 몰린(穆陵)의 추정 이갑, 이순신과 함께 이광수가 존경한 영원한 마음의 스승으로는 도산 안창호가 있었다. 그러나 자신의 정신적 스승의 투옥과 병사, 수양동우회의 조직원 검거로 인해서 자신의 사회계몽 운동이 벽에 부딪치자 그는 쉽게 체념했고 일제에 굴복하고 말았다.

이광수의 이러한 행적에 동정적 반론이 전혀 없지는 않다. 그것은 시대와 개인을 연관지어 일제의 정치적 탄압 속에서 수양동우회를 존속시키기 위한 위장술이었다는 관점이다(「이광수평전」, 이광수전집 별권, 삼중당, 1971, 136-140쪽 참조). 춘원의 친일로의 전락을 두고 논자들은 도산의 체포와 그의 때이른 죽음에서 그 근거를 구하고 있지만, 그것은 달리 말해서 한국사회에 가해진 억압 속에 전통사상을 부정했던 계몽사상가의 파탄이라는 민족정신과 개인사의 불행이기도 하다. 그의 삶은 각성한 한 근대 지식인의 몰락이라는 정신사적인 오류로 판명났던 것이다.

그러나 해방 이후 집필된 『나의 고백』에 관류하는 그의 자기변명과 여러 증언들, 친일문학에 대한 그간의 연구성과를 종합해 볼 때, 그의 친일은 도산 안창호의 죽음과 도착된 논리에 따른 현실 순응적인 태도에서 비롯된 확신범의 오류였다는 판단이 일반화되어 있다. 어쨌든 춘원이 창씨개명과 함께 "팔굉일우(八紘一宇) 동조동근(同祖同根)"을 외친 일제의 민족동화 정책에 찬동하고 학병 모집 활동의 전면에 나서는 등 매우 적극적인 협력을 했던 사실만큼은 부정하기 어렵다. 그러한 변절의 심리적 정황은 뒷날에 쓴 『돌베개』에 잘 나타나 있다.

일본이 미국과 영국에 대하여 선전한 것은 무엇을 믿고 한 것인지 알 바는 아니나, 국운을 내어 걸고 한 것임은 분명하였다. 우리 민족의 처지로 볼 때에 두 가지 길 밖에 없었으니 하나는 반항하고 독립운동을 일으키는 것이요, 나머지 하나는 일본의 요구대로 전쟁에 협력하는 것이었다. 일본이 중국과만 싸우는 동안에도 우리는 일본이 하라는 대로 다 하였지마는 태평양전쟁이 터진 이상에는 일본은 우리에게 더 많은 요구를 할 것이 분명하였다. 지금까지는 우리는 내라는 대로 물자를 내고 전쟁에 이겼다고 기를 달라면 달고 신사참배를 하라면 가서 손뼉을 치고 허리를 굽히면 그만이었다.

그러나 앞으로 그들은 우리의 땀과 피까지 요구할 것이다. 특별지원병 제도를 벌써 쓴 것을 보아서도 알려니와 조선 징병론이 사방에서 행하였다. 그렇다면 우리 민족은 이에 다하여서 어떠한 태도를 취할 것인가. 나는 일본에 반항할 일을 생각해 보았다. 그러나 이것은 불가능한 일인 것 같았다. 훈련받은 장정이 없고 무기가 없으니 무력으로 대항할 수는 엄두도 낼 수 없고 그렇지 아니하면 삼일운동과 같은 무저항의 봉기인데 이것도 전 민족을 움직일 만한 조직이 없고는 할 수 없는 일이었다. 삼일운동 때와 같이 한곳에서 일어나면 여러 곳에서 따라 일어날 것을 기대하기에는 당시의 민심은 너무도 소침하고 너무도 눌려 있었다.

만일 소수의 유지가 반항운동을 일으키고 피를 흘린다 하면 그것이 영웅스러운 일이요 또 민족의 가슴에 감명도 줄 법도 하지마는, 그 반동으로 전 민족에 내리는 일본의 압박은 더욱 강하게 될 것이었다. 그렇다 하면 우리는 어떻게 할 것인가. 나는 이에 대하여 이렇게 결론을 지었다.

"전쟁이 끝날 때까지 나는 일본이 요구하는 대로 협력하는 태도를 취하리라"

— 이광수, 「나의 고백」, 이광수전집 7권, 삼중당, 1971, 219쪽.

이 대목에서 보더라도 춘원의 지도자적 경륜이 심각하게 훼손된 경과는 아마도 도산의 옥사와 수양회 사건에서 치른 옥고에 온 충격 때문으로 충분히 인정된다. 그러나 춘원의 내면이 이토록 심약(心弱)했고 패배주의적이었던가 하는 인간적인 연민도 그의 전락에 따른 안타까움을 해소해주지는 못한다(일생을 모진 핍박에 굴하지 않고 살아간 만해 한용운이 있지 않은가). "전쟁이 끝날 때까지"라는 전제는 그의 일생에서 씻을 수 없는 과오를 낳는, 현실과의 타협으로 이어졌다. 이 타협은 하나의 전제가 아니라 역사의 법정 앞에 치욕스러운 친일분자라는 씻을 수 없는 역사의 치욕이 되었다.

해방을 1여 년 앞둔 시점에 그는, 사릉에 은거하기로 결심한다. 이광수는 당시 "아주 산중에 숨어버리자는 결심"(「나의 고백」)을 실천에 옮겼다. 그의 내면은 피폐해질대로 피폐해져 있었다. 바로 그러한 점에서 사릉은 근대의 아들임을 자처하며 민족을 계도했고 전근대적인 민족 현실을 "무정한 것"이었다고 외쳤던 이광수 개인의 몰락을 보여주는 침잠의 처소였던 셈이다. 그가 지향했던 근대 계몽주의자의 현실세계인 패배한 아버지의 세계와는 대척점에 놓인 자폐적 공간이었던 사릉은 봉선사와도 연계되어 있다. 이렇게 해서 우리는 유학자 집안에서 동학교도로, 동학교도에서 기독교도로, 기독교도에서 다시 불교로 귀의하는 과정을 통해서, 곡절 많았던 그의 삶이 불교에 안착하는 모습을 보게 된다. 그의 행로는 『묘법연화경』에 나오는 '탕아의 귀환' 같아 보인다.

일제의 식민지배 아래서 변질되고 피폐화되었던 그의 정신적 편력이 불교라는 심오하고 유구한 전통과 재회하고 정신적 거처를 마련한 것은 회오의 감정으로 여과시킨 다음 정신적 안정을 얻었기 때문이다. 특히, 그의 친일주의자로의 전락은 한국사회에 가해진 억압 속에 전통사상을 거부했던 계몽사상가의 파탄이라는 개인의 불행이기도 했지만, 각성한 한 근대 지식인의 몰락이라는 정신사적 파행이기도 했다. 한 논자는 그의 계몽사상이 이같은 자기파멸의 원인을 전통 사상과 단절된 채 근대 계몽사상에 경사된 '고아의식'에서 찾기도 한다.

어찌되었건, 해방 이후 그는 반민특위법에 의거하여 친일부역 혐의로 1949년 서대문형무소에 수감되는 등 역사의 단죄를 받고 근신하다가 6·25 발발과 함께 납북되었다. 최근 북한을 방문한 둘째 아들 영근에 따르면 납북 후 1950년 10월 경 한국군과 유엔 합동군의 북진 당시 북한군들의 후퇴행렬 속에서 얻은 굶주림과 동상 때문에 건강을 회복할 수 없을 정도로 심신이 피폐해지고 말았으며, 급기야 평안북도 고원지대의 어느 고개마루에서 막역한 문우이자 당시 북한의 부수상이었던 『임꺽정(林巨正)』의 저자 홍명희(洪命熹)의 배려로 치료할 기회를 얻었으나 너무 늦어졌다고 한다. 그의 시신은 훗날 수습되어 평양 근교에 조성된 묘역에 안장되었다.

2

이광수와 불교, 그리고 봉선사와의 인연은 그의 나이 32세 때로 거슬러 올라간다. 그는 1923년 7월 금강산 유람에 떠났다(이 여행에서 그는 절세의 명문 「금강산 유람기」를 집필하게 된다). 가람 이병기(李秉岐-시조시인, 국문학자), 석전 박한영(石顚 朴漢永-명진학교 교장, 만해의 상좌스님) 등과 함께 춘원은 금강산 신계사 보광암에서 비를 만나 닷새 가량을 머물게 된다. 그런 가운데 암자의 주장(主丈)이었던 월하(月河) 스님으로부터 『법화경』과 인연을 맺게 된다. 더구나, 춘원은 여행 중에 방문한 유점사에서 생사를 몰랐던 삼종제 이학수(李鶴洙)를 걸출한 학승 운허당(耘虛堂)으로 다시 만난다.

운허당은 그동안 만주에서 독립운동을 하다가 국내에 잠입하여 군자금을 모집하던 중 일본 경찰의 추적을 따돌리기 위해서 설악산으로 은신했다가 속세를 떠났다. 그러나 그는 해방 이후 민족 분열의 정치현실에 기웃거리기도 했지만 자신의 인연이 불교에 있음을 알고 다시는 현실 정치를 돌아보지 않았다. 그는 학승의 길을 걸으면서 세파에 시달리던 춘원의 든든한 원조자가 되었다. 수양회사건으로 옥고를 치를 때에도 그러했고, 요양을 위해서 절집으로 전전하던 때에도 운허 용하선사의 세심한 배려가 늘 뒤따랐다.

소위, 이광수의 '사릉(思陵) 시대'는 해방 직전인 1944년 3월 진건면 사릉리 520번지에 농가를 짓고 내려온 뒤부터 1948년 9월까지, 만 4년 6개월 동안을 가리킨다. 사릉에서의 은거는 물론, 부인 허영숙의 정세를 읽어내는 과단성과 재정적 후원 덕택에 가능했다. 그러나 그의 사릉행은 수양회사건으로 옥고를 치른 뒤 피폐해진 그의 심경을 내면으로 침잠하는 결행이었다. 그러나 이 행동은 역사적 중압에서 벗어나고자 했던 개인의 시도였다고 보아야 옳다. 사릉은 단종의 비 송씨가 안장되어 있는 곳으로서, 이미 춘원에게는 『단종애사』라는 문학적 연(緣)이 있었다. 더구나 그 근처에는 봉선사가 있었으며, 봉선사에는 그의 삼종제였던 운허선사가 있었던 것이다.

소용돌이치는 역사의 현장에서 벗어나 고적한 곳으로 옮겨왔을 때, 그에게는 일가붙이 한 사람쯤은 있는 곳에 자신의 정처를 마련하려는 무의식이 작용했는지도 모른다. 그는 아끼던 제자 박정호를 만주에서 불러들여 그와 함께 사릉에서 농사를 지으며 칩거했다. 훗날 발간된 『돌베개』에서, 이광수는 이 시기의 심경을 "안 걸어 본 길"에 대한 "불안"과 "이 길이 어디로 갈 것인가"고 말하고 있다(이광수, 「죽은새」, 『돌베개』, 이광수전집 8권, 삼중당, 1971, 274쪽). 춘원의 은둔의 길은 당대 정세와의 절연의 행로였고 거기에는 어떤 사심도 개재할 수는 없었다. 그러한 점에서 그의 심정적 진실성은 어느 정도 확보된다. 그 진실의 정도는 『법화경』의 사도임을 자처했던 청정한 처사의 면모에서도 얼마간 확인되기 때문이다.

이광수의 사릉에서의 칩거는 문필활동과 사회활동이 일제의

벽에 부딪치면서 마지막으로 시도된 하나의 결행이었다. 하지만, 그 의미는, 현실의 장에서 좌절한 후 사회계몽의 노력과는 무관한 자신의 정신적 입지를 탐색하는 불가피한 선택이었던 것으로 보인다. 그의 불교사상으로의 몰입이 또다른 '아버지찾기'의 한 단면으로 해석되는 것도 같은 맥락이다. '신문물의 수용'이라는, 자신의 삶에 던져진 화두가 동학 접주에서부터 도산 안창호에게로 이어지기까지 열정과 구국의 의지를 가진 민족적 계몽주의자의 모습은 흔들림이 없었다. 그러나 그 합리적 세계 구축을 위한 춘원의 내면적 고투는 도산의 죽음과 함께 일단 막을 내린다. 계몽주의자로서의 정신적 모델은 도산의 죽음과 함께 근대적인 것도 전근대적인 것도 아닌 불교의 한 종지, 곧 『법화경』의 세계로 한꺼번에 대체되었다.

이미 언급했듯이, 춘원은 금강산 여행에서 자신의 삼종제와 고모를 스님으로 대면했고 애지중지하던 큰 아들 봉근을 잃으면서 『묘법연화경』과 불교에 경도된다. 이 과정에서 그는 「무명」(1939) 같은 빼어난 자전적 작품을 쓰는 한편, 『이차돈의 사』(1935), 『원효대사』(1942), 「산거기」와 「육장기」(1939)에 이르는 불교문학을 산출해내기 시작한다. 그런 점에서 보면 이광수에게 불교와의 인연은 합리주의 세계의 변질만이 아니라 그것을 넘어서는 사상적 전환이었다. 「육장기」의 세계는 묘법(妙法)의 절대 세계로 귀의하는 첫 인연을 기록하면서 자신이 지향했던 근대 계몽의 길에서 창씨개명과 일제 협력 같은 체념과 파행(跛行)의 궤도를 벗어나려는 실존의 몸부림을 기록하고 있는 작품이다. 이 작품에서 춘원은 예토(穢土)와 번뇌에서 피어난 아름다운 연꽃처럼 『법화경』의 세계에서 자신의 실존적 가치를 재조정한다.

일제협력과 큰아들의 죽음이라는 시련을 겪고 세상에서 얻은 번뇌로부터, 그는 자신을 건져올려 청정심을 회복한 불제자로 자기를 재정립하려는 몸짓을 보이는 것이다. 불교적 구원의 길에서 그는 근대적인 계몽주의자의 길과 미련없이 갈라선다. 그러나 이 길은 훗날 자신의 변절조차 민족을 위한 것이었다는 궤변을 만드는 근거가 되기도 하는 양면성을 가지고 있다. 현실세계를 때묻은 땅, 예토로 규정하고 그곳을 벗어남으로써 그는 『법화경』의 묘리에 몰입한 불보살의 모습 외에도 자신의 친일의 과오를 상쇄시키려는 무의식을 가동했던 것으로 볼 여지가 남는 것도 이 때문이다.

『법화경』의 세계는 문학적 비유로 가득 차 있다. 그는 자신을 『법화경』의 문도로 자처했다. 이광수는 이 지점에서 『원효대사』를 써 나간다. 그러나 참회가 생략된 채 『법화경』의 세계로 몰입하는 춘원의 내면은 진정한 평상심을 얻은 것은 아니었다. 지금 봉선사 초입에 춘원의 가족에 의해 세워진 문학비는 대단히 상징적인 정신사적 징표이다. 그 하나의 의미는 불교를 통해 도달한 종교적 귀의 방식과 적멸로의 회귀가 근대사상가 춘원의 면모와 상통한다고 볼 여지는 별로 없어 보인다는 점이다. 또하나는, 독립운동의 인맥이 흐르고 개혁 성향이 짙은 봉선사가 그의 자취를 감싸고 있는 매우 역설적인 모습에 대한 정신사적인 의미이다. 좌절한 근대지식인이 종교적 안식처로 택한 봉선사가 가진 뜻은 그토록 부정했던 전통의 세계로 지쳐 돌아온 탕아를 받아들인 넉넉함이 아닐까. 또한 이것은 이광수가 나약해진 가운데 참담해진 자신의 처지를 불교의 토대 위에서 다시한번 고양시키려 했던 구체적인 표징은 아닐까.

춘원의 불교도로서의 길은 비록 실존적 고뇌와 그 결행이었지만, 다른 한편으로 이 길은 합리적 세계에 대한 열정을 소진하고 난 뒤 선택한 행로였고, 병처럼 얻은 친일이라는 혼돈을 나름대로 수습하고자 한 퇴행과 침잠이었다. 물론 상당부분은 도산의 죽음 이후 정신적 지주의 상실을 메우려는 무의식적 충동, 아니면 그토록 그리워했던 혈육에 대한 질긴 끈에서 연유하기도 하지만……. 춘원이 불교와의 인연은 『법화경』을 수행하는 처사로서 처절하게 자신의 과오를 회오하며 불교의 오의를 깨닫기 위해 수양 정진하는 모습으로 남아 있다.

이광수의 거듭된 전략을 통해서, 우리는 개화의 격동기와 식민지 시대, 해방과 전쟁을 거쳐온 이 계몽사상가의 삶이 내장한 다양한 층위와 맥락을 간과해서는 곤란하다. 『무정』이 발표된 1918년은 근대국가로의 도약에서 실패하며 일본에 나라를 빼앗긴 지 대략 8년이 넘어가는 시점이었다. 이광수에게는 그 시대에 해결해야 할 가장 급박한 과제가 '서양 배우기'와 '서양 따라잡기'였다. 『무정』의 말미부분인 삼랑진 수해 현장에서 개인의 감정을 떠나 민족 계몽의 사명을 뼈저리게 깨닫고 즉석에서 음악회를 개최하는 청년들의 열정은 고스란히 이광수의 것이다. 이형식을 비롯한 박영채, 김선형, 김병화 세 여자들의 대화가 온통 '무정한 현실'에 처한 민족을 구원하기 위한 열정으로 가득 차 있는데, 이것은 『무정』의 핵심을 이룬다.

'수해'로 삶의 터전을 잃고 만 수재민들의 참상이 민족 전체에 부과된 식민지 지배라는 역사의 재앙과 연관된 것이다. 이 점을 쉽게 간파할 수 있는 사람이라면, 왜 그같은 비극적인 역사적 체험을 '수해'로 대치했는가를 한번쯤 의심해 보아야 한다. 자연의 재해는 '인간의 힘으로는 저항할 수 없는', 곧 '불가항력'의 현실을 말해준다. 수재민들의 참상은 미련하고 지혜없는 '아이누의 종자'와 같이 되고 말, 문명 부재의 민족에게 닥친 수난으로 비추어졌던 것이다. 이형식 무리가 스스로 설정한 계몽의 목표는 무력한 개인들에게 힘과 지식을 통해 생활의 근거를 갱생하는 것이었고 그 수단은 과학과 교육이었다. 요컨대, 망국의 원인을 불가항력으로 돌리고 그 현실을 극복하는 방책으로 서양문명을 배우고 가르침으로써 가능하다고 본 것이 이광수의 계몽사상의 요체인 셈이다.

과학과 교육으로 민족 갱생의 문명 성취가 가능하다는 이광수의 생각이 그 현실성을 상실하기 시작한 것은 전통 사상을 전면 부정하고 남의 문명을 맹목적으로 선망한 데서부터였다. 서구 근대문명의 강성한 위력 앞에 이 뿌리없는 계몽사상은 갈대처럼 혼들리고 만다. 서구로부터 절대강자의 논리를 받아들여 구축한 일제 파시즘의 본성을 간파하지 못한 결과였다. 그의 계몽사상은 민족 흡수정책을 내세운 강자의 논리에 쉽게 야합해버린 결함을 본래부터 가지고 있었던 것이다. 이광수의 친일은 그러니까 사상의 결함이라기보다는 서구의 정복주의를 닮으려 했던 '서구 따라잡기'로서 차라리 예정된 것이었다고 말해야 옳다. 결국 이광수는 근대의 아들임을 자처하며 자신이 온통 부정했던 전통의 하나인 불교로 회귀하면서 근대 계몽주의자의 길이 미망이었음을 고통스럽게 깨달았던 것이다.

한 선각적인 사상가에게서 파탄의 징후를 접한다는 것은 민족 전체의 입장에서는 대단히 불행한 일이다. 이 불행은 그래서 되풀이하지 말아야 할 역사의 두려운 교훈이 아닐 수 없다. 지금의 우리 현실도 1910년대의 서구 열강과 마주 선 현실과 그리 차이 나지 않는다. 이데올로기나 민족, 국가의 경계를 넘나드는 자본의 초국적인 위력이 한 국가를 파산지경으로까지 몰고 갈 수 있음을 우리는 IMF사태에서 체험한 바 있다.

한 논자는, 그의 정신사적 위상을 근대화의 지적 방종이자 '새것컴플렉스'라고 표현한 바 있지만(김현, 「한국개화기의 문학인: 육당과 춘원의 경우」, 『현대 한국문학의 이론』, 민음사, 1972, 209-210쪽), 이광수를 통해서 우리가 얻는 타산지석(他山之石)은 바로 이런 것이다. 밖으로 열린 사고와 열정도 매우 중요하지만 '자기'라는 깨달음의 중심에서 치열한 반성이 없다면 다른 나라의 이익에 눈멀고 편입되어버리고 만다. 그리하여 그리고 개인의 비극이 민족의 불행을 낳고 사회적 이성의 파탄을 겪는다는 것은 너무도 자명하고 냉엄한 현실이다.

문학이라는 종교, 혹은 운명과 인간들의 세계

─김동리의 「등신불」

김동리(金東里, 1913~1995) 경주 출생. 본명은 시종(始鐘). 한국문인협회 이사장, 서라벌예대 교수 등을 역임. 『월간문학』 창간. 「무녀도」, 「실존무」, 「등신불」, 『김동리선집』, 『김동리자선집』, 『김동리문학전집』 등이 있다.

한 시인의 말을 빌려 표현하면 김동리는 '한국소설의 원점'에 해당하는 작가이다. 그는 '문학이라는 창작행위를 종교의 경지로 승화시킨 작가'였던 것이다. 그가 추구했던 정신과 미는 한국문학의 이상과 질곡을 함께 보여준다. 순수문학의 이념을 창안한 한국문단의 좌장, 해방 이후 문단 권력의 핵심 등등…, 이 대작가를 따라 다니는 별칭들은 무수히 많다. 「무녀도」, 「황토기」, 「역마」, 「등신불」, 「저승새」와 같은 한국인의 심층을 흐르는 정서를 담아낸 주옥같은 작품들, 6·25전쟁의 시기 동안 겪은 민족 공동체의 비극상을 포착해낸 「흥남철수」, 「밀다원시대」, 「귀환장정」, 「실존무」 「까치소리」, 장편에 어울리는 만만찮은 인간의 삶을 보여준 『사반의 십자가』, 『을화』 또한 부정할 수 없는 한국소설의 성과이다. 그의 소설세계에는 토속성과 인간의 염원이 한데 어울려 있을 뿐만 아니라 불교와 기독교, 무속종교에 이른다. 그의 소설에는 신인적(神人的)인 존재들이 넘쳐난다.

김동리는 1935년에 「화랑의 후예」, 1936년 「산화(山火)」로 연이어 신춘문예에 당선하며 촉망받는 신진작가의 대열에 올라섰다. 하지만 그는 조선어 사용 금지, 유일한 문예종합지였던 『인문평론』과 『문장』의 폐간 등, 일제의 파시즘화와 혹독한 탄압을 피해 낙향하고 만다. 당대의 이름높은 한학자이자 독립사상가였던 범부 김기봉(凡父 金基鳳) 선생이 맏형이었던 집안 내력도 내력이지만, 김동리는 맏형의 폭넓은 사회적 교유와 그의 신라사상에 대한 학식과 그에 상응하는 경외심만큼 불교와의 인연도 그를 통해서 마련하게 된다.

경남 사천의 다솔사에서 운영하던 사설학원인 광명학교에서 그가 일하게 된 것도 이곳에 은신하며 스님들에게 동양철학을 가르쳤던 맏형의 인연과 맞물려 있다. 파국으로 치닫는 일제 말기의 기간 동안 김동리는 광명학교 교사로 있으면서 불교 경전들을 차근차근 섭렵해 나갔다(회고에 따르면, 「등신불」은 광명학원 시절 다솔사를 방문했던 만해선사에게서 들은 일화를 토대로 한 것이라고 전해진다). 그러나 광명학교가 일제의 탄압으로 강제폐교를 당하고 범부 선생이 검거되는 사태가 벌어지자, 동리는 1942년 절필을 선언하고 사천땅에서 칩거하다가 해방을 맞이한다.

해방 직후부터 그는 자못 화려하게 비상(飛上)한다. 문단의 극심한 좌우 대립 속에서, 그는 조연현, 서정주, 황순원, 김달진 등과 함께 청년문학가협회를 결성하는 한편, 소설분과위원장을 맡아 좌익문인들과 치열한 문학논쟁을 벌이면서 비평활동도 병행해 나갔다. 그는 우익문단의 이념이었던 순수문학론의 실질적인 입안자이자 실천자였다. 문단에서 토대를 확고히 다진 그는 해방 후 문교부 예술위원, 문총 사무국장을 필두로 6·25 당시에는 문총구국대 부대장을 지냈다. 또한 그는 환도 후 서라벌 예술대학에서 후학들을 양성하며 대한민국 예술원 회원, 한국 유네스코 위원, 한국문인협회 이사장 등을 역임하기도 했다.

김동리의 등단작 「화랑의 후예」는 그의 문학이 향후 어떤 길을 걷게 되는가를 짐작하는 데 흥미로운 단서를 제공해주는 작품이다. 제목이 시사하는 것처럼, 이 작품에는 1930년대 중반을 살아가는 시대착오적인 인물 하나를 유심히 관찰하는 서술자가 있다. '황진사'는 식민지 말기, 일제의 민족 탄압정책에 무기력하고 남루한 행색으로 터무니없게도 신라 화랑의 후손임을 자부하며 살아가는 부랑자이다. 서술자의 시선에 포착되는 것은 이렇듯 민족의 쓸쓸한 퇴영(退嬰)이다. 그 시선 안에는 맏형 김범부(작품에서는 '숙부'로 등장한다)의 독립운동과 투옥이 슬며시 지나가면서 민족의 몰락하는 운명에 대응하는, 족보와 터무니없는 자부심만 가진 존재 하나와 날카롭게 대립하는 존재가 자리잡고 있다. 이처럼 상반된 인물들의 삶을 바라보는 시선의 교묘한 균형이야말로 동리문학이 가진 핵심이다. 현실의 파고를 온몸으로 헤쳐나가는 인간과 시류에 휩쓸리며 터무니없는 자부심만으로 살아가는 인간을 대비시킨 서술자는 이 둘의 삶이 놓인 자리를 넘어서야 할 시대적 운명으로 바라보았던 것이다.

김동리의 소설은 불교만이 아니라 무속과 기독교를 소재로 삼으면서 유난히 종교적인 색채를 띠고 있다. 이 말은 그의 문학이 불교와 유교, 무속과 기독교로부터 소재만 취했다는 뜻이 결코 아니다. 「무녀도」(1936)나 『을화』의 특징만 해도 불교의 분위기와 무속과 기독교가 날카롭게 대립하는 현실에서 자신의 퇴락하는 운명에 굴하지 않는 무당 모화 또는 을화의 위엄서린 모습을 보여준다. 『사반의 십자가』가 보여주는 세계 역시 그러하다. 엄격하게 말하면 이 작품은 기독교에 발을 딛고 있는 종교문학이 아니다. 이 장편은 선지자 예수의 이상보다도 지상의 삶에서 민족 독립의 꿈을 실현시키고자 했던 사반의 행동 중심적 휴머니즘(이것을 그는 동양과 서양의 휴머니즘과는 다른 '제3휴머니즘'이라고 표현했다)을 제시한 것이다.

동리의 문학은 수많은 종교적 소재에서 운명의 극한과 마주서서 순응하거나 몰락과 패배를 감내하는 인간 드라마를 펼친다. 이들 작중 인물은 운명을 넘어서기 위해 자신을 투척하는 영웅적 개인들의 이상과 행동을 묘사하고자 했다. 그의 대표작들, 예컨대 몰락을 거부한 모화의 장엄한 면모를 담은 「무녀도」, 화개장터를 배경으로 전개되는 운명적인 삶을 천착한 「역마」의 세계는 운명과 대결하거나 운명에 순응하는 인간의 모습을 그려내고 있다. 하지만 「등신불」은 이러한 세속의 정경들을 뒤로하고 인간의 불행과 악업들의 고리를 끊으려는 존재의 전환을 불교의 종지로 담아낸 비극적인 이야기이다.

「등신불」은 바깥 이야기와 이중의 내부 이야기로 구성되어 있다. '나'는 대정대학 재학중 학병으로 끌려가 남경 부근에서 전선에 투입되기를 기다리는 인물이다. '나'는 하루하루를 불안 속에 보내던 중 진기수라는 동문을 찾아 탈출을 결심한다. 나는 남경 부근 서공암이라는 암자에 독거하고 있던 진기수씨를 찾아간다. '나'는 그에게 오른손 식지를 물어 '원면살생 귀의불은(願免殺生 歸依佛恩, 원컨대 살생을 면하게 하옵시며 부처님의 은혜 속에 귀의코자 하나이다'라는 혈서를 써서 구원을 청한다. 이국 청년에게 감화받은 진기수 씨가 나를 법의로 갈아입혀 소개한 절은 밤길을 걸어 당도한 '정원사'이다. 이곳에서 '나'는 전란을 피해 은신하면서 법당 금불각에 모신 '등신불'의 고뇌에 찬 모습에 충격을 받는다.

나는 그가 문을 여는 순간부터 미묘한 충격에 사로잡힌 채 그가 합장을 올릴 때도 그냥 멍하니 불상만 바라보고 서 있었다. 우선 내가 예상한 대로 좀 두텁게 도금을 입한 불상임에는 틀림이 없었다. 그러나 그것은 전혀 내가 미리 예상했던 그러한 어떤 불상이 아니었다. 머리 위에 향로를 이고 두 손을 합장한, 고개와 등이 앞으로 좀 수그러진, 입도 조금 헤벌어진, 그것은 불상이라고 할 수도 없는, 형편 없이 초라한, 그러면서도 무언지 보는 사람의 가슴을 쥐어

짜는 듯한, 사무치게 애절한 느낌을 주는 등신대의 결가부
좌상이었다.

— 「등신불」에서

불상은 '만적' 스님의 소신공양(燒身供養)이었던 것이다. 이 불
상은 '무상정등정각(無上正等正覺)'을 이룬 해탈자의 모습이 아니
다. 인간의 고뇌와 슬픔을 그대로 드러낸 인간의 모습이었던 것
이다. 여기에는 생모의 탐욕과 문둥병을 앓게 된 이복동생의 불
행한 업을 구원하고자 불도에 스스로를 사신(捨身)하려 한 슬픈
내력이 담겨 있다.

그 사연은 이러하다. 만적 스님의 생모는 재가한 남편의 재산
을 탐내어 이복동생의 밥에 독을 넣어 살해하려다 미수에 그치
고, 동생 '신'은 집을 나간다. 그를 찾겠다고 나선 '기(만적 스님의
속명)'는 출가하여 스님이 된다. 만적 스님이 스물 세 살이 되던
해, 문둥병자가 된 이복동생을 거리에서 만난다. 정원사로 돌아
온 그는 곡기를 끊고 말을 잃는다. 이듬해 봄 그는 소신공양으로
육신을 부처님께 바치게 되었고, 그후 정원사의 금불은 온갖 영
험을 베풀게 되었다는 것이다.

「등신불」의 소신공양 일화는 세속의 불행, 곧 욕망과 고뇌와
슬픔으로 얼룩진 악업을 벗어나기 위해서 자신의 온몸을 바치는
인간의 간절한 염원을 보여준다. 그러한 점에서 이 일화는 '불은'
으로 연결된 수많은 고리 중 하나가 현재의 '나'임을 암시한다.
하지만 '불은(佛恩)'은 세속의 눈으로 바라본 불교의 한 점경(點景)

에 지나지 않는다. 그 속뜻은 「등신불」에서 만적 스님을 통해서 그가 온몸을 던져 도달한 궁극, 예토(穢土)에 가득한 터무니없는 욕망들을 불심으로 불살라 해탈에 이르는 일대 전환에 초점을 맞추어져 있다. 이것이야말로 「등신불」에서 말하고자 한 아름다움의 처절한 의미, 소신공양을 통한 대자대비의 실현이 지닌 참뜻이다.

「등신불」을 비롯한 그의 대표작에서 김동리는 급박한 시대 현실보다도 그러한 현실을 넘어서 존재하는 인간다운 삶, 그 구극에 도달하는 유일한 그리고 신성한 수단이 문학이라는 신념을 버리지 않았다. 이것이 그가 일생동안 견지했던 '구경(究竟)으로서의 삶'이라는 문학의 이념이다. 그는 문학을 인간의 심원한 운명을 포착하는 절대적인 가치를 갖는다고 보았고 작가야말로 그 수행자라고 단언했다. 그의 말대로라면, 개개인이 살아가는 시대와 운명을 넘어서는 삶의 면모는 '구경'이었고 이것이 바로 그의 문학의 지향점이었던 셈이다.

문학과 작가의 지위에 부여한 절대적인 가치와 이념, 이것은 비록 그의 문학이 인간의 이야기이긴 해도 종교의 차원으로 절대화시킨 것임을 말해준다. 그 결과 그의 문학 이념은 해방 직후와 전쟁, 전쟁 이후 산업화에 이르는 유난히 가팔랐던 한국의 현실을 관통하며 '순수문학'이라는 이름으로 권력화되었다.

고향 상실과 이타적 사랑

—최인훈의 『회색인』에 나타난 불교

최인훈(崔仁勳, 1936~) 함북 회령 출생. 작가, 서울예대 문창과 교수 역임. 분단 현실을 비판적으로 그린 지식인소설 『광장』 발표 『구운몽』, 『열하일기』, 『회색인』, 『크리스마스 캐럴』, 『총독의 소리』, 『소설가 구보씨의 1일』, 『서유기』, 『태풍』, 『꿈의 거울』, 『화두』가 있고, 희곡 「옛날 옛적에 훠어이 훠이」, 「달아 달아 밝은 달아」 등을 발표 『최인훈전집』 간행.

12

세기 색소니 출신의 가톨릭 성직자였던 성 빅토르 위고는 다음과 같은 아름다운 구절로 고향에 관해서 읊었다.

미숙한 영혼은 그의 사랑을 세계의 어느 한곳에 고정시킨다. 반면 강인한 인간은 그의 사랑을 모든 장소로 확장시킨다. 완전한 인간은 그의 사랑과는 구별된다. 소년시절부터 나는 외국 땅에 거주했고, 그런 뒤 나는 한 농가 오두막의 옹색한 난로를 떠난 그 마음을 때때로 고통스럽게 하는 것을 알고 나서 나는 또한 숨김없이 대리석 난롯가와 조명 가득한 거실을 경멸하는 법을 알게 되었다.
자신의 고향을 아름답다고 생각하는 사람은 아직도 상냥한 초보자이다. 모든 땅을 자신의 고향으로 보는 사람은 이미 강한 사람이다. 그러나 전 세계를 하나의 타향으로 생각하는 사람은 완벽하다. 상냥한 사람은 이 세계의 한 곳에만 애정을 고정시켰고, 강한 사람은 모든 장소들에 애정을 확장했고, 완전한 인간은 자신의 고향을 소멸시켰다.

이 구절을 떠올릴 때마다 우리는 여전히 고향에 매인 범용한 존재라는 것을 절감한다. 그러나 현대인은 고향을 상실한 존재이다. 육체적으로나 정신적으로 현대인은 고향이 가진 오래된 전통이나 공동체의 안온한 결속감과는 결별한 지 이미 오래이기 때문이다. 하지만 현대인의 정신적 표류는 고향 상실로만 설명되지는 않는다. 무엇보다도 정신의 표류는 마음의 문제에서 연유하기 때문이다. 성 빅토르 위고가 말하는 '강하고 완벽한 인간'이란 고향을 초월한 존재, 더 나아가 고향을 소멸시키고 그 자리에 인류 전체와 우주를 배치한 존재이다. 이러한 존재는 국가와 민족을 넘어선다. 그러나 그 중심에는 우주적 차원에서조차 오직 자아만이 홀로 존귀한 것이라는, '천상천하 유아독존'라는 명제가 담겨 있다.

종교는 진리를 얻으려는 마음의 행로이다. 그 행로가 적어도 가족이나 고향, 사회와 민족을 넘어 인간 전체와 우주로 확장되는 보편적 가치에 이르는 것이라면, 대체 그 동력은 무엇일까. 그 해답 하나는 보리수 아래서 진리의 '무상정등각(無上正等覺)'을 얻으신 부처님께서 생로병사의 고통으로 미망을 헤매는 뭇생명들을 돌아보며 세속으로 회향(回向)한 드라마에서 구할 수 있다. 부처님의 회향은 깨달음을 얻은 존재의 중심으로부터 펼쳐지는 이타적 사랑에 바탕을 두고 있다. 중생을 생로병사의 곤고한 업에서 건져

내지 않으면 성불하지 않겠다는 서원은 불교의 종교적 차원을 자아의 차원에서 인류 전체의 보편적 가치로 상승시키는 동력이다. 이처럼 회향에는 고귀한 이타적 사랑이 자리잡고 있다. 그 이타성은 추상적인 관념이 아니라 '나'라는 주체와 삼라만상을 포함하는 수많은 인간 집단을 하나의 끈으로 연결해주는 관계의 확장을 낳는다. '월인천강(月印千江)'의 아름다운 종교적 상징은 법력의 한 표현이기도 하지만, 삼라만상으로 퍼져나가는 사랑의 광대무변한 원심력을 나타내고 있다. 따라서 모든 것이 진리의 체득을 유일한 존재 안에 귀속시키는 방식이 아니라 그 진리를 함께 나누는 것, 여기에 불교의 위대함이 있다.

최인훈은 『광장』(1960)을 통해서 분단문제에 대한 강력한 비판의 메시지를 던진 작가이다. 하지만 그는 한국 작가 중에서 한국 사회가 처해 있는 상황, 곧 서구 근대세계와의 접점, 정신사적 가치에 관해서, 가장 깊이있고 실험적으로 탐구한 작가의 한 사람이기도 하다. 『광장』을 비롯해서 『구운몽』, 『회색인』, 『서유기』, 『주석의 소리』, 『총독의 소리』, 『태풍』, 『화두』로 이어지는 그의 소설세계가 일관되게 보여주는 것은 한국사회에 초래된 분단문제를 비롯한 일제 식민지시대의 역사와 경험에 대한 성찰이다. 그의 소설에는 월남민이라는 정신적 외상(外傷) 하나가 자리잡고 있다. 그 상처는 분단과 전쟁이 만들어낸 생채기이다. 월남 이후 접하게 된 전후 남한사회의 난민수용소와 같은 혼란과 대면하면서 겪은 깊은 환멸은 그의 문학세계를 '분단과 전쟁이라는 운명의 성찰'로 나아가게 만든다. 이를 가장 특징적으로 보여주는 작품이 『회색인』(1963~1964)이다. 『회색인』에는 흥미롭게도 불교의 이타적 사랑에 관해 언급하는 대목이 있다.

　『회색인』은 분단이라는 불행한 현실과, 반문명적이고 비인간적인 전쟁이라는 사태로까지 이어진 한국사회의 파행적인 근대상을 광활하게 탐사한다. 이 작품은 독고준이라는 월남실향민, 소설가 지망생을 주인공으로 등장시켜 그에게 한국사회의 불모성을 성찰하도록 만든다. 작품이 배경으로 삼은 시기는 1958~1959년. 이때는 전쟁의 상처가 어느 정도 가라앉지만 물적으로나 정신적으로 황폐한 한국사회의 난맥상을 드러낸 시기이다. 전망이 닫힌 현실에서 주인공이 가진 것은 상상력밖에 없다. 문학의 상상력은 탐구 가능한 것들에 관한 사유와 현실을 조감하는 논리를 추출하며 문화의 넓이와 깊이를 한층 심화시키는 역할을 수행한다.

　작품에서 치열하게 사유되는 것은 분단과 전쟁이라는 개인의 삶에 재앙으로 닥쳐온 운명의 조건들이다. 월남민인 주인공은 남북사회 어디에서도 안주하기 어려운 존재가 된다. 고아나 다름없는 그의 처지는 기약없는 귀향 때문에 지쳐가면서 누이 세대의 순정어린 사랑을 더 이상 믿지 않게 된다. 여기에서 그는 스스로를 망명지식인으로서, 가족과 사회, 국가와 민족을 넘어선, 해방된 주체로서 운명처럼 주어진 현실의 온갖 난맥상을 성찰해나가는 것이다. 그 성찰은 북녘에서 전쟁 전 학교에서 행해지던 자아

비판과 단죄를 겪던 서글픈 체험을 중세 암흑기의 이단심문소에 비교하기도 하고, 폭격을 피해 자신을 방공호로 급히 이끌던 이름모를 여성의 성숙한 몸체에 대한 기억을 떠올리는 경로로 이어진다.

그러나 작품에서 사유의 궤적은 동서양을 막론하고 종교와 철학과 문화에 깃들어 있는 정신의 요체를 더듬어가는 것과 함께 자신을 남루한 난민의 처지로 전락시킨 운명의 계기에 관한 것들로 모아진다. 이미 북녘땅에서 상처받았던 어린 마음은 세상의 끝모를 전락을 겪은 바 있다. 망명자를 자처하는 주인공은 가난한 대학생의 신분으로 남한사회에서 '살아남기 위한' 또는 '살아내기 위한' 노력에 전력을 다하고 있는 것이다(이것이 이 작품의 내용이자 형식이다).

실향월남민으로서 역사가 한 개인에게 부여한 운명이란 이성의 명징한 논리나 분석만으로 해명하기 힘든 현실 조건이다. 이 조건은 통제 불가능하며 온갖 우연들이 범람하는 "일종의 거꾸로 선 세계" 또는 "이야기가 더 현실적이고 현실이 더 거짓말 같은 질서"가 판치는 현실이다. 고향땅에서 멀리 떨어진 낯선 곳에서 살아가야 하는 한 개인에게, 밀어닥친 불행과 전락의 계기를 탐색하는 작업이야말로 인간다운 삶이란 과연 무엇인가에 대한 사유의 모험이 아닐 수 없다. 주인공이 탐사하는 사유의 문제는 '개인의 차원'에서 감행되는 현대 한국인에게 부여된 현실 조건을 낳은 원인에 대한 해명으로 이어진다. 여기에는 저 멀리 촉나라의 명재상 제갈공명, 임진왜란 때의 이순신, 이광수나 조봉암 같은 이들로부터 발견한 실존의 인간 가치, 민족주의나 기독교와 불교에 이르는 문화의 저류들까지도 포함된다.

주인공은 흥미롭게도 자신의 기억에 깃들어 있는, 폭격과 방공호로 자신을 피신시킨 이름모를 여성을 떠올린다. 그는 기억의 저장고에서 자신의 정신적 동정을 빼앗은, 그 이름모를 여성이 베푼 사랑을 이타적 사랑을 이해하는 원점으로 삼는다. 그 사건은 "그해 여름" "거꾸로 선 절망과 허무의 악마가 소리 없이 웃으며 목숨을 비웃고 다닌" 때에 일어난다. 주인공은 이 익명의 사랑이야말로, 세계가 자신에게 베푼 구원의 한 방식이라고 생각한다. 타인에게 베푼 배려와 헌신은 사실 어린 존재에게는 이해 불가능한 사건으로 뇌리에 새겨져 있는 것이다(그러나 인간이란 타인들과의 관계 안에서만 자신의 존재 가치를 발견하기 십상이다). 익명의 여성으로부터 받은 구원의 손길은 참담한 시대현실을 견디어내는 원체험이 되는 것이다.

작품에서 익명의 여성이 베푼 이타적 사랑은 한국사회에 편만한 부패상과 낙후성을 일거에, 그리고 폭력적으로 넘어서는 방식인 혁명을 거부하는 근거가 된다. 『회색인』에서 내세우는 인간적 가치와 사랑은 결코 관념적인 것이 아니다. 이것은 종교와 문화 전반에 걸쳐 사유되는 척도를 이루고 있다. 작품에서 탐색되는 문화에 관한 광활한 탐사와 조망은 8장에서 인상적인 장면을 제시하고 있다. 경주 남산에 사는 '황선생'이라는 처사와 주인공 독고준의 대화 부분이 바로 그것이다. 그 중에서도 '황선생'이 불교에 관해서 언급하는 대목이 눈에 띤다.

자학과 당쟁이 난무하는 1950년대 한국사회의 현실에서 민족성을 비난하는 당대의 세태를 두고 황선생은 이를 부인하는 입장에 선다. 그는 한말의 역사를 "안타깝고 가슴 아픈 불운의 연속"이라고 요약한다. 그는 역사의 우연성을 '공(空)'이라는 이치로 통찰하는 불교철학의 원리와 가치를 새롭게 해석해 나간다.

황선생의 논지는 이러하다. 50년대의 막바지에 미국의 자본주의 현실과 자조로 얼룩진 자기 문화에 대한 비하의식이 넘치고 있다. 그러나 그것은 서양문화에 대한 맹목적인 추수로는 해결될 수 없다. 서양에서 전래된 기독교와 근대국민국가 수립이라는 명제와 함께 중요한 문제는 사막과도 같이 메마른 마음밭을 어떻게 소생시킬 것인가이다.

이 땅에 뿌리내린 공산주의와 그 역인 기독교문명은 그 대안이 될 수 없다는 것이 황선생의 지론이다. 그에 따르면, 우리의 현실은 서양사의 주제 안에서는 "짜놓은 각본에 나중에야 끼어든 에피소드와 같은 존재"와도 같다. 한국사회가 기독교로 개종한 것은 "'기독교인'이 됨으로써 '서양사람'들 축에 끼려고 한" 것이다. 그런데 기독교로의 개종으로는 메마른 마음밭을 옥토로 만들지 못한다. 동양사람으로 살아가려면 전통에 대한 발견, 전통의 새로운 구성물인 민족을 재발견해야 한다. 때문에 이천년 동안 내려온 우리들의 저력으로서 불교가 가진 무한한 가능성을 재발견하지 않으면 안된다는 것이다.

『회색인』에서 황선생의 입을 빌려 주목하는 불교의 종교적 철학적 가치는 그 안에 담긴 '인연'이라는 사상을 통해서 가족과 사회와 민족을 새롭게 결속할 수 있는 대안을 가지고 있다는 데 있다. 또한 불교는, 기독교에서 보여주는 신과 인간의 수직적인 관계 설정을 벗어나 있다는 것이다. 게다가 불교는 구체적 개인이 타인에 대한 사랑으로 확장해 가는 '참다운 인간'(곧, 진인眞人)을 표방한다는 미덕을 가지고 있다. 때문에, 불교의 사랑은 부처님의 회향(回向)처럼, 깨달은 존재 한 사람 한 사람으로부터 베풀어지는 '자율적 개인'의 형성을 촉발시킨다는 것이다. 불교가 가르치는 사랑이란 "어느 때 어느 장소에서 가장 가까운 사람을 사랑하라"는 것이 계율의 중요한 준칙 중 하나라는 것이 황선생의 생각이다. 사랑의 현실성과 평등에서 출발한 인간관계의 구축, 가족과 신분을 넘어선 인연들의 제휴와 공동체적 결속력, 실천적이고 구체적인 면모를 가진 사랑이야말로 지금도 시급히 요청되는 불교의 가치인 것은 불문가지이다.

호환(虎患)보다도 무서운 전쟁과 분단의 현실을 두고, 『회색인』의 주인공은 고향의식에서 떠난 실향민의 지점에서 불교의 이타적 사랑이 가진 의미를 곱씹는다. 그리고 익명의 존재가 베푼 이타적 사랑의 손길에 대한 파편적인 기억으로부터, 현실 구원을 모색하는 원천으로 삼는다. 이 대목은 의미심장한 바가 있다. 주인공 독고준이 질문하고 모색하는 문학의 성찰이 고향을 떠난 지점, 고향을 소멸시켜 그 자리에 자신을 포함한 모두의 구원을 탐사하기 때문이다. 혈연적 유대와 기억을 벗어나는 문화적 위치에서 이루어지는 보편적 가치의 획득이 '어떻게 살 것인가' '어떤 사랑의 방식으로 타인을 이롭게 할 것인가'를 되새김질하도록 만든다. 나의 문제이면서도 사회 전반의 문제이고 세계 도처에서 전쟁이 벌어지고 있는 지금, 지상의 삶에서 요구되는 것은 가장 인간다운 질문이다. 이러한 근본적인 문제에 대한 진지한 모색이 작품의 전반에 흐르고 있다. 책에서 배운 추상의 논리, 타인들과의 관계에서 맺어지는 공감과 이해, 가족을 넘어선 자리에서 감행되는 세계 성찰은 『회색인』을 단순히 1950년대 후반이라는 시간대를 넘어서게 만드는 힘이다.

다향(茶香) 가득한 선승의 일대기

―한승원의 『초의』

한승원(韓勝源, 1939~) 전남 장흥 출생. 소설집 『한승원 창작집』, 『앞산도 첩첩하고』, 『여름에 만난 사람』, 『신들의 저녁노을』, 『불의 딸』, 『포구』, 『우리들의 돌탑』, 『해산 가는 길』, 『초의』 등이 있고, 수필집 『허무의 바다에 외로운 등불 하나』, 『키 작은 인간의 마을에서』, 『스님의 맨발』이 있다.

‘**자**본주의의 전지구화’라는 시대적 흐름 속에서, 한국 불교가 새롭게 조명받기 시작한 것은 결코 우연한 일이 아니다. 무엇보다도 불교는 종교적 차원을 넘어 삼라만상 하나 하나가 우주의 중심이라는 사유를 가능하게 해주기 때문이다. 인간조차도 삼라만상의 수많은 중심의 하나에 불과하다는 관념에 이르게 되면 인간과 생물, 생물과 생물, 생물과 무생물의 구분은 사라지고 타자의 또다른 중심을 용인하는 유연한 포용력이 생겨난다. 바로 이러한 깨달음이야말로 우주의 참다운 모습[진여(眞如)]을 총찰하는 문화적 동력이 된다.

불교에서 ‘차(茶) 문화’는 이러한 깨달음이 육화된 모습을 보여준다. ‘차’ 문화는 자연이 베푼 손길과 이를 마시는 인간의 손길이 한데 어울려 있는 깨달음의 표현이다. 차의 맛을 음미한다는 것은 단순히 마시는 행위로만 그치지 않는다. 이 행위는 평등과 태허에 잠기는 깨달음의 깊은 묘리에 참례(參禮)하는 것이기도 하다. 차 마시기는 음식에 대한 본능적인 행위와는 달리, 종교적 수행을 일상을 일치시킨 구체적 문화적 제의인 것이다. 최근 삶의 질에 대한 관심과 함께 불교가, 차문화가 문화적 관심사로 각광받는 것도 이런 흐름과 무관하지 않다.

한승원의 장편 『초의』(2003)는 선과 시와 차를 한데 아우른 선승의 일대기를 보여주는 흥미로운 경험을 제공해준다. 이 작품을 쓴 작가 한승원은 근대세계를 고통스럽게 살아가는 존재보다도 토속적이고 인간미 물씬 풍기는 인물을 천착해온 한국소설계의 중진이다. 그는 「앞산도 첩첩하고」, 『지신(地神)』, 『안개바다』, 『불의 딸』 등에서 산과 바다 같은 자연을 배경으로 자연과 하나 되는 인간의 생명력을 제시한 바 있다. 그가 그려내는 이야기는 근대의 세계와는 대척적인 문화적 위치에 놓여 있다. 이러한 인물과 이야기 속 현실은 불교의 넉넉한 세계와 친연성을 가지고 있다. 「폐사」를 비롯하여 『화엄경』을 육화시킨 구도소설 『아제아제 바라아제』 같은 작품을 보아도 이 점은 쉽게 알 수 있다. 작가에 따르면 『아제아제 바라아제』는 『화엄경』을 구도의 이야기로 풀어낸 소설이다.

『화엄경』의 세계는 "이 세상을 꽃으로 장식하라고 가르치는 경전이다."(『불교신문』, 2003. 6. 10.) 작가에게 경전의 세계는 비유에 기초한 아름다운 문학과 크게 다르지 않다. 보석과도 같은 비유로 독자들의 일상에 지친 마음밭을 신명나게 만들고 오묘한 법리를 깨달아가게 만드는『화엄경』이야말로, 작가에게는 불교 그 자체이자 유쾌한 또하나의 문학인 것이다. 그런 그가 '초의선사'라는 조선조 말에 풍미했던 선승의 일대기를 다룬『초의』(2003)를 펴냈다는 것은 참으로 반가운 일이다.

초의선사(草衣 意恂, 1786~1860)는 나주 삼향 사람으로 호남 칠고붕(湖南七高朋)의 한 인물이지만 우리에게는 한국 차의 중시조로 더 잘 알려져 있다. 그는 산속의 승려만이 아니었다. 이미 20대에 해남 강진땅에 유배온 당대의 거유(巨儒) 다산(茶山) 정약용과 깊은 교감을 나눌 만큼 그는 선지식이 일가를 이루었다. 뿐만 아니라 그는 다산의 큰아들 학연과 작은아들 학유, 추사 김정희와 그 형 김명희, 자하 신위, 홍현주, 신관호 등 당대의 결출한 유학자들과도 깊이 교제하며 그들의 학문과 소통했고 그들의 좌절도 감싸안는 종교적 후원자 역할도 마다하지 않았다. 또한, 그는「다신전」과「동다송」을 지은 한국 근대 차 문화의 종조(宗祖)이며, 당대 최고의 화가 소치 허련을 키워낸 화가로서, 시(詩)와 서화(書畵)와 범패(梵唄) 같은 문학과 예술에도 그 소양이 깊었던 다재다능한 선승이었다.

작가는 초의선사의 다재다능함에만 초점을 맞춘 것이 아니다. 그의 생애에 대한 세간의 오해를 씻어내며 조선조 말 지난한 생애를 살았던 유학자들을 제도해 나간 실학적 선승으로 재해석하는 데 주력하고 있다. 작품에서 펼쳐지는 초의선사의 일대기는『동사열전』에 수록된 단 세줄의 행장과 『불교전서』에 실린 유고 시문들, 추사 김정희의 『완당척독』에서 그의 인간됨을 보여주는 편모를 담은 편지글, 그의 비문을 바탕으로 삼고 있다. 그러니까 작품에서 드러나는 초의선사의 면모는 단편적인 사실을 바탕으로 삼되 작가의 상상을 가미하여 창조한 허구인 것이다. 그러나 작가는 실제의 일대기에서 크게 오해받아온 부분을 불식시키는 한편 다재다능하고 인간적 품성으로 채워진 선승으로 자리매김하려는 의욕을 보여준다.

작품에서 초의의 일대기는 죽음에 임박해서 삶을 되돌아보는 회상의 형식으로 그려지고 있다. 어린시절 고향 삼향마을에서 겪은 고난을 접고 불교로 귀의하는 과정, 불가에 몸담으며 차의 세계를 발견하고 범패와 탱화에 이르는 불교예술을 연마하는 과정, 선승의 풍모를 구비해나가는 수행과정, 해남 강진땅에 유배당한 다산 정약용, 다산의 두 아들과 추사 김정희와의 깊은 교제를 맺는 장면들로 채워져 있다.

작가에 의해서 새롭게 구성되는 초의선사의 삶은 인간다움의 어떤 극점에 해당하는 사례로 그려지고 있다. 본래 작가란 분야와 계층을 달리해도 인간이란 무엇이고, 우리에게 허용된 삶이 과연 어떤 가치를 갖는지를 온몸으로 살아간 존재에 탐욕스러울 만치 관심을 보이고, 이를 소설 안에 구체적인 형상으로 담아내는 존재가 아니던가. 그런 측면에서 초의선사는 참으로 많은 매력을 소유한 인물이다.

어린 시절 '중부'(속명)는 고향 마을에서 한학에 조예가 깊었던 조부의 기대를 한몸에 받는다. 조부는 명민한 손자가 시와 글씨와 그림에 능한 삼절(三絶)로 성장해주기를 바라지만 불가와의 연은 이미 전생에서 시작되고 있었다. 조부와 친분을 쌓았던 벽봉스님으로부터 '중부'가 전생에 고명한 스님이었고 몸이 약해서 부처가 되지 못한 한을 풀기 위해 환생한 존재라는 말을 전해 듣는다. 집 마당의 연못에 빠졌다가 벽봉의 손에 구조된 뒤, '중부'는 새롭게 태어나 스님의 길을 걷게 되는 것이다. 그 계기는 돌림병으로 부모와 조부를 돌연히 잃은 다음이다.

벽봉스님이 거처하던 운흥사로 향하면서 '중부'는 고향집을 불태우며 다시는 돌아오지 않으리라 결심한다. 그것은 출세간의 고통이면서 불가와 맺은 깊은 인연에 따라 인도되는 과정이기도 하다. 돌림병 지역에서 벗어나는 과정에서 그는 나룻배에서 만난 시골 아낙의 자애로운 도움을 받아 노자까지 손에 받아쥐고 운흥사로 발길을 재촉한다. 적선을 베풀고 노자까지 손에 쥐어준 아낙은 감사하는 어린 중부에게 "먼 훗날 그 돈 받을 사람이 따로 있을 것이요." 하는 말을 남기며 총총히 가던 길을 재촉한다. 이 말은 그의 전 생애를 관통하며 세속에 베푸는 그윽한 선향(禪香)과도 같은 법열의 울림으로 자리잡는다.

운흥사에 당도하여 벽봉스님의 수하에서 시작된 불제자의 길은 '초의'라는 이름에 걸맞게 찻잎 따는 일부터 시작된다. 찻잎을 따며 허기와 노역의 힘겨움을 절감하면서 초의는 다른 행자

들의 고초를 헤아리고 절 아래 마을 남정네와 아낙들의 배고픔
과 서러운 삶의 의미를 깨달아 간다. 벽봉이 초의에게 찻잎을 따
는 일을 시킨 것은 노동의 사회적 의미를 깨닫도록 만들고 실학
적 사고를 가진 승려로 다시 태어나게 만드는 가르침과 배려였
던 것이다.

> "세상에는 꿀먹은 벙어리 같은 중들이 얼마나 많은지 아
> 냐? 경전 한 줄도 읽을 줄 모르고, 그러면서도 한소식을 한
> 선승입네 생불입네 하고 가부좌하고 면벽 참선이나 하고
> 있고, (……) 중질 한다고 시주에만 의지하고 사는 것은 기
> 생충하고 똑같은 거다. 한 가지 기술을 가져야만 세속 사
> 람들이 중들을 깔보지 않고 그래야만 이 세상이 불국토가
> 된다. 농사짓는 기술을 가지든지, 의술 침술을 연마하든지,
> 목수 일을 배우든지, 미장이 일을 배우든지, 차밭을 일구어
> 서 차를 만들어 내든지…… 그런 일을 함으로써 세상을 위
> 해주고 밥을 빌어 먹으면서 살아야 한다. 그래야 기생충
> 말을 안 듣는다. 참선도 물론 해야 하지만, 단청 탱화 바라
> 춤 범패도 잘해야 한다. 나는 이판이니까 참선만 하고, 너
> 는 사판이니까 염불하고 탱화 그리고 살림만 하고…… 이
> 것은 틀린 생각이다."

— 『초의』, 112-113쪽

벽봉 스님의 가르침을 받아들이며 초의는 범패와 바라춤과 탱
화를, 그리고 선 수행을 병행해 나간다. 초의선사의 다재다능함
은 작품의 배경이 되는 곳만 보아도 쉽게 알 수 있다. 나주 남평
의 운흥사, 해남 강진의 다산초당, 아암 혜장선사가 머문 백련사,

경기도 마현의 여유당, 운길산 중턱의 수종사, 「다신전」을 집필한 지리산 칠불암, 처음 득도한 영암 월출산 신갑사, 추사의 유배지였던 제주 대정리, 해배된 추사가 거처했던 마포 강변의 누옥, 만년을 가탁했던 대흥사 일지암, 금강산 등등 원근 각처에 이른다. 이들 배경은, 초의선사가 평생동안 선 수행에 정진하며 시와 선과 차의 세계를 종횡무진 누볐던 궤적을 말해준다.

찻잎을 아홉 번 덖어내는 과정에 품은 의구심처럼, 초의선사의 일대기에서 차에 대한 깨달음은 불교적 세계관의 육화라고 표현할 만하다. 작품에 따른다면, 초의선사의 인식 도정은 수행자 개인에 그치지 않고 모든 인간 존재가 직면하는 실존적 국면으로 불교의 유심론에 기초한 일관성을 보여준다. 초의선사에게 차 한 잔의 의미는 법열을 현재화하며 순간으로부터 영원성을 발견하는 수행의 기쁨이었다. 그런 까닭에 그의 깨달음은 허세에 빠진 당대의 차 문화를 극복하는 「동다송」 집필로 이어진다. 책 보시를 발원하는 것도 그러하지만 다산과 추사가 직면한 고초를 껴안는 자비행도 깨달음의 진경을 보여준다.

왕실에서 관아에 이르는 권력자들이 차를 생산하기 위해 민중과 산사의 승려들까지 동원하는 일이 비일비재했던 것이 조선 후기사회의 실상이다. 그는 불교에 가해진 온갖 편견을 불식시키며 정치적 억압을 넘어서는 일에 온몸으로 매진했다. 그 결과 그는 다산의 깊은 좌절을 혜량하고 그의 두 아들과 깊은 우의를 다지며, 목숨을 걸고 제주로 유배간 추사를 만나기에 주저하지 않았다. 그런 점에서 초의선사는 자신이 받은 적선을 시와 선과 차로써, 당대 석학들의 마음밭에 불가의 은택을 베푼 등불과도 같은 존재였다.

　작가가 특히 공들여 재현한 것은 초의선사를 두고 폄하해 마지않는 많은 오해들을 불식시키고자 재해석한 그의 삶이다. 그 하나는 「다신전」과 「동다송」을 기술할 만큼 남다른 애정과 심오함에 이른 차에 대한 평판에 대한 극복이다. 차에 대한 초의선사의 삶은 '다선일치(茶禪一致)'가 단순히 교양취미에 그친 것이 아니라 아홉 번이나 덖어낸 차의 묘미와 우려낸 다향에 부여한 선취 가득한 오묘한 종교적 가치를 부여하는 깨달음의 과정을 이룬다. 정성스럽게 차를 덖어내기까지 가담한 중생들의 무수한 손길을 환기하며 마시는 수행자의 마음가짐이나, 배릿한 차향기에 부여한 깨달음의 경지는 단순히 차 한잔을 단순히 선방의 여기(餘技)에서 불교정신이 응축된 작은 세계로 승화시키는 의미 부여이다. 이같은 초의선사의 면모는 허례허식과는 크게 구별된다는 것이 작가의 전언이다.

　다른 하나는 초의선사의 삶을 시와 차와 선, 음악과 미술과 시에 능한 존재가 아니라 선과 시, 차와 수행, 세속을 구원의 손길로 감싸안는 모습으로 다시 창조한 것이다. 그 모습은 산사의 고즈넉함에 깃드는 자연친화적인 면모에 그치지 않는다. 작가의 손에 의해 초의선사는 불가의 깊은 인간애로 수많은 노동의 손길을 생각하는 한편 현실세계에 대한 실학적인 사고를 보듬으며 인연의 고귀함을 육화시킨 선승으로 거듭난다. 작가는 자연이 베푼 차와 대화를 나누는 내밀한 수행자를 넘어서 조부로부터 전수받은 가학의 바탕 위에서 당대의 실학적인 기풍을 창조한 인물로 재해석해낸 것이다. 그런 점에서 차 한 잔은 염화시중의 부처님께 미소로 화답했던 선의 종지를 한 손에 부여잡고 다른 한 손으로는 유자(儒者)들의 현실적 고통을 위로하며 이들을 불교적 안식처로 인도한 존재로 자리매김되는 것이다.

　작품 『초의』는 죽음을 앞둔 초의선사의 회상을 이야기의 뼈대로 삼고 있다. 죽음을 반복된 구도로 삼았다는 것은, 추측하건대, 종교의 가장 아름다운 대목 하나가 삶 전체에 대한 의미 부여와 관련이 깊다. 인간에게는 필연적인 죽음이라는 운명을 처리하는 방식에서 가치가 결정되기 때문이다. 불교는 삶을 거대한 파노라마 같은 환(幻)의 세계로 규정한다. 초의선사의 경우에도 죽음에 임박해서도 참다운 나[진여(眞如)]를 찾는 노력을 멈추지 않는다. 죽음의 자리에서 그는 삶도 환이지만 죽음도 환에 지나지 않는다는 것을 절감한다. 할아버지의 시, 서, 화 삼절에 대한 염원도, 다산과의 오랜 교유에서 엿본 거유(巨儒)의 마음밭도, 그의 고난도 그의 죽음도 모두 환으로 규정되는 것이다.

　초의선사의 회상에서 공들여 보여주고자 하는 작가의 이야기는 불교의 깨달음이라는 종지가 사실 생과 사를 뛰어넘어 또다른 생으로의 비약이며, 이것은 불교 존재론이 보여주는 활력의 요체를 이룬다는 점에 있다. 죽음의 문제가 종교와 예술에서 그토록 중요한 까닭은, 죽음이야말로 삶이라는 예술의 결정판이기 때문이다.

이런 측면에서 죽음을 앞둔 초의에서 시작하여 전 생애를 회상하는 방식은 인상적이다.

역사의 기억과 평등을 향한 절규
—조정래의 『태백산맥』에 흐르는 불교정신

조정래(趙廷來, 1943~) 전남 승주 출생. 동국대 국문과 졸업. 『한국문학』 주간 역임. 주요작품으로 『태백산맥』, 『아리랑』, 『한강』, 『유형의 땅』, 『인간의 문』 등이 있고 『조정래 소설전집』이 간행됨.

『태백산맥』의 작가 조정래(趙廷來)는 개항 이래 지금까지의 역사를 다룬 근현대사 장편대하 3부작의 마지막 편인 『한강』을 최근에 마무리했다. 구미 열강의 동점(東漸) 속에 마악 깨어나기 시작한 한국사회가 자기개혁을 이루지못한 채 일본 제국주의의 식민지라는 나락으로 빠져들면서 겪은 수난 이야기가 『아리랑』이라면, 해방 이후 분단의 현대사에 대한 사회구성원들의 비극적인 이야기가 『태백산맥』이다. 또한 『한강』은 6·25휴전 이후 참담한 폐허 위에서 지금껏 근대화를 이끈 진정한 사회 역군들이 어떻게 살아왔는지에 대한 이야기로 된 기억이다. 조정래의 근현대사 3부작은 80년대 중반, 『태백산맥』의 집필에서 시작하여 『아리랑』을 거쳐 『한강』으로 마무리되는데 이것은 근 20년에 걸쳐 용맹정진한 문학적 적공(積

功)이다. 그의 근현대사 삼부작은 홍명희의 『임꺽정』 이래 축적되어온 역사소설의 지평을 한단계 끌어올렸다고 할 만하다. 무엇보다도 삼부작을 관통하는 역사적 이야기는 개항 이래 외세의 강점과 함께 혹독하게 시련을 겪는 민족이라는 집단적 주체를 기억하는 작업이다. 이들 주체는 어느 한 사람으로 귀착되지 않는, 간고한 역사의 파고를 헤쳐가며 지금의 현실을 있게 한 주역들이다.

작가란 인간과 역사와 세계를 재해석해내는 존재이다. 그는 특정한 시대를 거울삼아 자신이 속한 시대의 과제를 탐색해 나간다. 여기에서, 역사라는 기억은 과거의 단순한 재구성이 아니라 현재적 위치에서 고통스럽게 성찰되고 재구성되는 대상이다. 『태백산맥』은 그러한 점에서 80년대라는 엄혹한 시대 안에 분단과 전쟁으로 이어진 과거의 생채기, 빨갱이라는 이름으로 죽어간 수많은 생령들을 역사의 장으로 불러내어 그들의 신원을 해원하고 있는 작품이다. 어찌 보면, 문학이라는 이름으로 행해진 '천도(遷度)의 의례화'라고 표현해도 과하지 않다. 역사학계에서는 이 작품을 두고 수백 권의 역사책도 이루지 못한 공과를 일거에 이루었다고 말하고 문학계에서는 80년대 분단소설의 정점에 놓인다고 말하기도 한다.

『태백산맥』이 다루고 있는 1948년 여순사태의 발발에서부터 6·25전쟁이 휴전하는 1953년까지 만 5년이라는 역사적 현실은 왜 80년대라는 지점 안에서 떠올랐을까. 이미 잘 알려져 있듯이, 80년대는 저 광주의 피비린내 나는 민간인 학살과 폭력으로 얼룩진 광포한 군사독재의 억압적인 집권과 함께 시작되었다. 이 시대에는 브레히트의 시구처럼 '살아남은 자들의 슬픔'으로 가득찼고 인간의 자유를 쟁취하려는 의지가 태동했다. 이와 함께 80년대는 폭력의 기억을 더듬어가며 그 기원은 어디인가를 묻게 만들었다. 그 결과, 식민지 시대와 해방 이후 현대사, 개항 직전 일어난 동학농민혁명으로 소급되는 민중의 저항을 호명하기에 이른다. 이러한 시대적 흐름 속에서 『태백산맥』은 해방 이후 전남 보성과 벌교 일대를 무대로 삼아 남북으로 갈린 채 내전에서 국제전으로 비화된 전쟁의 저변, 사회 전반에 폭발했던 개혁의 갖가지 열망을 재조명하는 선편을 쥔다.

『태백산맥』에서 분단과 6·25전쟁으로 점화되는 숨가쁜 국면들을 세밀한 시선으로 관찰해 보면 거기에는 작가의 이야기 기획이 인간 평등과 자유로운 세상의 쟁취라는 명제에서 출발하고 있음을 알게 된다. 장대한 이야기가 다다른 곳은 '현실투쟁'에서 근현대사를 가로지르는 '역사투쟁'이라는 명제이다. '역사투쟁'은 '현실에 범람하는 불의와 대결하며 올바름을 드러내는 것'과 크게 다르지 않다.

이 명제는 오늘의 시점에서 보면 대단히 완강한 이야기의 전략일지 모른다. 그러나 80년대라는 시대의 자장에서 보면 정치적 억압과 불의에 맞서는 방식이 얼마나 강고한 압력을 넘어서는 일이었는지를 알 필요가 있다. 광주의 학살에서부터 시작된 80년대는 억압과 폭력이 상시적이었던 상황이었다. 이 시기에 국가의 이름으로 봉인된 역사의 상처를 불러내는 일은 작가 자신의 생명을 걸지 않으면 안되는 위험천만한 상황이었다. 『태백산맥』이 보여주는 당파성은 시대의 억압적 압력이 그만큼 과중했음을 짐작하게 해준다.

총 10권 38장으로 이루어진 『태백산맥』의 몸체는 민족 모순과 계급 모순이 중첩된 현실에서 해방의 의미를 곱씹게 한다. 새로운 나라를 건설하는 역사적 분기점에서 민족이 먼저인가 계급이 먼저인가의 문제는 민족적인 근대 국가인가 계급적인 근대국가 수립인가의 문제로 나뉜다. 좌우의 정파대립은 바로 이 문제를 두고 일어난 민족의 첫번째 균열이었고 6·25전쟁은 민족의 결정적인 파국이었다. 작품에서는 해방후 지지부진한 농지개혁 과정에서 소작인을 비롯한 하층민들의 실망과 분노가 계급혁명을 선동하는 급진적인 세력에 의해서 점화되고 이것이 내전의 상황으로 이어지는 경과를 구체적으로 형상화하고 있다. 이러한 해석 방식은 지식인, 민족주의적 관점에서 보았을 때 대단히 급진적이다. 작품에서 채택한 '억눌린 자의 관점', '아래로부터 관점'은 이념의 주의주장이 가진 정당성 여부가 아니라 대다수의 사회구성원들이 간절하게 소망했던 것이 무엇인지를 말하고자 하는 전략이다.

『태백산맥』에서 그려지는 해방 후 역사의 광대한 풍경은 평등 세상과 상생을 염원하는 하층민들의 집단적인 심성으로 여겨진다. 여기에서 옹립되는 집단적 주인공은 동학혁명 이래 식민지 시대의 간고한 풍파를 헤쳐나온 역사적 주체인 민중이다. 이들의 사회 변혁을 향한 질긴 생명력과 저항의지가 억압받아온 자의 시선, 아래로부터의 시선을 통해서 펼쳐지는 것이다. 그러니까 『태백산맥』에서 실감나는 대목은 염상진, 김범우, 정하섭, 손승호, 안창민, 이학송 등과 같은 지식인들의 담화나 사유가 결코 아니다. 지식인들의 사상 선택과 역사적 실천은 이념적인 차원에 지나지 않는다. 오히려 작품 속에 살아숨쉬는 존재들은 무당 소화나 외서댁, 들몰댁, 죽산댁과 같은 입산자 가족들이 현실에 가깝게 다가온다. 이들은 염상구와 같은 위악한 권력자들의 폭력 속에서 살아가야 한다는 것, 힘겨운 현실을 살아내야 한다는 절대명제를 온몸으로 보여준다. 이들의 삶을 대변하는 하대치는 작인이라는 계급의 운명적 굴레에서 벗어나기 위해 현실투쟁의 전위로서 온몸을 던지는 존재이다. 이들이 어울려 해방과 전쟁과 분단으로 이어지는 활화산 같은 역사의 풍경을 만들어내는 것이다.

고통스러운 역사의 파고와 맞닥뜨리는 것은 불교라고 해서 예외가 되지 않는다. 공비를 소탕한다고 산속의 사찰조차 마구잡이로 불태워지던 시대였으니 말이다. 온몸으로 월정사를 지켜낸 한암선사의 일화도 그 중의 하나이다. 불교 역시 전란의 파고를 넘어서기에는 힘겹기가 마찬가지였던 셈이다. 작품에는 두 명의 스님이 등장한다. 한 사람은 선암사 부주지였던 법일 스님(작가 조정래의 선친으로 일제때 비밀결사인 만당의 재정부장을 지냈고 시조시인이었던 '조종현' 선생이 실제 모델이다)과 다른 한 사람은 여든에 가까운 수행승 운정스님이다.

법일스님은 여순사태 때 사답(寺畓)을 작인들에게 분여하자는 주장을 했다가 빨갱이로 모함당해 감방에 들고 투옥된 김범우와 해후한다. 죄명도 그러하거니와 시대의 정당한 발언들이 빨갱이로 매도당한 것은 당대의 광기를 짐작하게 해준다. 불교와 공산주의를 진보적 사상으로 싸잡아 탄압하며 양심세력들조차 반공의 위세 앞에 목소리와 행신을 낮출 수밖에 없었던 현실이었다. 광풍 속에서도 법일스님은 경찰의 폭력적인 고문으로 갈비뼈가 무너지고도 단아한 자세로 민중의 고통과 동행하는 면모를 보여준다.

그는 세존이 설파했던 인생 사고(四苦: 생로병사 生老病死)에다 '주릴 아(餓)' 아고를 하나 더 첨가한다. 그에 따르면, 소수의 배부른 자와 다수의 굶주린 자로 된 지옥이다. "굶주리는 자들이 절대 다수를 이룰 때 그 세상은 바로 지옥인 것이지요. 이건 인간사의 끝없는 숙제"(2권 227쪽)라고 단언하는 법일 스님의 발언은 민족의 분열과 분단, 6·25전쟁에 이르는 집단폭력과 비극의 모든 근원이 가난과 굶주림, 억압적인 인습에서 비롯되고 있음을 말해준다.

운정스님의 전란 속 운수행각은 『태백산맥』 전체에 범람하는 폭력과 희생과 죽음이 가진 허망함의 의미를 웅변한다. 그는 일흔 아홉의 노경에도 강론을 펼치던 화엄사를 떠나 보성 땅 선암사로 향한다. 이 과정에서 그는 여순사태의 현장과 만나고 무수한 살육과 참상을 목격하며 전율한다. 뺏은 자와 빼앗긴 자 사이에서 벌어진 처절한 살육과 강간과 방화에 치를 떠는 것이다. 선암사로 가는 도중에 길가에 쓰러진 젊은 군인이 "어엄니이…" 하며 죽어가는 애절한 소리를 들으면서 국군이든 반란군이든 상관없이 극락왕생을 축원할 수밖에 없다(2권 264쪽). 또한 그는 길가에서 인육을 뜯어먹는 개의 인광 가득한 눈빛을 통해서 광기 가득한 현실에 참람해한다. 군인과 경찰의 서슬퍼런 검문 때문에 수행승의 단촐한 행랑까지도 펼쳐보여야만 하는 처량함도 전란의 시기에 겪는 폭력이 아닐 수 없다. 죽음과 광기와 폭력으로 얼룩진 극한의 현실은 말 그대로 아비규환의 지옥과 다를 바가 없다. 그는 "나는 새가 창공에 그 발자국을 새기지 못하듯이 인간사 그 무엇이 영겁 속에 남음이 있으랴." 하는 세존의 말씀이 메아리로 울려퍼지는 것을 느낀다(2권 268쪽).

작품에서 그려지는 지주, 자본가, 군인과 경찰의 부도덕함은 친일과 부역, 기득권을 지키려는 반민족적 반인간적 몰윤리적 행태와 그리 멀지 않다. 소작농 가족과 진보적인 지식인, 교사, 재가승려인 법일스님과 운정스님을 비롯한 사회양심세력들은 이들 기득권세력의 철저한 위세와 억압을 감내하지 않으면 안되는 위축된 현실을 나타내고 있다. 작품 속 좌우 이데올로기에 소속된 인물구도의 비대칭성은 부정적인 권력 행태로 얼룩진 현실의 암울함에서 비롯된다고 해도 무방하다. 가령, 하대치의 처 들몰댁이 산사람이 되어버린 남편 때문에 겪는 신고는 형언하기 어려울

만큼 간고할 지경이다. 그녀만이 아니라 염상진의 처 죽산댁, 무
당 소화, 강동석의 처 외서댁 같은 입산자 가족들의 신산스러움
이란 가장 없는 집안을 꾸려나가는 생계살이의 고통만큼이나 경
찰의 고문과 감시 또한 자심하기 짝이 없다. 마치 음습한 까마귀
떼처럼 시대의 하늘을 뒤덮고 있는 역사의 현실은 온전히 암울함
으로 채워져 있다. 전쟁의 고통과 수많은 죽음이 가진 값없는 희
생은 법일스님이 피난길에 올라 다다른 논산마을에서 겪은 일화
에서도 잘 드러난다. 미군이 인천상륙작전으로 서울을 점령하자
마을의 좌익청년들은 화급하게 피난가려다가 길이 막힌 것을 알
고 마을의 우물에 몸을 던져 모두 자결하고 만다. 이 참담한 비
극을 두고 법일 스님은 뜻하지 않게 천도제를 집전하기에 이른
다. 무신론자인 공산주의자들의 죽음을 천도하는 법일스님의 '반
야심경' 독경은 시대의 암울한 하늘 아래 자아의 양심을 지키고,
동물적인 탐욕을 없애며, 경전의 올바른 가르침을 실행하는 참된
모습을 보여준다(7권 200쪽).

역사라는 것도 따지고 보면 현재에서 불러낸 과거의 기억이자
'성찰된 시간'에 가깝다. 적어도 해방 직후부터 해방을 거쳐 6 ·
25전쟁으로 비화된 온갖 기억들은 '국가의 이름으로 참전했던 군
인용사들이 공산도배의 침략에 맞서 지켜낸 자랑스러운 승리담'
으로 전유되어 왔다. 그러나 다른 한편에서 국가이데올로기 바깥
에서 죽어간 수많은 개인들의 죽음은 불온한 것으로, 발설해서는
안되는 금기와 단죄의 영역 안에 봉인되어 있었다. 이렇게 보면,

참전용사들이나, 무고하게 죽어간 많은 피해자나 그들의 가족은 모두 역사의 희생자들에 가깝다. 비록 작가는 작품 어디에도 그러한 말을 담아놓지는 않았으나, "나라가 공산당 맹글고 지주가 빨갱이 맹근당께요"(1권 149쪽) 하는 소작농과 하층민들의 절규를 불교가 염원하는 상생과 평등세상 구현이라는 관점으로 그리고자 했던 것이 아닐까 싶다.

근현대사의 질곡과 모성의 미륵신앙

─윤흥길의 『에미』

윤흥길(尹興吉, 1942~) 전북 정읍 출생. 대표작으로는 「장마」, 『아홉 켤레의 구두로 남은 사내』, 『완장』, 『에미』, 『꿈꾸는 자의 나성』, 『빙청과 심홍』, 『밟아도 아리랑』, 『낫』, 『소라단 가는 길』 등이 있음.

오늘날 페미니즘은 어머니의 존재를 더 이상 긍정적인 여성으로 설명하지 않는다. 이들의 주장에 따르면, 어머니 또는 모성이란 가부장제의 존속을 위한 남성 또는 남성적 사회의 가족이데올로기 신화이며, 국민국가의 구성원을 낳고 길러내는 수동적인 성 역할을 관리하기 위한 문화적 전략에서 고안된 이데올로기라는 것이다. 그렇기 때문에 어머니는 가족을 위한 헌신과 희생의 정해진 구도 안에 놓여 있다고 주장한다. 페미니즘의 비판과 공격에도 불구하고 한국사회에서 모성이라는 존재는 늘 가족의 중심, 가정의 중요한 토대로 인정하는 데 그다지 인색하지 않다. 유난히 가파른 근현대사를 거쳐오면서 아버지들의 죽음과 희생이 컸던 만큼, 모성은 가족을 지키는 마지막 보루이자 어린 세대를 양육하여 이들을 사회적 개인으로 배출하는 최후의 거점이었기 때문일 것이다. 이를 두고 남성이 만들어낸 허구적 신화라고 비판할지라도 말이다. 모성의 문화적 관행이 자녀라는 존재에 대한 보호의 책임과 양육이라는 실천을 동반한다는 점에서 그 가치를 중시하기도 하는 것도 같은 맥락이리라.

윤흥길은 속신적 세계에서 분단의 비극을 화해시키는 중편 「장마」로 평판을 얻은 작가이다. 「장마」는 6・25전쟁의 참화를 겪으면서 생장해온 어린 시절의 불가해한 기억, 곧 자신의 우상과도 같았던 외삼촌이 장교로 입대했다가 치열한 전투의 하나였던 김화지구 전투에서 전사하는 가족사적 불행을 바탕으로 삼은 작품이다. 그는 6・25전쟁의 참화를 겪은 외가의 불행과 어린 날의 궁핍했던 체험을 기반으로 사회의 주변부로 밀려난 인생들을 담아내는 데 주력한다. 「황혼의 집」(1970)을 비롯해서 앞서 언급한 「장마」, 「집」에서 유년기에 내습한 가난과 죽음과 슬픔, 도처에 가득한 고난들을 제시하는 것이다. 70년대 사회의 병영화와 피학증을 풍자적으로 재현한 「제식훈련약사」(1975)가 그러하고, 군대의 비리를 조명한 「빙청과 심홍」(1977), 성남사태와 사회적 빈궁 속에 주변부로 몰락하는 개인의 비극과 이를 바라보는 지식인의 양심을 다룬 연작 「아홉켤레 구두로 남은 사내」(1977), 「무지개는 언제 뜨는가」(1978)과 같은 성과를 거둔다. 『낫』(1992), 『소라단 가는 길』(2003)에 이르기까지 그의 소설은 분단과 전쟁의 생채기 때문에 생겨난 반목과 상호살육의 상처를 다루면서 이를 치유하고 어떻게 화해할 것인가에 몰두해 왔다.

윤흥길의 소설이 빛나는 부분은 「장마」에서 보았던 분단과 전쟁의 비극에 대한 고발과 비판이다. 「무지개는 언제 뜨는가」는 그 소재의 연속성으로 보면 「장마」의 후속작에 가까운데, 이 세계는 「장마」에서 보았던 사돈지간인 조모와 외조모의 반목이 오랜 속신의 세계에서 화해하는 모습을 바라보는 어린 서술자가 장성한 뒤의 이야기이다. 여기에는 전쟁의 광풍 속에 내던져진 한 여인의 광기에도 불구하고 좌익가족의 갓난쟁이를 보듬어 양육하며 그를 집안 호적에 입적하여 훌륭한 사회인으로 키워내는 후일담이 등장한다. 이 이야기는 이념도 원수지간도 아랑곳하지 않고 오직 살아남은 자들의 연대와 제휴를 이상화시켜 상처를 치유하려는 의도를 보여준다.

　　이렇게, 모성을 다룬 윤흥길의 소설은 현대사의 질곡을 거쳐오면서도 강인한 모성의 속신적 세계만을 취급하지 않고 이데올로기와 전쟁, 산업화로 마멸되어가는 인간 존재의 비인간적 면모를 감싸 안는 여성적 가치에 주목했다. 김동리의 개작된 「무녀도」가 전래된 기독교와 무속을 대립시키면서 자국문화의 쇠내나고 정체된 세계의 장엄한 몰락으로 모성의 마성(魔性)을 보여준다. 이에 반해, 윤흥길의 모성은 「장마」나 「무지개는 언제 뜨는가」에서 볼 수 있듯이 분단과 전쟁이라는 시대의 광기에 맞선 전근대적이지만 생명에 대한 외경심을 지닌 속신(俗信)의 세계에 자리잡은 질박한 품성으로 화해를 주관하고 있다.

　　「장마」의 할머니나 「무지개는 언제 뜨는가」의 숙모는 모두 화해지향적이고 탈이데올로기적인 존재이다. 이들 모성은 비록 이들이 현실 세계에서 주변화된 존재이긴 하지만 폭력의 현실에 가담하지 않고 희생자에게 시선을 돌림으로써 이념 갈등과 동족살해를 거부하며 인간애로 가득한 혈육애의 외연을 넓히는 존재이다. 여기에서 중시되는 것은 생명에 대한 가없는 애정이다. 『에미』 (KBS문화사업단, 1982) 역시 이야기의 틀로 보면 이런 맥락에서 크게 벗어나지 않는다.

『에미』는 일제시기부터 전쟁과 산업화에 이르는 시기 동안 사팔뜨기라는 태생적 결함 때문에 남편에게 버림받은 전통적인 여성의 수난기이다. 그녀는 일본으로 유학간 남편에게 외면당하지만 전쟁의 와중에 옥에 갇힌 남편의 구명을 위해 혼신의 노력을 기울이다가 인민군에게 겁탈당하고 외가 식구들에게도 버림받는다. 온갖 불행으로 점철된 삶을 살아가지만, 모친은 온갖 비극을 감내하는 한편 미륵신앙으로 승화시키는 존재이다.

남편의 유일한 자식인 나는 중소기업의 어엿한 사장으로 장성하였으나, 아버지 모르는 이복동생을 싸고돌며 호적에 올리기 위해 갖은 애를 쓰던 어머니의 노력을 뒤늦게 통감(痛感)하는 용렬한 자식이다. 장성한 아들은 임종을 앞둔 어머니를 찾아 고향땅으로 내려온 다음 어머니의 일생을 회상한다. 어머니의 삶은 식민지 시대와 전쟁을 거쳐오면서 아버지들의 방치 속에 남은 가족들의 생계를 떠안고 가난과 외로움을 겪으며 강인한 생존력으로 핍절한 근현대사를 헤쳐나온 민족 공동체의 궤적에 부합한다. 비록 미륵의 사상을 구현하는 것에는 턱없이 미달할지는 모른다. 하지만 모성은 민간에 전승되어온 미륵신앙의 구체상을 담아 가난과 소외를 위엄있게 승화시키고 있다.

> "너도 잘 알다시피 이 에미가 살어온 펭생은 똑 미친년 늘(널)뛰는 것 한가지였느라. 더러는 내가 좋아서 내 신명 바람으로 쿵덕쿵덕 뛰기도 혔다마는, 또 내가 싫다 헌들 어쩔 것이냐. 어느 누가 놓았는지 그 속은 몰라허되, 어쩌피 내 몫으로 팔짜에 채려진 늘인디 싫어도 무침코 그냥 뛸 수백이, 그리고 이왕지사 뛰는 바에야 오기로라도 오동나무 끝가지 닿게, 산몰랭이 넘게, 구름 뚫고 하늘 복판까장 찔르게, 미치고 곱미쳐서 속곳 벌어지고 사루마다 비치드락 마냥 쿵더덕쿵더덕 뛸 수백이!"
>
> ─ 『에미』, 237쪽

어머니의 한평생은 신명도 신명이려니와 팔자소관으로 돌리기에는 너무나도 가파른 질곡들로 점철되어 있다. 이 신고를 넘어서기 위해 그녀는 오기로 무장하고 절박하게 "뛸 수밖에 없는" 것이었다. 이는 물론, 6·25전쟁이라는 참화로부터 자유로울 수 없었던 이 땅 어머니들의 신고를 모자이크로 담아낸 일종의 상징적 면모이다. 하지만, 중요한 것은 불행을 주술화하며 낳은 자식의 고귀한 생명까지도 보듬어 안는, 대지의 여신과도 같은 넉넉한 모습에 있다. 남편의 외면에도 한평생을 기다리며 인고한 모성은, 자칫하면 낡은 통념이라는 비웃음을 살만큼 고루하고 전근대적일지 모른다.

그러나 전쟁으로 상처입은 모성이라는 존재는 수난들을 생명의 고귀함에 대한 배려로 전환시키는 놀라운 능력을 구비하고 있다. 『에미』의 표현을 따르자면, '여자는 기면서 이기고 이기면서 지는 희한한 존재'이며, 광대무변한 세상에서 나약한 존재에 불과하지만 미미한 몸으로 또하나의 세상을 만들어내는 존재이다.

> "때로는 장작개비 노릇도 허고 또 때로는 지엄돌 노릇도 허면서 어떻게든지 새끼가 뜨뜻허고 온전헌 저편짝 세상으로 근너갈 수 있게코롬 맨들어 주는 것이 바로 어지럽고 어지런 세상에서 우리 에미네 한티 떠맽겨진 일이니라."
>
> ― 『에미』, 124면

이러한 발언은 이미 육친의 어머니가 아님을 말해준다. 그녀는 난세에 남편과 친정의 일가에게서 버림받고 냉대받으면서도 자신에게 가해진 중첩된 고난을 강인한 생명력으로 타개해 나간다. 이를테면, 그녀는 범신론적 생명주의에 입각한 보편주의자의 자세에 가까운 태도를 보여주는 것이다. 오늘날 각광받는 불교의 생태론적 가치가 바로 생명의 고귀함, 무생물까지도 껴안는 더불어 살기의 포용력있는 사유에서 비롯되는 것이라는 생각에 다다르면, 어머니의 이러한 형상은 대단히 매혹적이다. 남편과 아들로 대표되는 바깥 세계, 곧 현실계에서 패배를 자인하며 임종의 자리로 찾아든 자식에게 위엄 있게 일가 권속들과의 화해를 자청한 다음, 남편과 현실의 모든 속박마저 풀어버린다. 이제 그녀는 오욕과 가난으로 점철된 평생을 붙들었던 미륵님에 대한 열망마저 해방시키며 스스로 깨달은 자의 반열로 올라서는 것이다.

죽음이 임박한 어머니는 또렷한 목소리로 다음과 같이 유언하고 있다.

> "내 멋대로, 내 허고 잪은 대로 살아왔고, 내가 뜻허는 바를 좌다 이뤘으니께 나는 아무 여한 없이 눈을 깜을 수 있다. 나는 하늘에 감사허고 땅에 감사헌다. 나는 부처님께 감사허고 미륵님께 감사헌다. 초목이나 집즘생, 들즘생에도 감사허고 날즘생에도 감사헌다. 비바람 앞에도, 뇌성벽력헌 테도 감사헌다. 내가 이렇게 곱게 죽을 수 있는 것을 느이들은 당최 슬퍼허들 말고 축복혀 주는 것이 당연허다."
>
> — 『에미』, 277~278쪽

모친의 임종에 임박해서야 아들은 어머니에게서 흘러나오는 깨달음의 빛을 감동적으로 받아들인다. 유훈을 남기는 어머니의 모습에는 이미 자손들을 훈육하며 가난을 헤쳐나가는 자의 모습보다도 곤고한 삶에서 체득한 존재의 지혜로움이 도드라진다. 불교의 어떤 교설보다도 생활 속에서 간취한 진리의 육성이 이 유언에 담겨 있는 것이다. 이 땅의 모성이 가족중심적인 혈육애보다도 모든 존재들과의 해원(解寃)을 지향해야만 보다 너그러운 세상이 되지 않을까(이 땅의 모성이 타인들의 자식에게 보내는 시선은 늘 연민보다는 경쟁을 조장하는 이기심으로 가득한 현실을 생각해보면 그러하다). 바로 이 드넓은 모성의 품새야말로 작가가 공들여 재현한 모성의 특질이다.

『에미』에서 모성은 훼손된 부성의 세계를 재생으로 인도하는 여성성으로까지 확대될 수 있다. 좁혀 보면 이 모성은 남성성의 전략과 허위로 점철된 폭력성의 거대한 물결인 역사의 타락으로 얼룩진 황폐해진 땅, 곧 황무지로 비유되는 현실에서 강인한 의지를 발휘하며 "남정네들이 망쳐놓은 세상을 논밭 일구듯기" 지모신의 역할을 자임하는 존재이다. 이때의 모성은 남성성의 황폐를 정화, 치유하는 대행자이다. 모친에 의해 환기되는 매미의 메타포는 농경적 상상력에 의해 작동되고 있음을 확인시켜준다. 생식을 위한 거푸집의 황량함을 언급하는 대목에서 어머니는 죽음이 임박해서야 세계를 치유하고 다음 세대의 생장(生長)에 기울인 노력으로 탕진한 생의 가치를 스스로 부여한다.

이렇게 『에미』의 모성은 세계의 폭력과 배반을 견뎌내며 생명력의 성스러움을 보탠다. 이러한 자기 명명의 방식은 근현대사의 격랑에서 자행되었던 이념과 정치의 폭력, 제도적 살해의지 및 허위를 부각시키는 한편 이 혼돈의 현실을 반전시켜 포용과 인내를 통해 흔들리지 않는 일상의 가치를 드러내는 깨달은 자의 모습을 효과적으로 보여준다. 이런 까닭에 『에미』의 모성은 가부장적 현실의 폭력성을 비판하고 반성을 촉구하는 휴머니즘의 한 주체로서 민간에 전승되어온 미륵신앙의 실체를 되돌아보게 해주는 존재라고 할 수 있다.

아동과 불성(佛性)

─정채봉의 동화『오세암』

정채봉(丁埰琫, 1946~2001) 전남 순천 출생. 아동문학가. 주요 동화로는『물에서 나온 새』,『오세암』,『초승달과 밤배』, 시집『너를 생각하는 것이 나의 일생이었지』등이 있다.

'세' 살 버릇이 여든까지 간다'는 속담이 있다. 이 속담은 어린 시절의 올바른 습관 형성이 그만큼 중요하다는 뜻으로 알려져 왔다. 하지만 근자에 이르러 이 속담은 어릴 적 버릇이 일평생을 지배한다는 다른 뜻으로 풀이되기도 한다. 그 풀이는 아동을 바라보는 시각의 변화에서 비롯된 것이다. 근대 이후 아동의 개념사는 '작은 어른'이라는 통념에서 벗어나는 일련의 과정이었다. 그 결과 아동은 무한한 가능성을 가진 존재로 재해석되기 시작했다. 이 해석에 따르면, 아동은, 일생을 지배하는 심리적 메커니즘을 형성하는 시기에 있는 존재이다. 아동기야말로 한 인간이 삶의 방식, 곧 어떤 가치에 따른 중요한 선택과 행동, 외부에서 가해지는 수많은 도전과 위기에 대응하는 뼈대를 마련하는 시기라는 것이다. 바로 그런 점에서 아동기는 삶의 근원적인 인자를 구비하는 시기로서 중요성을 갖는다. 이렇게 보면 '세살 버릇'에 관한 속담은 그 속뜻이 삶의 올바른 습관의 마련만이 아니라 그 사람의 삶 전체에 영향을 미치는 근본임을 계고하는 것이라 할 수 있다.

불교에서는 아동을 어떻게 보는가? 이에 대한 단서는 『화엄경』의 입법계품에 나오는 선재동자(善財童子) 이야기에서 구해볼 수 있다. 선재동자는 문수보살의 법문으로 발심한다. 그리고는 오십여 선지식을 차례로 만나며 보살도를 배운 뒤 보현보살의 행원을 실천하면서 진리를 얻는다. 선재동자의 사례대로라면 불교에서는 애초부터 진리 터득의 가능성이 나이에 구애받지 않는다는 관념을 전제로 삼는다는 사실을 알려준다. 경전의 내용에서 벗어나 아동에 대한 불교의 관점을 살펴볼 수 있는 사례로는 오세암 일화에서 찾을 수 있다.

강원도 인제 용대리에 있는 백담사의 부속 암자인 오세암(五歲庵)은 신라 선덕여왕 시절 자장(慈藏) 율사가 선실(禪室)을 지은 뒤 관세음보살의 도량이라는 뜻인 관음암(觀音庵)으로 불려져 왔다. 이곳은 김시습(金時習)이 출가한 곳이기도 하다. 명종 때 보우(普雨) 선사가 이곳에서 기도하던 중 문정왕후에게 선종판사로 발탁된, 유서 깊은 암자이다. 그러나 인조 21년(1643) 설정(雪淨) 스님이 암자를 중건(重建)하면서 이름을 오세암으로 바꾸었는데 여기에는 다음과 같은 일화가 전하고 있다.

설정 스님은 고아가 된 형님의 아들을 암자에서 키웠다. 월동

준비를 하러 어린 조카를 홀로 두고 길을 나섰다가 폭설 때문에 곧바로 암자로 돌아가지 못한 채 한참을 지체한 뒤에야 겨우 돌아갈 수 있었다(일설에는 이듬해 봄이 되어서야 돌아갈 수 있었다고 한다). 절에 돌아간 스님은 굶어죽은 줄로만 알았던 어린 조카가 목탁을 치며 관세음보살을 부르고 있었고 방안은 훈훈하고 향내로 가득 차 있는 것을 보고는 놀라움을 금치 못했다. 스님이 어린 조카에게 물으니 조카는 관세음보살께서 찾아와 밥도 차려주고 놀아주고 재워주었다고 대답했다. 그때 흰옷의 젊은 여인이 관음봉에서 내려와 조카의 머리를 만지며 성불의 기별을 주고는 푸른 새로 변해 날아갔다. 그 여인이 관세음보살의 현신임을 알고 감격한 설정 스님은 다섯 살의 동자가 신력으로 살아났고 득도를 했다 하여 암자를 중건하고 오세암(五歲庵)으로 고쳐 불렀다고 전한다. 이런 연유로 오세암은 지금도 관음도량으로 알려져 많은 사람들의 발길을 이끈다.

동화 「오세암」의 작가 정채봉은 다섯 살 동자가 관세음보살의 신력(神力)으로 살아난 설화를 바탕으로 삼았으나 이를 천진무구한 아동의 심성과 불교가 만나는 이야기로 바꾸어놓았다. 정채봉의 동화는 단순히 동심으로만 회귀하지 않는다. 그의 동화는 아동만의 전유물이 아니라 어른들의 각박해진 심성과 세상살이를 돌아보게 만드는 깊이를 가지고 있다. 그의 동화가 가진 활력은 해맑은 심성에서 퍼져나온 인간과 자연에 대한 애정에 바탕을 두고 있기 때문이다. 그는 아동의 세계를 표현하는데 남다른 섬세함과 아름다운 품성을 보여준 작가였다. 아동문학의 역사가 일천한 한국문학에서 정채봉이라는 존재는 방정환, 마해송, 이원수로부터 시작된 동화문학의 전통을 한 단계 끌어올린 공과를 쌓은 인물이었다.

40대 이상의 세대감각으로는 '동화' 하면 일본에서 번역한 세계동화를 이중번역한 것이라는 선입견이 우세하다. 이런 현실에서 정채봉은 전래동화의 새로운 영역을 구축하는 한편 '어른동화'라는 새로운 장르를 개척하면서 독자의 폭을 아동에서 어른으로 넓혀놓았다. 그의 이러한 노력은 아동문학의 활성화와 함께 대한민국문학상(1983), 새싹문학상(1986), 한국불교아동문학상(1992), 소천아동문학상(2000) 등을 수상하면서 사회적 인준을 받기 시작했으나 50대 중반이라는 이른 나이에 지병으로 세상을 등졌다. 하지만 그는 살아 있을 때 생 텍쥐페리의 『어린 왕자』 같은 고전이 된 동화를 우리 앞에 내놓았다. 동화 「오세암」이 바로 그 중 하나이다.

「오세암」은 오세암 중건 일화를 바탕으로 삼았다. 그러나 이 동화는 관음보살의 신력(神力)보다도 아동의 천진함에 어울리는 어머니와 같은 불교의 모습을 한껏 고양시키고 있다. 작품은 설정 스님과 오세 동자를 무명스님과 고아남매로 바꾸어 이야기하고 있다. 스님은 한 포구에서 고아남매를 만난다. 스님은 소경누나에게 내리는 눈을 "바다보다 넓게 내린다"고 설명하는 어린 남동생 길손이에게 동냥을 하며 인연을 맺는다. 길을 떠나려는 스님을 붙드는 것은 길가 짚더미에서 노랑지빠귀처럼 웅크리고 앉아 있는 남매의 모습이다. 스님은 이들을 거두어 자신이 묵는 절로 데려가면서 부모잃은 조카로 삼는다.

절에 온 어린 길손이는 스님들에게 장난과 호기심으로 말썽을 일으킬 뿐만 아니라 성가신 질문으로 경내를 번잡스럽게 만든다 (그러나 아이의 번잡스러움과 질문은 달리 보아 사유의 깨어있음과 절실함의 간접적인 표현이 아닐까). 이윽고 스님은 길손이만 데리고 절을 떠나 산속 암자로 거처를 옮긴다.

산속 암자에 온 길손이는, 스님께서 우물가에서 발을 닦고 있을 때 바람을 두고 질문한다.

> "스님, 부처님 눈에는 바람이 보여? 저기 저 전나무 가지를 흔드는 손님 말이야."
> "부처님 눈에는…… 그래. 바람이 보이지. 마음의 눈을 뜨고 계시니까. 지금 감이는 몸의 창문이 닫힌 거구, 길손이와 나는 마음의 창문이 닫혀 있는 거야. 마지막 마음의 창까지 연 분이 부처님이란다. 그땐 바람도 보이고 하늘 뒤란도 보이는 거지."
> "스님, 나도 마음의 눈을 뜨고 싶어. 그래서 우리 감이 누나한테 이 바깥 세상을 더 잘 말해주고 싶어."

스님과 길손이의 대화에서 드러나는 것은 어린 길손이의 조숙함이다. 길손이의 시선은 그 어떤 세속의 편견에도 물들지 않고 그윽한 불심으로 사물을 바라보는, 동심의 명징함을 보여준다.

동심은 스님께서 말씀하시는 '마음의 눈'과 깨우침이 쉽게 조화되도록 만든다. 바람과 심안(心眼)에 대한 대화는 쉽게 표현되었을 망정, 인간의 불 같은 욕망이나 실타래처럼 뒤엉킨 세상사를 거대한 윤회의 흐름 안에 놓고 정관(靜觀)하는, 깨달음을 향한 치열한 수행과 전혀 다르지 않다. 마음의 눈을 떠서 눈먼 누나에게 세상만사를 더 잘 말해주고 싶다는 길손이의 당찬 바램도 중생구도의 서원과 다를 바 없다. 이는 아동의 언어로 번역된 불교의 종지에 해당한다. 이렇게, 정채봉의 동화 언어는 불교의 속깊은 원리를 곱씹어 어머니와 같은 친근한 어휘로 풀어내는 묘미를 품고 있다.

겨울잠에 빠져 있던 암자는 길손이의 소리로 깨어나기 시작하였어요.
"누나, 꽃이 피었다. 겨울인데 말이야. 바위틈 얼음 속에 발을 묻고 피었어. 누나, 병아리의 가슴털을 만져 본 적이 있지? 그래, 그처럼 꽃이 아주 보송보송해. 저기 저 돌부처님이 입김으로 피우셨나 봐."
스님이 빨래를 널고 오는 발소리가 났어요.
"조금 전에 누구한테 말을 했느냐?"
"감이 누나한테 했어."
"감이는 아래 큰 절에 있지 않느냐?"
"아유, 답답해. 누난 내 곁에도 있어. 감이 누나가 그랬어. 내가 있는 곳에 어디고 감이 누나 마음이 따라와 있겠다고."
"고 녀석 참……."
스님은 뒷머리를 만지며 선방 안으로 사라졌어요.

인용 대목은 길손이가 마음의 눈으로 감이 누나와 대화를 나누고 이를 캐묻는 스님을 탄복하게 만드는 장면이다. 어린 길손이의 독백에는 마음의 운행을 실행하는 보리심의 청정함이 엿보인다. 겨울꽃을 묘사하는 대목에서는 삼라만상에 관여하는 부처님의 섭리를 통찰하는 길손이의 진면목이 드러난다.

작가가 창안한 동화의 세계에서 두드러지는 것은 동심과 어울린 불교의 세계이다. 아동의 생각과 언어로 된 불교의 관점에서는 '모든 중생이 다 부처의 품성을 지니고 있다'는 '일체중생실유불성(一切衆生悉有佛性)'의 논리가 잘 녹아 있다. 스님을 탄복하게 만드는 길손이의 맹랑함은 번뇌 없는 청정한 마음상태인 유심정토(唯心淨土)의 다른 풍경인 셈이다.

소경인 누나 감이가 길손이의 내밀한 전언을 통해서 세상의 생기를 얻는다는 이 절묘한 발상은 온전히 정채봉의 동화적 상상력이다. 아동의 입을 빌려 토로되는 불교적 잠언은 심안이 닫힌 현대인을 깨어나게 만드는 울림을 가지고 있다. 마음밭의 간절함을 일깨우는 것은 분명히 작가의 탁월한 재능이다. 정채봉의 시적인 표현과 유머로 가득한 위트는, 선방에서 면벽좌선에 들어간 스님에게 길손이가 함께 놀자고 칭얼거리며 내뱉는 말에서도 여실하게 드러난다. "앉아 있기만 하면 뭣 해! 벽에 뭐가 있어? 솜다리꽃 하나도 피우지 못하구서!" 하는 대목이나, 우물가에 나와 우물 속을 들여다보거나 컴컴한 마루 밑에서 주은 염주알을 가지고 놀기에 재미 붙이는 장면은 자연스럽고 건강한 웃음을 자아낸다.

　동화의 세계란 무엇인가. 동화는 문학의 가장 원초적이고 꾸밈 없는 감정의 세계이다. 정채봉의 「오세암」은 결미 부분에서 암자를 중건한 설화 내용을 살짝 비틀어서, 길손이가 그림 속 보살님을 '엄마'라 부르면서 노는 모습을 끼워넣고 있다. 그런 다음 폭설로 길이 막혀 뒤늦게 암자로 돌아온 스님 앞에 현신한 관음보살의 설법으로 동심과 불성을 대비시킨다.

　　"이 어린아이는 곧 하늘의 모습이다. 티끌 하나만큼도 더 얹히지 않았고 덜하지 않았다. 꽃이 피면 꽃 아이가 되어 꽃과 이야기하였고, 바람이 불면 바람 아이가 되어 바람과 숨을 나누었다. 과연 이 어린아이보다 더 진실한 사람이 어디에 있겠느냐. 이 아이는 이제 부처님이 되었다."

　이 대목은 아이의 진실한 심성을 불성으로 간주하는 동화의 가장 핵심을 이루는 부분이다. 「오세암」에서 작가는 불교를 소경인 감이와 어린 동생 길손이를 보듬고 길손이의 한없는 궁금증을 권장하는 스님의 너그러움으로 나타난다. 작가의 발언을 빌려 말하면, 불교는 어린 시절 일찍 어머니를 여의고 할머니 손에 이끌려가던 산사처럼, 고즈넉하나 푸근한 어머니의 품에 가깝고, 그의 품에서 뛰놀고 있는 동심의 세계가 바로 「오세암」인 것이다.

창녀와 보살: 동아시아 근대와
다시 쓴 심청 이야기

―황석영의 『심청』

황석영(黃晳暎, 1943~) 만주 신경 출생. 동국대 철학과 졸업. 민족문학작가회의 회장. 주요작품집으로 『객지』, 『장길산』, 『오래된 정원』, 『손님』, 『심청』 등이 있다.

연꽃은 불교의 낯익은 상징 중의 하나이다. 진흙수렁이나 연못의 바닥에 뿌리를 내리고(이는 진창과 같은 우리 삶을 가리키기도 한다) 물 위로 틔워올린 꽃의 자태는 놀랍도록 황홀하다. 물속에서 솟아올라 물위로 꽃을 피우는 자태도 그러하거니와 물 위의 연꽃이 보여주는 감싸안는 모습은 보살의 행심과 해탈의 경지로 비유되는 까닭을 짐작할 수 있게 해준다.

해주 관음사의 연기설화로 잘 알려진 심청 이야기는 신라시대에 맹인 아버지를 대신해서 팔려간 효녀 홍장으로 소급되는 오랜 연원과 서남해안 전체에 분포하는 넓은 지역성을 가지고 있다.

판소리 사설에 등장하는 심청은 서왕모의 딸로 반도에 진상가는 길에 옥진비자를 만나 수작하다가 시간을 어겨 인간세상에 태어난 인물이다. 그녀는 아버지의 눈을 뜨게 하기 위해 자신의 몸을 바쳐 인당수에 빠질 때, "비나이다 비나이다. 하느님 전에 비나이다. 심청이는 죽은 일은 추호라도 섧지 아니하여도, 병신 부친의 깊은 한을 생전에 풀려 하옵고 이 죽음을 당하오니 명천(明天)은 감동하옵셔서 침침한 아비 눈을 명명하게 띄여 주옵소서." 하며 아버지를 향한 절세의 효행을 펼쳐보인다. 그런 그녀가 용궁에서 죽었던 모친과 재회하고 나서 연꽃에 들려 황후가 된 다음 아버지의 눈을 뜨게 만든다. 심청이야기는 민중들의 밑바닥 삶에서 보게 되는 바램, 힘겨운 지상을 딛고 연꽃처럼 다시 피어나 존귀한 존재로 살아간다는 원초적인 열망을 담고 있다.

죽음마저 이겨낸 이 황홀한 상상의 일화는 재독 음악가 윤이상의 손을 거쳐 오페라로 거듭난다. 오페라에서 심청은 연꽃으로 모여든 수많은 환자들에게 치유의 기적을 베푸는 약사보살 이미지로 바뀌어 서구인들을 열광케 했다(서구인들에게는 기적을 베푸는 심청의 모습이 당연히 메시아로 각인되었을 것이다). 우리가 즐기는 판소리 사설에서 특히 심청 이야기는 춘향 이야기와 함께 현실의 고통을 위무하여 또한 해갈시켜준다.

조선조 중종 시절의 걸출한 도적 이야기인 『장길산』을 통해서 변혁의 세상을 향한 민중의 열망과 미륵사상으로 한데 버무려내었던 작가 황석영이 이번에는 심청 이야기를 현대적인 맥락으로 다시 쓰고 있다.

작가의 말을 따르면 심청은 단수가 아닌 복수이고 인신공양의 설화라기보다는 동아시아 근대의 인신매매 이야기이다. 작가는 중국과 교역하는 뱃길이 있는 황해도에서 충청도 연안에 이르는 넓은 지역에 심청의 인신공양과 유사한 이야기들이 포진해 있다는 것을 근거로 든다. 작가의 상상력은 심청 이야기를 해주 관음사에 한정된 종교적 비원과 눈먼 아버지의 눈뜸이라는 지역성을 벗어던지게 만든다. 그런 다음 열다섯살의 심청을 황해도 뱃길에서 시작하여 중국, 싱가포르, 대만과 류큐(오키나와), 나가사키, 인천으로 이어지는 기나긴 행로 안에서 격랑의 삶을 살아가도록 만든다.

황석영의 『심청』에서 청이는 실제로 죽지 않는다. 그녀의 제웅(허수아비)에는 가슴께에서부터 치마에 이르도록 "해동국황주모년모월모일모시생십오세심청영가(海東國黃州某年某月某日某時生十五歲沈淸靈駕)", "청황해용왕흠향(請黃海龍王歆饗)"이라고 쓰여 있다. 그녀는 중국행 뱃길에서 허수아비로 처음 죽음을 겪는다. 그 죽음은 황주땅에 살던 처녀로서의 생을 마감하는 것이며 19세기말에서 20세기초 동아시아에서 뒤척이며 전개된 근대의 행로에 가담하는 출발을 알리는 징표이다. 그녀는 "저 컴컴하고 물보라치던 높은 파도의 바다로 가로막힌 아득한 저승"과 작별하고 근대를 횡단하는 모험의 주인공이 된다.

작가의 야심은 심청을 통해서 동아시아 근대와 맞선 여인의 모습을 보여주고자 하는 데 있다. 뺑덕네의 수완으로 심청이 팔려가는 것도 '몸'이듯이, 그녀는 열다섯 어린 나이의 '몸' 때문에 중국 늙은 부호 첸 대인의 시첩이 된다. 그녀는 격랑의 근대 초기사회에서 자신의 몸을 밑천삼아 자립을 꿈꾸는 당찬 여성으로 성장한다. 연로한 첸대인이 죽은 뒤 그녀는 첸대인의 둘째 아들 구앙에게 의탁하여 자립의 길을 도모한다.

19세기 중국땅에서 그녀가 선택하는 삶의 폭은 그다지 넓지 않다. 이미 팔린 몸이 되었던 그녀는 자본과 육체의 열락을 지향하는 근대적 삶에 적응한다. 그녀는 자신의 육체를 철저하게 자본으로 삼는 매춘의 길을 걷는다. 자기 몸뚱아리 하나만으로 자본과 남성 중심의 세계와 대결하면서 그녀는 렌화(蓮花)에서 로터스로, 옌카로 거듭 태어난다.

심청의 첫 번째 입지는 중국 난징의 진장에 있는 구앙의 복락루이다. '복락루(福樂樓)'라는 이름이 말해주듯이 이곳은 아편과 매춘으로 흥청거리는 중국의 근대 초기 사회상을 집약한 장소이다. 이곳에서 심청은 렌화라는 이름으로 화지아(花家)의 길을 걷는다. 그녀는 긍지와 자부심으로 무장하고 남성적 근대세계와 맞설 힘을 축적하려는 목표를 성취하고자 한다. 아편전쟁 끝에 구앙의 복락루가 하루아침에 잿더미가 되자 렌화는 유랑악사 동유와 작수성례를 하고 부부가 되어 정주민의 길을 걸으려 한다. 하지만 근대 중국의 세계는 그녀를 그냥 두지 않는다. 인신매매단에 걸려든 그녀는 타이완 섬 지룽의 청루 '남풍(南風)'에서 몸파는 여성으로 전락하고 만다(남편 동유는 아내를 잃고 나서 태평천국의 신도로 근대화에 저항한다).

두 번째의 근대 기착지인 타이완 지룽에서 렌화의 삶은 작품 전체에서 가장 처절한 밑바닥 여성의 삶, 아수라와 같은 근대의 참혹함을 경험하게 된다. 하룻밤에 팔십 명의 남자 노동자들을 단지 여섯 명의 여자가 받아야 하는 고초를 겪는다. 앞날을 기약할 수 없는 절망 속에 죽어가는 여성들의 황폐함에서 근대의 행로는 가혹하기 짝이 없다. 하지만 렌화는 복락루에서 습득한 기녀의 품격으로 남성들을 유혹하고 또한 지배한다. 그녀의 적극성은 혹독한 현실에 절망하며 남성의 애절한 사랑에 기대어 스러져가는 뭇 여성들에 비할 바가 아니다. 그녀는 호금(胡琴)과 노래가락으로 자신의 육체적 기예를 자본으로 삼아 근대 세계를 자신의 손아귀에 움켜쥔다. 렌화의 이러한 면모는 말하자면 근대의 냉혹한 세계의 본질이 자본이자 육체임을 통찰한 작가의 이념적 분신임을 말해준다.

렌화는 자신의 육체적 상품 가치를 적극 활용하여 '남풍'을 벗어나 단수이의 죽원반관으로 옮겨온다. 이곳의 마담인 샹 부인을 정신적 어머니로 삼아 렌화로서 삶의 새로운 전기를 마련한다. 렌화는 동료 기생의 사생아인 유자오를 자신의 아이로 입양하여 키운다. 렌화는 자신에게 매혹된 싱가포르의 동인도회사 영국인 주재원인 제임스가 제의한 동거를 수락하여 싱가포르로 떠난다. 황주에서 진장으로, 진장에서 타이완 지룽으로, 지룽에서 단수이로, 다시 싱가포르로 올겨가는 렌화의 행로가 말해주는 것은 끝없는 이동성이다. 그녀의 인생유전은 자본과 임금노동, 해양무역

길을 따라가며 서양의 근대성과 대면하고 있다. 그녀는 공회물에서 시첩으로, 시첩에서 화지아로, 화지아에서 서양인의 첩실로 끝없이 변화한다.

여기에서 눈여겨볼 대목은 창기에서 첩실로 이행되는 신분의 변화이다. 신분 변동에 어울리게 심청은 깊어가고 넓어지는 여성 주체의, 물신화에 맞서 로터스의 부인으로 대응하고 있다. 싱가포르에서 그녀는 정부인이 되려는 첩실들의 선망의식을 단호하게 거부한다. 그녀는 영국인 제임스에게서 서구인의 철저한 인종주의적 편견과 오리엔탈리즘을 발견하고 나서 "누구에게도 매이지 않을 거야"라는 당찬 결심을 굳힌다. 그러한 결의는 싱가포르에서 첩실로 살아가던 삶에서 발견한 개나 고양이와 다를 바 없는 유럽인의 완상 취미를 알아차린 데서 다져진 것이다. 서양인들에게 동양 여성이란 육체의 효용이 사라지고 나면 언제든지 버려질 육체적 소모품에 지나지 않는다.

로터스는 정부인의 꿈 대신 혼혈아와 고아들을 양육하며 복지사업을 전개한다. 이것은 서양의 근대가 동양의 관문 싱가포르에서 분비한 수많은 혼혈아동의 전락한 삶을 끌어안는 근대적 주체의 대안적 실천이기도 하다. 근대의 폭력에 맞서는 길이란 사회의 관심을 제고하고 집단적이고 자발적인 연대라는 것이 작가의 대안적 메시지인 것이다(렌화는 유자오를 입양하여 자신의 딸로 삼았을 뿐만 아니라 나카사키에서도 혼혈아에 대한 사회적 지원을 아끼지 않는다). 로터스의 이런 사회적 활동에 감복하고 인간미를 발견한 제임스는 그녀에게 정식으로 청혼한다. 하지만 그녀는 그 청혼을 거절한 채 타이완 섬 단수이로 돌아온다.

로터스에서 다시 렌화로 돌아온 그녀는 타이완 단수이에서 이전과 같은 평온한 삶을 누리고자 하지 않는다. 그녀는 늘 새로운 삶에 목말라한다. 드디어 그녀는 류큐 출신의 후미코 부인과 입양한 딸 유자오와 함께 류큐에 안착하여 요정 '용궁'을 개업한다. 심청 이야기에서 용궁이 신화적 환상성으로 가득한 상상의 공간이라면, 류큐의 요정 '용궁'은 창기, 첩실에서 심황후에 버금가는 귀족 부인으로 상승하는 발판을 마련하는 무대이다. 그녀는 이곳에서 렌카로 다시 태어난다.

류큐는 근대세계로 진입하는 과정에서 부족국가의 소멸을 앞둔 격랑의 역사 공간이다. 요정 '용궁'에서 렌화는 미야코 사족의 영주인 도요미오야 가즈토시(豊見親和利)를 만나고 그의 정실이 된다. 가즈토시는 옛날 류큐제국의 영화를 뒤로 한 채, 사츠마 번주의 억압과 침탈 아래 놓여 있는 현실을 타개하려는 개혁적인 성향을 가진 귀족이다. 하지만 그는 쇄국과 개방의 기로에 선 도쿠가와 바쿠후의 견제에 정치적 희생물이 되어 감옥에서 죽어간다.

중국, 동남아, 일본의 변방을 거쳐오면서 렌화, 로터스, 렌카로서 심청이 경험하는 근대의 모습은 풍요롭게 펼쳐진다. 중국에서는 영국과 아편전쟁에서 겪으며 봉건적 질서의 붕괴를 알리는 전조를, 타이완에서는 임금노동자들의 가파른 삶과 매춘의 비인간적 현실을, 싱가포르에서는 서양자본과 오리엔탈리즘이 횡행하는 남성적 근대를, 류큐에서는 변방의 소수민족이 근대 국민국가에 편입되는 저항과 혼돈의 현실을 경험하는 것이다. 렌카가 마지막으로 몸담는 근대의 장소는 개항을 앞둔 일본사회이다. 렌카 부인은 나가시마에 투옥된 남편을 만난 뒤 처형당한 시신을 수습하고 나서 나가사키로 건너가 그곳에서 요정 '렌카야(蓮花屋)'를 연다. 이곳에서 그녀는 개화의 격랑을 온몸으로 헤쳐나가는 란가쿠학파 지식인의 한 사람인 하시모토와 짧은 사랑을 나눈다. 그러나 하시모토가 보수적인 쇄국파 세력에게 암살당하자 그녀는 한동안 칩거하다가 예순이 되자 후임자에게 요정을 넘겨준다. 그런 다음 그녀는 자신이 키운 혼혈처녀 기리를 요닌(用人) 노릇하던 아라이와 결혼시켜 이들과 함께 개항한 인천땅으로 들어온다. 실로 60년만의 귀향인 셈이다.

아라이 부부는 인천에 여관 기쿠야(菊屋)을 열고 터를 잡은 뒤 제국 일본의 지원에 힘입어 자본을 축적한다. 아라이 부부는 일흔이 넘은 렌카 할머니를 문학산 골짜기에다 암자 하나를 지어 '연화암'이란 현판을 달아 여생을 보낼 수 있도록 배려한다.

그녀는 이제 '심청'도 '렌화'도 '로터스'도 '렌카'도 아닌 '연화보살'로서 조용히 삶을 마무리한다. 삶을 마감하기 전 그녀는 수양딸 기리가 달여주는 차 한잔을 달게 받아 먹으며 "정분의 허망함과 살림의 덧없음을 깨우치려고 잠깐 보"인 삶을 찬찬히 회상한다. 그녀는 "참 길은 멀기두 하다. 남들 해치지 말구 살거라"하며 고향 황주에 있는 절에서 찾아온 자신의 위패를 기리에게 내밀고는 위패와 함께 화장하여 바다에 뿌려달라고 유언을 남긴다.

황석영의 『심청』은 심청 이야기의 얼개에다 동아시아 근대의 뒤척이는 물결을 헤치며 고단히 살다간 수많은 심청들을 다시 살게 했다. 오늘날에도 일본으로, 중국으로, 미국으로, 자신의 육체 하나에 의지하여 길 떠나는 수많은 심청들을 목격할 수 있다.

사찰 연기설화를 바탕으로 세속의 사회경제사, 그것도 여성과 매춘, 사랑과 혁명이라는 테마를 동원하여 근대세계로 휘말려든 개인의 모험담을 다시 쓴다. 황석영의 심청 이야기는 오늘날 우리가 경험하는 세계의 실체가 19세기 동북아시아와 동남아시아에 걸쳐 얼마나 광범위하게 변전하고 있었던 것인가를 알게 해주는 새로운 작업이다. 단편적인 역사 지식으로는 포착할 수 없었던 개인의 지역적 특색과 일화들이 생생하게 현전한다는 것은 놀랍고 새로운 미적 체험이다.

작품에서 황주땅 심청에서 렌화로, 렌화에서 로터스로, 로터스에서 렌카로서 동북아와 동남아의 광활한 지역을 유랑하면서도 연꽃 같은 삶을 살아간 한 여성의 삶은 결코 가련하지 않다. 근대라는 아수라의 세계가 연꽃 이미지와 맺는 연관성은 심청이 마지막에 얻은 '연화보살'이라는 이름처럼, 허망하게 그리고 폭력적으로 전개되는 현실에 맞선 아름다운 생이기 때문이다. 그녀의 삶을 통해서 우리는 아득한 시간과 공간을 헤매며 퇴락하는 부족의 지역 전통과 서구의 충격 속에 놓인 한·중·일의 서로 다른 역사적 행로를 접할 수 있게 된다.

하지만, 심청이 마지막 남긴 '남들을 해치지 않는 삶'이 가진 의미를 한번 곱씹을 필요가 있다. 근대의 행로가 수많은 희생과 해침 속에서 이루어지는 '폭력의 현실을 넘어서는 길'이란 권력과 자본에 얽매이지 않는 인간적인 가치를 지탱하는 데 있다는 교훈이 바로 그것이다. 희미한 웃음을 띠면서 생을 마감하는 평온한 연화보살의 모습에서는 근대세계의 가혹한 희생과 폭력을 견디어낸 인간 주체의 자부심을 발견할 수 있다. 이것은 무수한 생의 전락을 견디어내고 홀로 우뚝 서는 힘이, 경전의 오묘한 뜻을 깨달은 자에게 헌신했던 관음보살처럼, 인간의 남루한 욕망과 권력에 매이지 않은 스스로 마련한 인간적 품격에 있다는 해묵은 진실을 말해준다.

'참된 나'를 찾아 나선 깨달음의 순례기

─최인호의 『길 없는 길』

최인호(崔仁浩, 1945~) 서울 출생. 『별들의 고향』, 『도시의 사냥꾼』, 『불새』, 『적도의 꽃』, 『고래사냥』, 『겨울 나그네』, 『잃어버린 왕국』, 『상도』, 『길없는 길』, 『유림』 등이 있다.

"길은 항시 어데나 있고, 길은 결국 아무데도 없다"
— 미당 서정주, 「바다」에서

현대물리학에서 상대성이론과 함께 가장 찬사받는 업적의 하나는 하이젠베르크의 양자역학이다. 우리는 그 법칙의 내용은 상세하게 알지는 못하지만 대강의 원리를 상식적으로 이해하면 이러하다. 양자는 빛의 속도로 움직이기 때문에 그 속도를 측정하려 하면 위치를 알 수 없고 위치를 파악하려 하면 속도를 알 수 없다는 것이다. 위치와 속도를 확정할 수 없는 모순이 바로 불확정성의 원리이다. 현대물리학이 증명한 이러한 원리는 속도를 강요당하는 시대 현실에서 존재의 가치를 확인하려는 유구한 노력, 곧 자신의 위치(이 말은 달리 말해서 자신은 누구인가의 문제와도 통한다)와 서로 보완적인 관계를 이룬다는 사실을 말해준다. '느림'이란, 속도에서 벗어나 사유와 성찰을 거쳐 성취하려는, 존재의 참된 가치를 확인하는 최소한의 몸짓인 것이다.

일상의 틈바구니에 치이고 무수한 이해관계에 얽혀들어 한때의 꿈과 소망들이 마멸되는 것이 우리들의 세상살이이다. 우리가 남루한 욕망의 존재로 전락해가는 세계를 두고, 불교는 그것이야말로 업의 그물코에 사로잡힌 인간의 가련한 운명이라는 사실을 지적하고 그 관계망에서 벗어나도록 가르친다. 문학에서 불교가 매혹적인 것도 바로 속도가 아닌 위치, 인간 존재의 가치에 관해서 질문을 던지며 근원적인 가치를 탐색하는 공통점을 가지고 있기 때문이다. 그러나 문학은 불교의 심원한 종교적 수행과는 달리 상상을 가미한 인간의 이해라는 목적에 보다 충실하다.

최인호의 『길 없는 길』은 인도에서 시작되어 중국을 거쳐 해동에서 다시 점화된 선불교의 종지를 찾아나선 불교소설이다. 이 작품은 두 개의 이야기 얼개로 되어 있다. 그 얼개의 하나는 대학에서 해직된 영문학자 '강빈'이 자신의 정체성을 찾아나서는 과정이다. 다른 하나는 경허스님의 일대기이다. 두 개의 이야기에서는 시국사건에 연루되어 해직당한 '강빈'이 휴직기간 동안 공민왕이 남긴 거문고의 출처를 찾아가는 데서 시작된다. 그 거문고는 고려가 망한 이래 조선조 왕실의 가보로 내려오던 것을 구한말 의친왕이 만공 스님에게 신표로 드렸던 명품이다. 이 거문고는 노국공주의 생전에 공민왕이 신령한 오동나무로 만든 명품이었다. 이것이 고려말 충신 길재(吉再)의 손에 넘어갔다가 조선조 세종을 거쳐 왕실의 가보로 남았던 것인데, 운현궁에서 낙백한 대원군이 파락호 시절 이 거문고로 시대를 얻지 못한 울분을 달랬던 것이 만공 스님에게로 흘러들어온 것이다. 예산 덕숭산 정혜사에 보관하고 있는 이 거문고를 통해서 주인공 강빈 교수는 경허 스님과 만나게 된다.

강빈은 기생 출신이었던 모친에게서, 대학입학 후 자신이 의친왕의 소생이라는 사실을 듣고 혼란에 빠졌던 경험이 있다. 부끄러움과 자기부정으로 청년기를 방황하며 보냈던 그는 어린 시절 누군가로부터 일곱 알로 된 큰 묵주를 잘 간직하라는 기억을 가지고 있다. 묵주에는 '경허성우(鏡虛惺牛)'와 '만공월면(滿空月面)'이라는 여덟 개의 한자가 새겨져 있다. 묵주와 거문고의 비밀을 찾아나선 주인공의 행로가 이야기의 바깥을 이루고 있다. 2권에 이르면 강빈의 출생과 성장과정, 묵주와 거문고의 내력이 소상하게 밝혀진다. 묵주가 만공 스님과 의친왕 사이의 범상하지 않은 인연을 보여주는 신표였다는 사실, 그리고 의친왕과 동기(童妓)였던 어머니와의 관계, 왕가의 소생임을 인준받지 못한 채 모친의 성을 따라서 이름붙일 수밖에 없었던 '강빈'의 슬픈 내력이 차츰 드러나고 있다. 모친의 죽음 후 강빈은 모친의 감추어진 삶에서 평생 동안 청계사를 드나든 신도의 모습을 발견하게 되고, 청계사에서 수행의 길을 시작했던 경허스님의 삶과 만나는 것이다. 3권부터 4권에 이르는 작품 내용은 경허스님의 불꽃같은 삶으로 채워지고 있다. 경허스님의 족적을 따라 강빈의 '참된 나'를 발견해 나가는 이야기가 전개되는 것이다.

근대불교의 중흥조인 경허 성우(鏡虛惺牛)선사의 생애는 여덟 살 어린 나이에 어머니의 손에 이끌려 청계사에 맡겨지면서 시작된다. 경허스님은 동학사에서 금강경을 강해하는 강백으로 이름을 날리다가 강좌를 폐하고 처절한 수행과정을 거쳐 오도에 이른다. 그는 서산대사 이래로 끊어진 선맥을 새로 잇고 전국각지의 사찰을 돌며 선풍을 진작시키며 바야흐로 선종의 중흥조에 오른 인물이다.

그러나 말년의 경허스님은 홀연히 사라진다. 그는 북방 멀리 갑산(甲山) 웅이방(熊耳方) 도하동에서 '박난주(朴蘭舟)'로 변성명하여 서당을 차려놓고 유발거사(有髮居士)로 살아간다. 작품에서는 경허선사의 세속으로의 은둔생활을 입전수수(入廛垂手)의 삶으로 해석하고 있다. 경허선사의 생애를 따라가다 보면 승속을 넘어선 한 자유인의 풍모를 접할 수 있다.

작품은 강빈 교수의 출생과 성장, 대학에서 해직되는 상황에서 '나를 찾아가는 처절한 수행과정'이기도 하지만 단순히 경허선사의 삶만 찾아나서는 것이 아니다. 이야기의 흐름은 원시불교 시절 붓다의 가르침에서부터 중국불교로 옮아간 선의 불꽃이 동방으로 전해지는 경과까지 포괄해서 담아내고 있다. 달마선사에서 육조 혜능에 이르는, 선의 종지에 관한 풍성한 일화들은 독자들에게 불교의 훈향에 감읍하기에 충분하다. 선의 불꽃이 전수되는 일화들에서는 제자의 법기(法器)를 알아보는 선사들의 빛나는 예지가 돋보인다. 그들은 높은 법력과 날카로운 안목으로 제자들의 법기를 가늠하고 그에 준하는 선적 수행의 과업을 부여하며 뛰어난 불제자들을 길러냈다.

사실 이같은 동양의 불교적 전통은 지금의 문화적 기억에서는 잊혀진 것이지만 지위의 고하, 나이의 많고 적음을 떠나 이루어지는 불교적 진리의 소통과 전수가 일구어낸 높깊은 향취를 품고 있다. 깨달음의 확인과 인준의 아름다운 절차야말로 불교가 지닌 오랜 문화적 전통이라고 말할 수 있다. 부처님으로부터 목련존자, 아난다에 걸쳐 있는 인도의 초기 불교, 달마선사에서 육조 혜능에 이르는 중국불교의 선, 도의선사에서 비롯되어 조선초 서산대사로 이어진 다음, 다시 경허선사를 중흥조로 삼아 새롭게 전개된 한국불교의 선적 계보는 흥미롭게 읽혀진다. 이런 까닭에 이 소설은 불교의 안내서 구실도 한다. 거기에다, 경허스님의 수제자들인 북녘의 수월스님, 중부지방의 혜월스님, 남녘의 만공스님, 한암스님에 이르는 수많은 일화들은 '이야기로 읽는 근대불교의 역사'라고 해도 어색하지 않을 정도이다.

인도 원시불교와 중국불교, 동방으로 전해져 지금껏 타오르고 있는 한국 선불교의 전통은 우리 스스로도 그 진가를 알지 못했던 부분이다. 이 점은 흡사 "그들은 스스로 자신을 대변할 수 없고, 다른 누군가에 의해 대변되어야 한다."고 했던 마르크스의 말을 연상시켜준다. 작품의 제명인 '길없는 길'은 말하자면 수행의 목적조차 잊어버릴 만큼, 계몽철학자 칸트가 표현했던 '무목적적 목적성'을 닮은, 수행의 심오한 경지를 가리킨다.

작품에서 '길'은 자신의 법기를 가늠해줄 스승도 없는 지금의 현실과 결코 무관하지 않은 상징이다. 1300여 년에 걸친 화두들을 부여잡고 철두철미한 깨달음을 위해 용맹정진하는 경허선사의 처절한 수행 장면은 압권에 속한다. 근대 이후의 문화에서 개개인들은 스승 없는 시대, 스스로 길을 찾아나서지 않으면 안되는 삶을 살아가고 있다. 그러나 길은 막혀 있는 게 아니다. 오히려 시선을 과거로 돌려보면 '길 없는 길'을 살다간 선사의 삶이 무수하게 열려 있다. 작품은 그러한 근대인의 길 찾기를 불교의 오랜 선적 전통과 접속시켜 이야기로 풀어낸 것이다.

'아버지 없는 시대'로 불리우는 오늘의 현실에서 보면, 주인공이 경허선사의 생애를 따라가며 '참된 나와 불교의 섭리'를 체득하는 일련의 행로는 불자의 자기수행 과정이라고 말해도 좋다. 주인공 '강빈'은 자신의 해직기간 동안 비로소 어머니의 삶에 대한 이해에 도달할 수 있었고 자기정체성에 대한 질문을 던질 수 있었다. 그 질문은 경허선사의 삶에 대한 깊은 이해처럼 '심우도'의 절차에 따라 '공'의 원리에 깊이 몰입하면서 비로소 답을 얻는다. 주인공이 '경허'라는 존재에게서 발견한 가치는 부처께서 자기의 재능을 감추고 세속을 좇아 중생을 제도하기 위해 '화광동진(和光同塵)'을 실천한 '대(大) 자유인 상'의 모습이다. 그것은 '모든 집착을 끊어버린 자'의 깊은 경지이다. "이름을 감출수록 이름이 더욱 새로워질까 다만 그를 두려워하노라(但恐匿名 名益新)"이라는 경허선사의 읊조림도 '삶의 집착에서 벗어난 자'의 노래로 이해된다.

『길 없는 길』에서 경허선사에 관한 이야기는 승속을 넘어서 세속의 밑바닥까지 치달았던 거침없는 실천을 통해서 보여준 '참다운 인간'에 관한 이해를 지향한다. 경허선사의 이야기를 통해서, 육신에 대한 터럭만큼의 애착이나 생사에 대한 공포조차 떨쳐버린, 용무(用無)의 경지에 이른 역행보살(逆行菩薩)의 면모를 발견하는 것이나, 욕망과 집착과 일체의 분별도 버리는 철저한 삶의 진면목을 찾아내는 것은 이야기가 도달한 진실이다. 해인사 장경각 안에서 목판경 위에 손을 얹고 깊은 상념에 빠진 주인공 강빈에게 비수처럼 꽂히는 "나와 내 것을 모두 버려라, 그러면 너희들은 영원한 기쁨을 누릴 것이다."라는 내면의 목소리이다. 이 목소리는 경허선사의 길을 좇아가며 그 삶을 추체험하며 터져 나온 깨달음이다. 이야기는 주인공이 여행에서 돌아와 대학당국으로부터 복직을 통고하는 통지문을 받으며 매듭된다.

작가가 공들여 보여주고자 하는 것은 우리 문화의 정체성이기도 한 불교의 문화적 전통이다. 이 전통은 근대화의 추세 속에서 한때 고루한 것의 대명사로 치부되기도 했다. 그러나 구미의 선진 제국에서 불교는 자기 문화의 폐단을 넘어설 수 있는 대안적 가치를 가진 종교적 인식으로 조명받기 시작했다. 오늘날 불교가 가진 가치는 창궐하는 무궁동(無窮動)의 현대적 욕망을 제어하는 방편이라는 점에 그치지 않는다. 불교의 가치는 선적 수행에서 소중한 불씨로 전수해온 '참다운 나'에 대한 발견에 있어 보인다. 선(禪)의 종지는 한결같이 우리들에게 욕망으로 점철된 현실세계의 인드라망을 넘어서려면 마음의 본성을 회복하는 길 외에는 없다고 가르친다. 오프라인 세계와 사이버공간을 더 이상 구분할 수 없는 거대한 '환(幻)'에 포박당한 우리들은 또다른 미망을 헤매고 있다.

　소설은 허구적인 이야기이다. 하지만 그 허구는 독자들의 근기(根機)를 고양하며 사로잡힌 통념에서 벗어나게 해주는 깨달음의 회로를 가지고 있다. 그러한 점에서 작가란 거짓 인물과 거짓 사건, 거짓의 스토리를 만들어 삶의 진실을 깨우치는 언어의 검객이다. 그러한 점에서 『길 없는 길』은 경허선사에 대한 이해와 더불어, 불교의 문화적 전통과 만나게 해주는 유쾌한 경험을 제공해준다.

백일몽과 문선일여(文禪一如)의 길

― 김성동의 『꿈』

김성동(金聖東, 1947~) 충남 보령 출생. 소설집 『피안의
새』, 『오막살이 집 한채』, 『붉은 단추』, 『만다라』, 『집』,
『길』, 『국수』, 『꿈』 등이 있고, 산문집 『미륵의 세상
꿈의 나라』, 『생명기행』이 있다.

불가에서는 '꿈'을 '삼계화택(三界火宅)'의 덧없는 삶에 비유한다. 하지만 문학에서도 '꿈'은 상상 속 모험과 몽상, 환상과 맞먹는 의미를 가진 내력 깊은 소재이다. 인간의 염원은 육체의 곤한 잠 속에서 무의식의 두터운 층을 꿰뚫고 나와 몽상의 날개를 펴는데, 이것이 바로 꿈이다. 꿈 안에는 과거와 현재와 미래가 뒤죽박죽이 되면서 태몽이나 예시, 회상과 대리충족으로 가득하다. 날것 그대로의 인간 욕망이 꿈꾸는 자의 정지된 육체 안에서 자재로운 상상의 꽃을 틔우는 것이다. 정신분석학자 지그문트 프로이트는 꿈을 억압된 무의식의 분출이라 보았고 칼 융은 집단무의식의 원형을 기억해내는 것으로 보았다. 그 어떤 정의이든 간에, 꿈은 인간의 소망과 상상이 꿈으로 재현되고 경험하는 순간임에 틀림없다.

우리 문화에서 꿈은 다채로운 얼굴을 가지고 있다. 『삼국유사』에서는 종교적 희구와 인간의 간절한 욕망이 착종된 조신의 꿈 이야기가 단연 돋보인다. 조신의 꿈 이야기는 인간의 원초적인 욕망과 사랑, 종교적 구원이 어떻게 조화를 이룰 것인지에 대한 신라인들의 생각이 잘 투사되어 있다. 조신은 남가일몽의 짙은 업장을 경험하며 인생의 무상을 전일적으로 체득하고 해탈을 이루어 대덕의 반열에 합류한다. 이 매혹적인 존재의 비약은 평상인에게 곤혹스럽기 짝이 없는 문제를 제기한다. 그 곤혹스러움은 번뇌로 가득한 세상살이를 어떻게 살아갈 것인가, 그리고 예토에서 살아가는 우리들의 어지러운 마음밭을 어떻게 가꿀 것인가 라는 문제를 제기하는 것이다.

조신의 꿈 이야기에 담긴 불교의 인식논리를 확장해 나가다 보면 불교 특유의 세계관과 마주 서게 된다. 그 세계관은 인생세간의 구구절절한 체험과 현실이 모두 꿈과 같이 아련한 '텅빔'에 지나지 않는다는 것이다. 붓다께서 설파하신 '제행무상(諸行無常)'이라는 표현도 실은 생생한 현실조차 덧없는 한바탕의 꿈으로 규정할 수 있는 깨달음의 소산이다. 불교에서 말하는 '꿈'의 인식론은 우리 눈앞에 펼쳐지는 업장과 번민으로 가득한 중생의 예토를 대상화하며 일거에 넘어서는 인식론적 경로를 설정하고 존재론적 전환을 급진적으로 감행하는 상상적 전복행위에 가깝다고 말할 수 있다. 눈앞에 보이는 생생한 감각의 현실세계가 전면적인 회의와 부정의 대상이 되고 우리의 살아가는 세계 전체가 미망으로 규정된다. 이 순간 마련되는 종교적 대전제가 바로 '무상한 꿈' '백일몽'의 테제이다. 그러니까 불교에서 현세를 한바탕 꿈으로 규정하는 것은 현세적 가치를 넘어서는 출세간의 새로운 지평을 여는 철저한 결의와 크게 다르지 않다. 숱한 오도송과 게송들은 삼라만상의 티끌 같은 한점의 현상에서 출세간의 버팀목을 발견하며 출출세간으로 비약하는 꿈의 활력을 보여주기 때문이다.

『만다라』의 작가 김성동이 농익은 모국어와 불교의 향취가 그윽한 표현으로 장편 『꿈』(2001)을 상재했다. 그의 소설세계는 불교문학이라는 측면에서 보자면 소중한 자산이다. 수행승의 경험과 현대사의 상흔을 직조해온 작가의 문학 세계는 모국어의 아름다운 감수성과 종교적 상상력에 바탕을 두고 있기 때문이다.『만다라』가 70년대 후반에 등장하면서 불러일으킨 선연한 감동은 여전히 새롭기만 하다. '병속의 새'라는 화두를 둘러싸고 벌어지는 객승 지산과 법운(이 둘은 좌익아버지의 죽음으로 집안이 결딴나버리고 정신적 방황을 거듭하다가 출가한 작가의 자전적인 요소가 종교적 열정과 가족사적 상처를 담은 인물로 유형화되어 나타난 것이다)의 만행기는 독자들에게 깊은 인상을 남겼다. 이후 그의 문학은 6·25의 비극과 가족사의 상처를 담는 길로 이어졌고(『집』,『길』,『국수』,『오막살이 집 한 채』,『붉은 단추』 등), 미륵사상과 민중불교에 바탕을 둔 불교사상의 모색으로 나타나기도 했으며(산문집『미륵의 세상 꿈의 나라』,『생명기행』), 구도소설의 아름다운 진경을 보여주기도 했다(「광야에서」, 「산란」, 「하산」).

김성동의 구도소설은 한국문학의 척박한 토양에서는 대단히 귀중한 사례이다. 근대문학의 일천한 전통에서 그의 소설은 구도소설의 지평을 열어놓고 있기 때문이다. 장편『만다라』나「광야에서」,「산란(山蘭)」,「하산(下山)」, 이번에 상재한『꿈』에 이르는 흐름에는 승속을 가리지 않고 추구되어야 할 구도의 진정성이 아름답게 새겨져 있다. 풍부한 불가의 경험과 해박한 경전 지식을 바탕으로 현대사의 상흔과 결부시켜 구도의 치열한 행로를 전개하는 솜씨는 흔치 않다. 그의 소설에는 조부의 가학(家學)으로 쌓은 한학의 조예를 무기로 산중 한문을 능란하게 사용하고 있고, 불교의 훈습에서 고양된 감수성 짙은 모국어의 품새가 두드러진다. 그래서 최근에 출간된『꿈』에서 더욱 농밀한 문자향으로 다가온다.

　　『꿈』은『삼국유사』에 등장하는 조신의 꿈 이야기를 얼개 삼아 수행승 능현이 아리따운 미술대학 여대생과의 꿈같은 만남과 이별을 거친 다음, 작가의 길로 들어서는 경과를 담고 있다. 스님과 여대생의 사랑이라는 소재는 어찌 보면 진부할 대로 진부한 통속 연애담에 가깝다. 하지만 작가의 상상력은 이 진부한 소재를, 신라시대의 조신처럼 사랑과 욕망의 덧없는 굴레에서 벗어나는 곡진한 수행의 여정으로 바꾸어놓는다. 능현의 구도 행각에는 작가의 자전적인 요소가 얼마간 반영되어 있다. 불교의 어두운 면을 부각시켰다는 종단의 오해를 받아 무승적 승려의 승적 박탈이라는 어이없는 파문을 당한 인물 설정이 그러하고, 6·25전쟁통에 아버지와 형과 외갓집이 한꺼번에 몰살당하는 가족사적 내력 또한 그러하다.

『꿈』의 이야기는 3년을 작정하고 득도하겠다는 청년의 출가와 불타는 구도의지가 홀연히 안전에 나타난 이름모를 여대생의 출현으로 흔들리는 데서부터 시작된다. 견성을 향한 능현의 수행의지가 아득히 나락으로 침몰할 무렵 능현은 바로 그 여대생에게서 라이너 마리아 릴케의 『문학을 지망하는 청년에게』라는 책을 선물받는다. 그는 이 책 선물의 의미를 자신의 화두로 삼는다. '여하시(如何是) 송책(送冊) 적적대의(的的大意)닛고?(왜 이런 책을 보내준 것일까?)'

능현의 화두는 매미의 울음소리를 듣고 진의를 얻는다. 그것은 '문학을 해보라는 것'이다. 그는 '문자즉해탈이요 언어즉대도'라는 옛사람의 참말을 듣고 "문자 반야의 수레 위에 실상반야의 아름다운 연꽃을 피워보자는" 결연한 서원을 세운다. 그러나 그는 자신의 깨침이 스스로 의리선도 아닌 범부선, 범부선도 아닌 세간선의 근본미선, 근본미선도 아닌 칠통에 지나지 않는다고 여긴다. 능현은 병마에 시달리던 사형을 간병해준 인연이 있는 서울 근교의 산사에 든다. 이곳에서 그는 한달 남짓 묵빈대처(默擯對處)의 약조를 받아낸 기간 동안 토굴 안에서 하루 낮밤에 걸쳐 초고를 완성하고 이를 원고지에 옮겨 모학잡지사에 투고한다. 이 최초의 문학 행위가 현상공모에 당선된다.

하지만 능현의 현상공모 당선은 어처구니없게도 종단의 오해로 승단에서 축출되는 어처구니 없는 일로 되돌아온다. 용맹정진하는 훌륭한 스님네 많은 절집에서 왜 하필이면 방황하는 승려를 주인공으로 삼아 절집 안의 어두운 면을 부각시켰느냐는 것이다. 감찰원의 추궁 끝에 당선취소와 함께 사과성명을 일간지에 게재하는 것으로 소동은 끝난다. 능현은 객으로 떠돌면서 안면있는 주지스님 하나가 감찰원에서 전국 사찰의 주지 앞으로 승적이 제적당했으니 능현에게 일체의 숙식을 제공하지 말라는 공문을 보여주기도 한다. 그리하여 그는 객승으로 전전하며 번민에 빠진다.

> "무엇을 기다리는가. 진실로 내가 기다리고 있는 것은 무엇이란 말인가.(……) 부처를 이루기 위한 커다란 깨달음의 세계인가. 평생을 걸려서라도 단 한 장의 그림으로 건지고 싶은 관음보살의 미소인가. 영육을 던져 한자루의 뼈로 합쳐질 수 있는 완전한 여인인가. 혼의 문학인가. 죽음인가"

번뇌망상에 사로잡힌 능현의 눈앞에 이름모를 아리따운 여자 대학생이 다시 나타난 것은 바로 이때. 그녀는 대학을 졸업한 후 파리에 유학을 갔다가 능현을 다시 찾아와 수제자, 구도의 동지가 되기를 자원한다. 능현은 '정희남'이라는 속명을 가진 이 여인에게 '반야'라는 이름을 붙여주고 수행의 길로 다시 진입한다. 그는 『삼국유사』에 등장하는 광덕과 엄장처럼 반야보살과 함께 견성과 해탈에 이르기를 서원하면서 능현이 스물 무렵 정진했던 방장산(지리산) 불가득굴로 찾아든다.

아아, 부처님이시여.

두 주먹 부르쥐고 진동걸음쳐 가던 능현은 두 손바닥을 곧추세워 가슴에 대었다.

허공에 가득하신 제불보살마하살이시여.

저 여자만을 생각하겠나이다. 저 여자사람만을 사랑하겠나이다. 걸어가는 자욱자국 소리소리 생각생각마다 오로지 저 처녀보살마하살만을 위하여 살겠나이다.

— 『꿈』, 197쪽

능현 수좌의 서원은 사랑과 구도, 먼 옛날 조신이 관음보살께 기원했고 찰나의 꿈 안에서 실현했던 연인과의 만남을 그대로 재현된다. 능현 수좌의 고즈넉한 서원은 스님다운 사람, 사람다운 스님의 체취를 문학으로 상상해낸 것에 불과하지만 다른 한편으로는 구도의 문학이 담은 진정성의 일부를 보여주는 것이기도 하다.

이들이 수행의 거처로 삼은 불가득굴에서 하루를 묵으며 육박해오는 것은 수많은 중음신들의 처절한 울음소리이다. 항마진언으로도 물러서지 않는 중음신의 정체는 전란의 와중에 죽어간 수많은 민중들이다. 구빨치와 신빨치, 애빨치와 작식대(作食隊)로 산사람들을 돕던 아낙네들까지, 그 수많은 원귀들이 시신의 모습으로 비명과 함께 나타난 것이다. 능현수좌는 대광방불화엄경을 독경하며 무주고혼을 천도한다. 능현수좌의 구도 여정은 애욕을 벗어나지 못한 한 수좌의 고뇌어린 운수행각이 아니라 스물 고개에 시작된 진리에의 간절한 열정과 가족사와 산하에 깃든 현대사의 구비치는 비극의 상처까지도 아우르는 곡진함을 구비하고 있다.

그러나 '광덕이나 엄장같이' 수행의 동지이기를 믿어 의심치 않았던 능현 수좌 앞에서 반야는 홀연히 다가온 것처럼 홀연히 사라진다. 그녀는 화개장에서 능현 수좌가 겨울 수행에 소용될 양식거리를 구해서는 불가득굴에 옮겨놓고 세속으로 다시 돌아가버린 것이다. 뒷날 능현수좌는 도회의 음악감상실에 깃들어 있다가 반야와 마침내 재회한다. 하지만 그녀는 결혼을 앞두고 있으며 수행의 길을 갈 자신이 없어 사라졌노라고 고백한 뒤 다시 떠나가 버린다.

소설의 종장은 반야보살과의 격정적인 만남과 이별의 고통이 모두 소설당선 취소 뒤에 깃들었던 은죽사에서 꾼 백일몽이었음을 일러주고 있다. 잠에서 깨어난 이 청년수좌는 청춘의 한세월을 흘려버린 뒤 머리칼과 눈썹과 수염이 모두 백발이 된 노승이 되어버린 것을 발견한다. 은죽사를 나온 능현은 다시 방장산 불가득굴로 돌아간다. 거기서 그는 '꿈'이라는 제목의 꿈결같은 이야기를 소설로 쓰기 시작한다.

『꿈』의 이야기의 뼈대는 다음과 같은 능현의 게송에 잘 나타나 있다. "꿈인가 하면 꿈이 아니요 꿈이 아닌가 하면 꿈이 아닌 것 또한 아니니, 어이할고 중생이여. 꿈을 꾼즉 깨어나기 괴롭고 깨어난즉 꿈을 꾸기 괴롭고여, 관세으음보살."(255쪽) 한바탕 꿈으로서 여자대학생과의 수행이 연애의 구조를 지니고 있는가 아닌가의 여부는 그다지 중요하지 않다. 작품 안에 담긴 구도의 진정성은 애욕의 소재가 모두 마음에서 연유하는 것이고 그것조차 한 갓 헛된 꿈에 지나지 않는다는 것을 보여주는 데 있다.

조신의 꿈 이야기와 광덕 엄장 이야기에 토대를 둔 이 구도소설에서 돋보이는 것은 우리말과 불교 한자어의 절묘한 조화이다. 소설 문체의 유려한 흐름 안에는 『만다라』 이후 작가가 곧추세워 정진한 불교의 진법에 대한 상념이 담겨 있다. 또한 여기에는 문선일여의 길로 들어서게 된 능현 수좌의 내면, 좀더 정확히 말하면 작가의 내면의 전후 사정이 녹아 있다.

우리 앞에 오신 부처, 내 안의 부처

─정찬주의 장편 『산은 산 물은 물─성철 큰스님 이야기』

정찬주(1953~) 전남 보성 출생. 동국대 국문학과 졸업. 소설집으로 『만행』, 『산은 산 물은 물』, 산문집으로 『암자로 가는 길』, 『암자가 들려준 이야기』, 『소박한 삶』, 『날마다 새겨듣는 붓다의 말씀』 등이 있다.

시베리아의 샤머니즘을 연구한 루마니아 출신의 종교학자 미르세이아 엘리아데(1907~1986)의 『이미지와 상징』에는 서양식의 불교적인 일화 하나가 나온다. 한 청년이 세상에서 가장 값진 보물을 찾아 길을 떠난다. 여행 도중 그는 현자에게 보물이 있는 곳을 찾아 길을 묻는다. 자신의 일생을 거의 다 보낼 즈음 어느 현자로부터 보물 있는 곳을 듣게 되는데 바로 그곳은 자신의 마음이었다는 내용이다. 엘리아데가 소개한 일화를 한 마디로 축약하면 '자기 마음이 보배'라는 말로 귀결된다. 이 말은 '자신이 곧 부처'라는 불교의 오랜 진리를 떠올려준다.

'마음이 곧 부처'라는 말에서 연상되는 존재는 퇴옹 성철(退翁 性徹, 1921~1993) 큰스님이다. 그는 25세에 출가하여 29세에 견성

했고 이후 8년간의 혹독한 장좌불와(長座不臥)로 한국불교의 위의를 유감없이 드높인 분이다. 한국 선불교의 전통에서 성철 스님이 일군 바탕은 지금의 불교가 보여주는 활력으로 나타난다. 성철스님의 면모는 '가야산 호랑이'로 불릴 만큼 형형한 눈빛과 청정계율의 몸가짐으로 유명하다. 그의 법명은 "자성(自性)을 확철(確徹)하게 깨쳐 부처를 이루라"는 동산 스님의 염원을 담고 있다. 그는 '살아 있는 부처'가 되어 '우리 앞에 오신 부처'로 뇌리에 남아 있다. 성철스님의 수행은 해인사 백련암에서 시작해서 백련암으로 회향하여 둔세의 길을 지키는 것으로 아귀가 맞아떨어진다. 이 절묘한 삶의 종교화, 삶의 예술은 스님의 호인 '퇴옹(退翁)'의 뜻, 곧 '나고 듦이 없는 세계로의 출세간을 감행하는 결의'와 일치된 삶에 대한 명명(命名)에 잘 부합된다.

불교소설의 새로운 경지를 개척하고 있는 정찬주는 만해 한용운 선사의 일대기를 담은 장편 『만행』, 불교의 훈향이 가득한 산문집도 여러 권 펴낸 처사의 향내 가득한 작가이다. 그는 장편소설 『산은 산 물은 물』(민음사, 1998)을 통해서 성철 큰스님의 일대기와 불교의 문화적 전통을 되살려 놓고 있다. 『법보신문』에 2년간 연재했던 이 작품이 두툼한 한권의 창작집으로 나온 것은 성철스님의 열반 5주기 때이다.

작가가 그려낸 성철 스님의 일대기는 『해동고승전』처럼 신화화된 이야기의 방식을 취하지 않고 있다. 오히려 신화적인 일화들은 가급적 배제되고 그의 인간미와 철저한 수행의 면모가 부각

되고 있다. 작품집에서 서술되는 성철 스님의 일대기는 많은 일화들을 장면화하거나 증언을 덧보태며 시간적으로는 과거-현재로 이어지는 순차적인 기술 방식이다. 하지만, 그 일생은 엄정한 수행과 참된 자유인의 결행이 지향한 본래의 뜻을 밝히는 데 초점이 맞추어져 있다.

작품은 성철 스님의 일대기를 따라가며 자신의 존재가치를 되묻는 일상적 존재를 통해서 세상사에 휘둘려 지친 현대인에게 스스로 내면을 추스릴 수 있게 하는 교양소설, 자아의 견성을 추구하는 전형적인 불교소설의 모습을 가지고 있다. 주인공은 현직에서 과중한 업무에 피로한 개인, 은사의 소송을 배당받으면서 회의에 빠져버린 현직 검사이다. 주인공은 은사를 음해하는 인간의 어두운 면에 회의하고 건강을 잃어버린다. 그는 휴직계를 낸 채 요양중이다. 아내마저 자신의 곁을 떠나 유학중에 있고 혼자가 된 그는 업무에 파묻혀 떠밀리듯 살아온 자신을 돌아본다. 그는 '나는 과연 누구인가' '나는 무엇을 위해 사는가' 하며 근본적인 질문을 자신에게 던지며 길을 떠난 수행자인 것이다.

작품의 미덕은 종교적 순례라는 낯익은 면보다는 입적 뒤에 추앙받는 성철 스님에 대한 의문에서 출발하여 그의 진면목을 하나하나 추체험하게 만드는 구성과 효과에서 찾을 수 있다. 성철 스님을 신비화하지 않고 그를 근현대사의 내력 안에서 조감하는 거리두기는 편안하게 우리를 종교 수행의 필연성과 빛나는 생애에 대한 언어의 성찬으로 인도한다.

식민지 현실과 분단, 6·25전쟁, 80년대의 엄혹했던 정치적 현실에도 흔들림 없이 둔세와 혹독한 수행으로만 알려진 스님의 인간됨을 드러낸 것은 작품의 새로운 면모이다. 가족과의 속연도 결연히 끊어버리고 속가의 부인과 딸까지도 불교에 입문시킨 엄정한 수행자의 모습이나 소년에서 절집의 불목하니, 비둘기에 이르기까지 품안에 거두어 기르는 평소의 인간미는 별로 알려져 있지 않다.

전기 문학에 대한 토양과 이에 대한 성과가 미흡한 한국문학의 현실에서 '좋은 스승이 될 만한 스님(好師僧)'이자 '인간애'가 득한 매력적인 인물로 성철 스님의 일대기는 좋은 대상이 된다. 작가는 불교와 스님에 대한 깊은 관심을 바탕으로 폭넓은 자료 섭렵과 여러 증언을 수집하여 혹독한 근현대사의 현실까지도 넘어선 한 인간의 모습을 드러내보이고 있는 것이다.

이야기는 1993년 늦가을 홍류동에 찾아든 한 사내의 감회로부터 시작된다. 그는 해인사와 얽힌 인연을 떠올리다가, 자신이 중학생 때 수학여행을 왔고 대학생 때에는 대학신문 기자로서 성철 스님을 취재하러 왔던 곳이 바로 이곳임을 깨닫는다. 홍류동은 이를테면 일상에서 벗어나 시작된 자기발견의 출발점에 해당한다.

주인공은 14년 후 검사가 되어 이 자리를 다시 찾는다. 그는 정의의 이름 아래 세상의 시비곡절을 판단해야 하는 소모적인 인생을 살아왔다는 처연한 감정으로 홍류동에 찾아들고, 이곳에 자리한 최치원의 둔세비(遯世碑) 앞에 선 것이다. 천년 전 아내와 아이들을 버리고 이곳으로 찾아든 최치원의 마음을 더듬어가다가 멀리 보이는 풍경에 눈길을 모은다. 보름이나 지난 마당에도 성철 스님을 참배하는 원색의 차량 행렬이 끊이지 않는 광경을 바라본다. 그는 이 광경을 통해서 성철스님이 도대체 저들에게 베푼 것이 무엇이었길래 그토록 큰 슬픔을 간직하고 있는지를 이해할 수 없어 한다. 바로 이러한 세속의 눈길이 성철 스님에 대한 탐사로 점입가경하게 만드는 궁금증이자 이야기를 끌어가는 동력이다. 그분을 친견하려면 왜 삼천배를 해야 했는지, 광주학살이 자행되던 시절에도 조계종 종정으로 취임하신 후 "산은 산이요 물은 물이라"는 법어로 열혈청년들을 실망하게 만들었음에도, 신도들은 왜 그토록 그의 열반을 슬퍼하는지 주인공은 궁금해 한다. 평범한 일상인의 시각에서, 이야기는 의문과 지친 일상에서 자기의 마음자리를 찾지 못한 회의와 절망을 한데 모아 성철 스님의 일대기로 향하게 만든다. 주인공인 정익진 검사의 이러한 궁금증과 삶에 대한 회의와 절망은 홍류동에서 만난 파계승 원암과 속 깊은 대화를 나누면서 풀어진다. 그와 함께 이야기는 "화두를 붙든 수좌"처럼 추모행렬에 대한 미스테리가 풀릴 것 같은 예감과 함께 진행되기 시작한다.

작품 안에 담긴 불교 일화와 그 근본 종지에 대한 자상한 설명은 작품을 읽어가며 얻을 수 있는 가외의 소득이다. 하지만, 이야기의 더 큰 즐거움은 성철 스님의 단면들을 여러 각도에서 접하면서 탄복할 수밖에 없는 큰 그릇됨과 엄정한 수행자의 자세이다. 혹독한 용맹정진의 면모와 인간미를 되새기는 크고 작은 일화들은 작품 곳곳에서 찾아볼 수 있다.

8년의 장좌불와와 일생 동안 견지했던 세속과의 고리끊기는 혈육과 가문, 승속의 구분을 넘어 인류애라고 해야 할 성자의 내면을 마련해나가는 절차였음을 보여준다. 세속의 아내와 딸이 불가에 입문하게 된 사연이나 노인과 소년, 학생과 불목하니, 신부와 목사 같은 이교도들까지도 감화시킨 법력과 인간미는 "도인의 마음은 넓기로 하면 허공과 같고, 좁기로 한다면 바늘 하나 꽂을 틈이 없는기라"는 말 한 마디에 잘 담겨 있다. 독자의 입장에서, 소개되는 증언이나 크고 작은 일화들의 생생함은 큰스님의 혹독한 수행보다도 불교가 본래 가진 인류애와 다시 만날 수 있다는 점에서 '미적 전율'을 낳는다. 그런 점에서 작품은 성철스님이 추구했던 깨달음의 길만이 아니라 인간미를 더듬어가며 독자의 마음밭을 가꾸게 하는 종교소설의 특징도 함께 가지고 있다.

해인사 홍류동에서 시작된 지친 현대인의 순례는 백련암 절상대(絶相臺)로 올라가면서 본격적으로 진행된다. 이곳은 성철 스님이 26세인 1937년 3월, 동산 스님을 은사로 수계득도 한 후 출가의 결의를 다졌던 장소이다. 정검사는 이곳에서부터 성철 스님의 대 자유인을 향한 모험의 족적을 하나하나 밟아나간다. 그는 '불생불멸(不生不滅)'과 '산은 산 물은 물'이라는 화두를 붙들고 자기에 대한 발견과 성철스님의 수행 길을 되짚어가는 두 개의 이야기를 담는 그릇, 탐사자의 역할을 맡고 있다.

이야기는 정검사의 여행 행로와 함께 전개된다. 정검사가 여행하는 이야기의 공간은 만공스님과 함께 수행했던 간월암(看月庵), 금강산 마하연, 팔공산 은해사 산내 암자인 운부암(雲浮庵)과 성전암(聖殿庵), 속리산 법주사 산내암자인 복천암(福泉庵)을 거쳐 마침내 희양산 봉암사(鳳巖寺)로 하나하나 옮아간다. 봉암사 결사에 이르면, 독자들은 뜨거웠던 참선 정진의 열기와 마주치며 근대불교 이래 한껏 타올랐던 선풍의 열기를 접할 수 있다. 또한 여기에서 성철 스님을 위시해서 우봉, 보문, 자운, 월산 등 한국불교의 법맥을 되살리는 주역을 길러낸 봉암사 결사의 의의가 드러난다. 이와 함께 독자들은 분단과 6·25전쟁의 파고가 밀어닥치면서 봉암사 결사가 더이상 지속되지 못하게 된 아쉬운 전말을 알게 된다.

이야기는 성철 스님이 6·25전쟁 기간 동안 머물렀던 묘관음사, 고성 문수암 시절을 짚어가며 안정사 천제굴 시절의 혹독한 수행 내력을 담아낸다. 그런 다음, 50년대에 불어닥친 불교정화 운동의 흐름과 그 흐름과 거리를 두고 성철스님이 은둔 수행을 택한 연유를 더듬어가고 있다. 천제굴에서부터 시작된 그의 은둔 수행은 신도들의 시물을 경계하며 더욱 철저한 수행하기 위해 택한 출세간의 결의였다는 것, 그리하여 거처로 삼은 성전암 바깥을 철조망으로 둘러치고 암자의 문을 더욱 단단히 걸어잠근 채 더욱 정진하게 되었음을 소상하게 알려준다. 성전암을 설날, 추석날, 결제일, 해제일의 앞뒤 3일만 개방한 성철 스님의 결정은, 겉으로는 팔공산 동화사, 은해사, 파계사 등의 근절과 마찰을 피하려는 것이었지만, 깊은 속뜻은 따로 있었다는 것도 알려준다. 암자에다 철조망을 두르는 일은 50년대 불교정화운동이라는 '바깥 정화'보다도 불교의 앞날을 준비하기 위해서, 청정수행으로 '속 정화'의 사표를 세우려는 첫 번째 시도였음을 알려준다.

성철 스님의 행보는 1966년 가을 성전암을 떠나 가야산 해인사에 들어서면서 보다 분명하고 또한 철저해진다. 그의 해인사 행은 깨달음을 얻었던 원점으로 회향하는 것을 의미했다. 성철 스님은 "한산이 스스로 천태산으로 들어간 것(自從倒天台境)처럼 산승인 자신도 가야산을 떠나지 않겠다"라고 결심하였던 것이다.

이후 성철 스님은 단 한 번도 해인사 백련암을 떠난 적이 없었다. 해인총림 초대방장으로 취임한 이후, 성철 스님은 선원과 율원, 강원에 금줄을 쳐서 관광객들을 접근하지 못하게 만들었다. 그는 선풍을 진작하는 데 전심전력을 다하는 한편, 당신을 친견하려는 모든 방문자에게 삼천배의 입장권을 발부했던 것이다. 삼천배를 하지 않은 채 결국 발길을 돌려야 했던 이들은 일반 신도들만이 아니었다. 일국의 대통령, 장차관, 군인, 실세권력자까지도 결코 예외가 없었다. '삼천배 후 친견'이라는 원칙은 신심 깊은 촌부나 권력자에게나 불법만큼이나 공평했던 것이다.

불교의 선지식만이 아니라 다른 종교, 철학, 선학에 이르는 종횡무궁의 지식은 물리학과 제반 과학, 영어로 된 문헌을 아우른다. 성철 큰스님의 실천궁행과 돈오돈수의 불교철학이 가진 요체는 1967년 동안거 내내 이루어진 『백일법문(百日法門)』에서 장엄하게 그 모습을 드러낸다. 그런 다음, 『한국불교의 법맥』, 『선문정로』, 『본지풍광』, 『육조단경지침』을 비롯해서, 법어집인 「영원한 자유」, 「신신명 증도가 강설」, 「자기를 바로 봅시다」에 고스란히 담겨진다.

작품에서 드러나는 성철 스님의 깊은 불교사상은 사실 독자의 몫이 아니다. 문학은 성철스님의 숨결과 인간적 매력을, 시대의 혹독한 현실과 대결하면서 업장의 고리를 끊고 우뚝선 대 자유인의 면모로 제시하면서 불교의 종지와 연결시켜나갈 뿐이다. 이 존재론적 물음은 물론 '우리 자신이 부처'라는 사실을 우회적으로 알려준다. 또한 우리 자신도 수행을 통해서 참다움을 회복하는 존재론적 회향의 가능성을 가진 존재임을 말해준다.

불교의 매력을 한껏 드높인 이 한편의 소설은 객승에게서 건네받은 영가 스님의 「증도가」를 읽고 출가를 결심했던 성철스님처럼, 독자에게 진리의 빛을 비출 수 있다. 그런 점에서 이 소설도 우리 삶을 돌아보게 만드는 선한 인연이 아닐 수 없다.

저자 약력

유 임 하

1962년생. 동국대 국문과 졸업. 문학박사. 문학평론가
현재 한국체육대학교 교양교직과정부 교수

저서 및 논문
『분단현실과 서사적 상상력』(1998)
『한국문학과 여성』(공저, 2000)
『대중문학과 대중문화』(공저, 2000)
『북한소설의 역사적 이해』(공저, 2001)
『한국문학과 근대성의 형성』(공저, 2001)
『기억의 심연』(2002)
『근대성과 한국문학 연구』(2002)
『북한의 문학과 문예이론』(공저, 2003)
『전쟁의 기억, 역사와 문학』(공저, 2005)
『한국소설과 분단이야기』(2006) 외 논문 다수

한국문학과 불교문화

지은이 유임하

초판 1쇄 발행   2005년 10월 28일
초판 2쇄 발행   2006년 4월 11일
수정증보판 2쇄 발행   2007년 8월 30일

펴낸이 이대현
편 집 김주헌
펴낸곳 도서출판 역락
등 록 1999년 4월 19일 제303-2002-000014호

주 소 서울 서초구 반포4동 577-25 문창빌딩 2층
전 화 02-3409-2058, 2060
팩 스 02-3409-2059
홈페이지 http://www.youkrack.com
e-mail youkrack@hanmail.net

값 15,000원
ISBN 89-5556-425-2 93810

■잘못된 책은 바꿔드립니다.